ようこそ、イソップ村へ

Junichiro Teratani
寺谷純一郎

文芸社

この本を、妻・裕子と、三人の子どもたち、久美子、慎一郎、千寿子に贈る。

ようこそ、イソップ村へ◎目次

イラスト／和気瑞江

肉をなくした犬

あ、そこ行く人！　そう、あんた。白い帽子の、おたく。ちょっと寄っていきませんか？　おいしい上等のお茶をご用意していますよ。

ツアーで来られたお方でしょ。はいはい、この村はもう全部が観光案内所みたいなものだから、どこに寄っていただいてもいゝんですよ。そして、お茶でも飲みながら、私たちの話を聞いてください。でもね、本当のところは、私んところじゃあ、ちょっとお恥ずかしい話なものですから、大声でお客様を呼ぶことができなくって、貴方のように、「さて、どこの店に入ろうか？」と迷っておられるお客を選んで、声をお掛けしているんですよ。

私としたことが、まったくぶざまな目にあったものですよ。いや、あの時のことを思い出すと、未だにその、なんと言いますか、冷や汗ものというんでしょうかねぇ、恥ずかしさで本当に穴があったら入りたくなってしまいますよ。だって、せっかくの獲物をまんまと騙《だま》し取られた話なんですからねぇ……。えっ、「なんのことだ」って？　ははは、そんなこと恥ずかしくって、とても自分の口から言えることじゃありませんよ。

「それじゃあ、なんで呼び止めたのか？」だって。

いえね、私のできるお話って、それしかないんですよ。でも、どういう訳か、みなさんお聞きになった方々に大笑いされてしまうんですよね。それで、どうしてそんなに笑うのかをお訊きしたくって、それでまた余計に旅の方に声を掛けてしまうって寸法なんですよ。

「でも、それなら話してくれなきゃわからない」って？　まあ、そりゃそのとおりです。黙っていてはわからないですわなぁ。しかし自分の口から恥をさらすというのは、ちょっと……いやいやいや、ちょちょちょ、ちょっとどこへ行くんですよ、あんた。まあまあ、待っておくんなさいよ……はいはい、話しますよ、お話ししますよ。そんなに急いで余所《よそ》へ行こうなんてしなさんな。そう急がなくたっていゝじゃありませんか。ほれ、お日様だってまだあんなに高いところにいなさるんだ。私の話を聞いていってくださいよ。

えゝ、こゝいら辺りは旅のお方には、なんの取り柄もないつまらない田舎ですけどね、でも、最近流行《はや》りの言葉に、『癒《いや》し』とかいうのがありましてね。なんですか、せちがらい世渡りに疲れた人たちが、心の安らぎを求めて旅に出たり、音楽鑑賞したり、色々なことをするんだそうですがね。その所為《せい》ってんでしょうかねぇ、この村をお訪ねくださる観光客がやたら増えましてね。それで私らの話をお聞きいただいているんですよ。それも団体さんをひとまとめにして、一気に十人とか二十人にマイクでお話するなんてのじゃなくって、こういう風にお一人おひとりとお話しするというのがとてもいゝようでしてね。それでこういう趣向になったんですよ。まあ、私たちの話をお聞きになるのが、みなさんの癒しになってるってんですかね。

さゝ、お茶でも飲みながら、のんびりとしてってください。この紅茶は本当に美味しいんですから。このお茶はセイロン島原産のものでしてね。セイロンってのは、ほらスリランカってインドの下に、牛がよだれを垂らしたようにポツンとある島でして、紅茶じゃあそこが昔から世界でも最高級の……。えっ？　あっ、お話ね、はいはい、すぐ始めますよ……。ま、私には恥ずかしい経験談だけどね……。

え、え、、決して聞いて無駄になりはしませんぞ……はいはい、今すぐお話しします。じゃあ紅茶のお話は、こっちのお話が終わったら改めてということで……。

あれは、私がまだずうっと若い頃のことだったんですよ。そう、まだものの分別もよくはわかってなかった、ほんのガキの頃のことでしたよ。ほれ、この村一番のにぎやかな通りに、小さな肉屋があるでしょ。あれ？　さっきバスで通ったでしょ、メインストリート。その時、ごらんになりませんでした？

「気づかなかった」

ま、そうでしょうね、観光客には肉屋なんてどうでもい、ことですからね。あの肉屋はこの村じゃ、一番上等な肉を売ってくれる店なんですよ。

「そんなことはどうでもい、から、早く話の本筋に入れ」

って？　いえね、私の話はその店から始まりますんで……。

あの肉屋は、そりゃあ本当に上等の肉ばかり売っている、とても繁盛している店ですよ。と言いましても、こ、じゃあ肉屋はあそこ一軒っきりですから。他に繁盛している店なんてのはありませんがね、あはははは。私らはあそこの店先を通る時にゃあ、あのえも言われぬい、匂いに思わずクラクラっとして、頭の中は血のした、るような新鮮な肉のことでいっぱいになっちまうんですよね。けども、あの肉屋がケチなことも、これまた村一番！　ということで通っているんですよ。ほんの一かけらの肉だって、いやいや、骨のかけらだって私らにくれてやったりはしないんですよ、あそこの親父は。

お客さんねえ、だいたいこの村の住人ってのはみんな親切な人ばっかりでしてね、あの肉屋の親父みたいのは、ちょっと特別なんですよ。困っている人は村人全員で助けてあげるってのが、こゝでは当然のことなんでして、良いことをしたからって、別に取り立て、褒めてももらえません。猫にだって犬にだって、とにかく生き物にだって優しく、大事にしてくれるんですよ、この村の人々は。だから、この村ではごらんのとおり色々な動物が、自由に歩いているんですよ。

でも、あの肉屋だけは別です。あいつは、『肉をまとっている生き物は、なんでもかんでも売り物になる』とでも思っているんでしょうかね。牛や豚や鶏、七面鳥は当然としまして、うさぎだろうが熊だろうが雉《きじ》、アヒル、とにかく獣や鳥はなんでも肉屋の商品になると思っている男ですからね。私の仲間も何匹か肉にされてしまって、売っぱらわれてしまったって噂ですよ。これ、噂だけですけどね。「お前はいったいなんなんだ」って？　いや、こりゃ失礼。こんなマントに身を包んでおるものですから、おわかりにならなかったんだ。でもあんた、驚かないでくださいよ。実は、私は、ほらこのとおり、犬なんですよ。

ほらほら、そんな顔をする。信じられないのはわかります。でも、こゝは『イソップ村』なんですからね、おわかりでしょう？　え、、この村じゃ動物もみんな喋《しゃべ》れるんです。それだからなんにもなくっても観光地になれたんですからね。みなさんもイソップのお話を聞きに来られたのでしょう、ツアーで。えっ？　まだおわかりになりませんか。

「わからない」

あ、そうですか、わかりませんか。いえ、私はこれでもれっきとした歴史的に有名な犬なんですよ。それも世界的に有名な、由緒正しいお犬さまでしてね。

血統書？　……そんなものはありませんよ、野良犬なんだから。でも、私のことなら世界中の人がよーくご存じなんですよ。あなただってご存じでしょう？　あゝ、今はおわかりにならないかもしれませんが、私の話をお聞きになっているうちに、わかるようになりますから、大丈夫ですよ。でも私にはとても不名誉に思えてしようがないことなんですがね。まゝ、話の方を聞いてください。犬のする話だって、時には面白いこともあるんだから。

さて、私たち野良犬は、そうそう、今では私らもこうやって生業に励んでおりますけども、あの頃はまったくの野良犬だったんですよ。この辺りにゃあ、いつも五十匹くらいの野良が居ついていたんですがね、いつも道の反対側に座って、あの肉屋から、どうやってあの一番上等の牛肉を奪い取ってやろうかと、みんなで狙っていたものですよ。けれども一度だって、誰も成功したことはなかった。

まず、向こうから「ほいっ、喰えよ」なんて言って、肉のかけらでもくれるなんてことはあり得なかったですからね。だからと言って、こっちから親父の目を盗んで奪い取ろうなんてのは、そりゃあもう命がけっていうものですよ。

これは伝説になっている有名な話なんですが、ある時、一匹の勇敢な野良犬が、あの親父の隙を突いて、豚の足を失敬したことがあったっていいます。しかしそいつは、豚足を口に咥《くわ》えたまゝ皮を剥《は》がれて、あの肉屋の店先にある、看板をつるす鈎《かぎ》にぶら下げられちまったということですよ。ま、これも噂ですけどね。

でもある日、神様は私らにもチャンスをお与えくださったんですよ。それは、そう、もう三千年も前になりますかね。私が四才くらいの時のことです。犬で四才といやぁ、もうそりゃ立派な若者ですけど、でもまた一番無分別で、すぐ自分が一番だ、なんて思い上がる年頃ですよ。えっ、「そんな古い話なのか」って？　そうですよ。こゝで聞くお話は、すべて三千年は前のことばかりだと思ってください。何しろ全部イソップのお話なんだから。

「じゃあ、お前はいったいいくつなんだ」ですって？　あゝ、そういうことはあまり意識しないでください。私らはまあ、そうですね、言ってみれば時空を超えた存在ですし、この村自体が、みなさんの住んでおられる世界とは異空間にあるんですから。さ、話をもとに戻しましょ。

そう、あれは復活祭の日の午後のことでしたっけねぇ。復活祭ってのは別にキリスト教だけの祝祭ではないんですよ。復活祭というのは、寒い冬を越えて、土の中や氷の下で眠っていた色々な植物の息吹が目を覚ます、そして雪解けを待ち望んでいた動物たちも、眠りから目を覚まして春の暖かい陽気を体いっぱいに浴びる、そんな春の行事としてずーっと昔からあったんですよ。だから毎年新しい年を迎えた、最初で、一番にぎやかなお祭りの一日なんですな。

春の訪れをお祝いするこの祭りには、人間どもは肉をたらふく喰って、唄って踊って、神様を讃えるんですよ。だから、あの店もいつにも増して上等の肉が並んでたんです、あの日は。棚の上には、羽根をむしり取ったばかりの新鮮な鶏がずらり並んでいる、忙しく立ち働いている店の主人のすぐ後ろ側にゃあ、まだポタリポタリと血のした、り落ちんばかりの、丸々と太った牛と豚の肉が鈎に引っかけられてこれもずらーっと並んでいる、皿の上には今しがた釜から出したばかりのように、湯気の立ったソーセージがどっさり載っかってる、他にも生ハムやら鶏の臓物やらが山のように皿に載っている光景を想像してみてくださいな。そりゃあ私ら野良犬にとっちゃあ、天国の光景でしたよ。

通りの反対側にずらりと並んだ私ら野良犬どもは、村中の犬が勢揃いした観でしたね。みんな呆然と、いや陶然《とうぜん》とした顔でその光景に見とれていましたよ。店先からあふれ出る新鮮な肉の香りに、私たちはすっかり心を奪われ、参ってしまったんです。

みんなは……そうですなぁ、さしずめ、ふるい付きたいような見事なグラマーの美女が、素っ裸同然、隠さなきゃならんところをぎりぎり最小限の、可愛い模様の布っきれで隠している、って図を想像してごらんなさい。そんな美味《おい》しそうなピチピチギャルのお姉ちゃんが目の前に突っ立っているってのに、手も足も出せないで見てなきゃならんなんて、まさしく地獄の苦しみってもんでしょうが。そういう状態でしたね、全員。

ある犬は、顎《あご》をはずしちまったほどに口をあんぐりと開け、長い舌をダラーリと出して、ポタリポタリとよだれを垂らしている。また別の奴は、もう立ってもいられずに地面に這いつくばって、目だけを異様に光らせて見とれている。かと思やぁこっちじゃあ、動物園の熊よろしく、ウロウロと落ち着かないで歩き回ってるのがいる。振り切れてしまうんじゃないかってほどにしっぽを振り回しているのやら、「欲しい、喰いたい、欲しい、喰いたい」とぶつぶつ繰り返してつぶやいているのや、前足でやたら地面を掘っている奴、目だけは肉屋の方を向いたま、じっと座り込んで、店の親父が上等の肉をスパリと切り取るたんびに喉を「ゴクン！」と鳴らして、その後に「ハーッ」って溜め息をついてる奴。とにかくせわしげに周りの犬に視線を送って、「誰か、なんとかしてくれ！」って目で合図を送るのもいる。そんなのが五十匹も集まってるのを考えてごらんな。まあ、以前からこの通りは別名『野良犬通り』って呼ばれていましたが、まさしく文字どおりってやつでしたね、あの日は。

店先にゃあ、朝っぱらから次から次へと、ひっきりなしに客が押し寄せてくる。肉屋の親父は、今まで見たこともない上機嫌な顔と声で、

「はいはい、牛ですか？　は、こちらさんは七面鳥をご所望で。え、え、、なんだってありますよ。何しろ今日は復活祭なんだから」

って叫んでいましたよ。だから、私らも一縷《いちる》の望みを胸に抱いてじっと待っていたんです。「何を」ですって？　もちろん、『おこぼれ』ってやつですよ。どんなに因業な親父だって、あれほど繁盛してる日だ、ちっとは神様のお恵みにお応えしなければって気分になっても罰は当たらないってものですよ。肉のほんの切れっ端でも、私らに向かってポイっとおん投げるんじゃねえか、小骨の一つも通りのこっちに並んでいる私らにお恵みくださるのじゃないか、ってね。

ところがとんだ当てはずれ。奴はあれほど忙しいってのに、まったく見事な手さばきで肉と骨をちゃーんと切り分けて、一分《ぶ》の無駄もなくお客の注文をさばいていくじゃないですか。並んでた犬の

誰かが思わず、「こりゃ名人技だ」ってつぶやいたものでさぁ。けれども私は、あれを名人技とは呼ばないですね。あれは、あいつのケチさ加減のバロメーターってもんですよ。あの肉屋は、鶏の喉笛の骨一本だって無駄にはしないね。きっと売れ残った内臓と一緒に煮込んで、それも売る気でしょうよ。

てな訳で、お昼が過ぎようって頃には、朝のにぎわいを知らずに来た客に、

「なんじゃ。この店じゃあ、うさぎの肉をぶら下げておるのかい？」

って笑われるんじゃあるまいかと思わせるくらい、牛の肉は小さくなってしまっていました。ま、あれを牛肉だと思わせてくれているのは、午後のやわらかい日差しに光ってみせる、見事に肉と選《よ》り分けられたあばら骨のお陰というもんだね。それがまた憎いことに、こっちに向かって、

「へへへ。喰いたいだろう？　なら、おいでよ。そんなところに突っ立ってないでさ。盗りにおいでなよ」

って誘っていやがるんですよ。

私らの忍耐はほゞ限界に達しておりました。このま、いつまで見ていたところで、あの肉がご自分の足で歩いて、私らのところにおいでなさる訳でもありますまいし、肉屋の親父の心が、突然ゼウス様の雷《いかずち》にでも打たれて慈悲深くなりなさることなんぞも、天地が逆さまになったってあることじゃない。ならば、あのあばら骨が誘ったように、私たちの方からお肉様の方に出向かにゃあならないのが道理、ってものじゃないですか。

問題は、ことがしくじりに終わって、あの肉屋の親父が、私らまで奇麗に解体して、あの鈎にぶら

下げてしまうような事態になっちまうってような、そういう恐怖があったってことです。それが、私らの欲望にブレーキをかけているだけでした。うかつに手を出そうものなら、あの親父は私らに、容赦《ようしゃ》なんぞしっこない。きっとあの肉の横に、私らのうちの誰かがぶら下げられるのがオチだ。五十匹の犬はみんな、『伝説の犬になるのだけはごめんだ！』と思っておりました。だから私らは、身をよじって苦悩に耐えねばならなかったのですよ。だが、あの匂い、あの光輝で高貴な香気に、私らは我を忘れてしまいかけていました。

そして、ついに、ついに、もう余命いくばくもないよれよれの一匹がポツリと言いおった言葉に、私らはその恐怖の一線を越える決意をしてしまったのですな。

「ルビコン川を渡れ！」

って奴です。ま、この言葉はあの時代にはまだなかったんですけどね。ユリウス・カエサルがルビコン川を渡ったのは、我々の事件が起きて百年後のことですもんね。

いずれにせよ、私たちが動き始めたのは、決してあの老いぼれじいさんの所為《せい》なんかじゃない。みんな、誰かが動き始めるのを待ってただけなんだから。あのじいさんの一言は、自分が動き出すためのきっかけを与えてくれた、スターターのピストル音のようなものだったんですよ。後々言い訳する時のためのね。

「この世に思いを残しては、成仏できまい。あの肉を、たとえほんの指先一切れでもいいから、この喉に通してやらにゃあ、死んでも死に切れんというものじゃわい」

そう言って老いぼれの一匹が、むっくりと立ち上がった。四十九匹の犬が一斉に老いぼれを見た。その九十八の眼《まなこ》は、

「じいさん、止《よ》しな。おまえさんが捕まったって、誰も助けてはくれないよ。皮を剥がれたって、店先に並べてももらえないよ、あんたのその硬い肉じゃあな」

と言ってました。

しかし、もう一方では、

「へへへ、じいさん、待ってたぜ。とにかく誰かが動き出してくれるのを待ってたんだ。おまえさんが暴れてくれている間に、肉の方はおいらがいたゞいてやるから、じいさん、せいぜい頑張ってくれよな。心配するな、お前さんの墓は、俺たちが立派なのを立てゝやるぜ。いやいや、墓どころじゃない、お前さんのためならでっかい銅像を、この店の真ん前におっ立てゝやるからな」

とも語っていたんですよ。

それが証拠に、四十九匹の犬はまるでそれが事前に打ち合わせてあったことのように、老いぼれ犬が立ち上がるのに合わせて動き始めたのだからね。

こうなるともう止まらないね。誰にもこの暴走は止められないんだ、こうなっちゃあ。

通りに緊張が走った。と、どういう訳か、小春日和の村に一陣のつむじ風がさーっと吹いて、白い砂塵が舞い上がった。その中を、五十匹の犬が、ゆっくりと横切り始める図は、まるでマカロニウェスタンの決闘シーンだったね。

誰が指揮しているという訳でもないのに、横に七匹並んだ犬が見事な列をなして歩く。それぞれの犬は、それぞれに自分なりの戦略を練っていたんだね。いや、本能が示し合わせていたんだろうねぇ。行進は実に整然と、そして静かに、ぴーんと張りつめた空気の中を進んで行きましたよ。

肉屋の親父は、買い物客の途切れた今がチャンスとばかりに、棚の肉を奇麗に整理し直している最中で、私らの動きにはまったく気づいてはいなかったようでした。それよりも奴《やっこ》さんは、午後の短い休憩時間のうちに、今日は己《おの》が女房殿も復活祭の準備で忙しいのをこれ幸いに、ちょいと店を閉めて、カミさんの目を盗んで五軒隣の若後家《ごけ》さん家《ち》をお訪ね申そうと、そのことに心を奪われていたんですよ。あの流し目がゾクッと男心をくすぐる若後家さんにゃあ、他の客よりたっぷりと肉をサービスしてやっていたし、目と目で示し合わせているのを私は見逃していませんでした。どだい、あの親父が客にサービスするなんてこと、あの若後家さんを除いては、あり得ないことなんですからね。肉屋の親父は、美味《うま》い昼飯と若後家さんの、両方を味わえるお楽しみの光景を想像して、自然に含み笑いで口元がゆるんでいたのです。まあ、あの事件が、私にとって成功裡に終わったのは、そんな肉屋の油断も手伝ってくれたんでしょうがね。

通りを横切った五十匹の犬は、肉屋の店先にずらりと並んだ。もちろん、私もその中におりました。私は、行列の中央部最後尾一匹だけ列と少し間をおいた位置取りをしておりました。先頭はあの老いぼれじいさん、その左右に三匹づつが並んで……。映画にでもなっていたら、きっと『七匹の侍《さむらい》犬』というタイトルがついてたことだろうと思いますよ。

老いぼれじいさんの左右を固めた六匹は日頃から獰猛《どうもう》極まりない連中で、私たち犬仲間ばかりか人間どもにも恐れられていた面々ですよ。奴らは『ならず者の六犬士《けんし》』と言って恐れられていたんです。あの老いぼれじいさんが動かなかったなら、きっとこの六匹が先に行動を起こしていただろうと思います。ただし、きゃつらが先頭切って動き出していた場合には、私らのような一般的小市民犬がこの行列に参加させてもらえたかどうか、いさゝか疑問ですがね。あの六匹は、私らに分け前をくれるほどの、寛大な心の持ち主とはとうてい思えない連中でしたから。だからあの老いぼれじいさんがまず一番に動き出してくれたことを歓迎したのは残る四十三匹の方だったろうと思いますよ。おこぼれに与《あずか》れるチャンスは、こっちの方が多いのですから。

先頭の七匹はそっと店先の棚の隙間を抜けました。他の犬もそれに続いて店の中に入って行きましたが、私だけはあの上等な牛肉を狙うような馬鹿はしなかった。私は端《はな》っから逃げる時のことを考えていたんです。そして、それに一番都合のい、位置にあるのが、首から下のすべてが揃っているあの鶏だったんですよ。そりゃ確かにチキンなんぞより、新鮮な牛ロースの方が余程美味かろうと思いますよ。でも、それは自分の腹に収まってから言えることでして、どんなに美味《びみ》であろうが、手に入れないことには、それは味わえないんですよ。ロース肉目当てに店の奥まで侵入するなんぞという危ない橋を渡るより、喰えるものを確実に手に入れる、それが私の信条でした。だから私は、他の犬が棚の隙間から店の中に入るのを見過ごしておいて、店の少し手前から軽い助走をして、「どっこいしょ!」と棚の上に乗りました。そして、一番手前にあった鶏にかぶりついたのです。

それは私にとって予想だにしていなかったことではありますが、私が鶏肉に噛みついて、その状態で顔を上げたところにちょうど肉屋の顔がありましてね。そして、これが私の命を助けた最大の要因だったのでしょうか。親父の方もそりゃびっくり！　したと思いますねぇ。突然目の真ん前に、鶏の肉を咥えた犬の面が現れりゃあ、誰だって意表を突かれるってものですよ。肉屋の親父は、「ぎゃー！」と一声叫んで、床にでんぐり返った。

すると私を除く四十九匹の野良犬どもは、自分が見つけられたと勘違いして、一斉に、「わん！　わん！　わん！　わん！　わん！」と、これまたありったけの声を張り上げ、肉屋の顔の上で鳴き始めました。親父は二度びっくり！

しかし、さすがなもので、すぐに正気を取り戻すと、「こらーっ、野良犬どもー！」と肉切り包丁を振りかざしました。しかしその時には、私はすでに丸一匹、奇麗に羽根をむしられてすぐにでも食べられる鶏の肉をしっかりと咥えて、通りの方に反転しておりました。あとは肉屋が追いつけない所に向かってたゞひた走りに逃げるだけでした。で、残る四十九匹は……。

あいつらは、誰一人牛肉にも豚肉にも食らいつくことはできませんでした。彼らが失敗したのは、店の中があまりに狭いこと、いやあまりに大勢で乗り込んだことに尽きると思われます。まあ、それまで誰も肉屋の店内など見たことない連中でしたから、やむを得ないことではありますが、あの店の中にはどこにも、四十九匹もの犬が動き回れるスペースなどありませんでした。

そもそも犬という奴は、大ジャンプをするためにはそれ相応の助走スペースを必要とする動物なのですが、五十匹にもなろうとする犬が群がっていては、牛肉の匂いが充満するスペースはあっても、犬がジャンプするための助走空間などはどこにもなかったのです。しかも、彼らは外から店に入る時も、肉屋に気づかれないようにそーっと侵入しておりましたから、誰もジャンプのことなんか意識していません。そこへもってきて、店内の床は一面油で濡れていて滑りやすく、気ばかり焦る犬たちは滑《すべ》って転んで、パニック状態になってしまったのですねぇ。

肉屋の一声ですぐ逃げようと思ったのもいたんですが、やみくもに、入って来た棚の隙間に首を突っ込み、一匹ずつなら十分逃げ出せるものを二匹、三匹が一緒に群がったのではうまく逃げることもできませんわなぁ。

肉屋の方はすぐに平常心を取り戻して、肉切り包丁を逆手に握りしめると、

「お前ら、よくも俺様の神聖な店を荒らしてくれたな！」

と鬼のような形相で犬どもをにらみ据えました。この威嚇《いかく》で三匹の犬が失神したとか。あの老いぼれじいさんは、肉屋の一にらみでショック死したと伝えられていますよ。心臓が悪かったから仕方がありませんが、それにしてもあの親父の持つオーラには驚きですわ。あのならず者六匹衆も、借りてきた猫並みにおとなしく縛《ばく》についたとい、ます。犬が猫になっちゃっちゃあおしまいというものです。こうして牛肉強奪作戦は、私対肉屋の対戦を除けば、一方的な肉屋の勝利に終わったのではあります。

そうそう、四十九匹の犬どものその後ですけどね。伝説ってのは、本当に噂の雪だるまってもんですね、ショック死したじいさんを除けば、全員無事だったようです。あの肉屋の親父、噂ほどのこと

はなかったんですよ。肉切り包丁を振り回したって、犬をぶっ殺すほどの悪人じゃぁありませんでした。それどころか、あの老いぼれじいさんのために葬式を出してくれたほどですからね。

えっ、「私はどうしたか」って？

よくぞお訊きくださった。あの大敗北の中、私だけはちゃんと肉をいただいちゃいましたよ。さっきも申し上げましたとおり、私は肉屋を「ぎゃー！」と驚かせると、すぐさま棚を飛び降りて、あとは一目散とばかり、後ろも見ずに村はずれまで逃げたのです。

えっ、「お見事！」だって？

いやいや、そう褒められては面目ない。あなたは、私があの鶏をゴチになった、と思っておられるでしょうが……いやいや、それは大間違い。こゝからがいよいよあの有名な、お恥ずかしいお話になるんですよ。

何をにやにやしてるんです？「その話なら、聞かなくても知っている」ですって？

そうおわかりになりましたか。でもまあ、こゝまでお話しさせていたゞいたんですから、ついでに最後までお聞きくださいな。

村はずれの小川のところまで来て、私はやっと落ち着きましてね。

「もうこゝまで来りゃあ、あの強欲な肉屋だって諦めるだろう」と思いましたよ。口に咥えた鶏は、走っている間中そりゃあもういゝ匂いをさせてくれていましてね。

「さあ、どこかでゆっくりいたゞこう」と思案しながら、私が川に架かった橋の上に差し掛かったと思ってください。

私は、本当に満足な充実した気分でした。あの肉屋から鶏とはいえ、上等の肉を盗み取ったのですからね。こりゃ歴史的な偉業ですよ。そうでしょう？　私は気分が良くってね、あの肉をそんなに慌て、ガツガツ喰うって気にはならなかったんですよ。それじゃぁあまりに浅ましい。だから小川を渡って、もっと景色のい、ところでゆっくりといたゞこうと思ってね。でね……。

私はその時、ふっと橋の上から小川を見たんです。それがゆったりと水の流れる小川でしてね。山からの雪解け水を満々とた、えて、その辺りの景色が水の面《おもて》に浮かぶ、おだやかな流れでしたよ。その風景も私の栄光を賛美しているかのようでした。私は辺りの美味しい空気を思いっきり胸に吸い込んで、橋の上からじーっと水面の景色を眺めておりました。

ところが、ゆらゆら揺れる川面に何かが見えるんですよ。最初はよくはわかりませんでしたが、何か、私のこの成功に水を差すものであることは瞬間に感じ取れました。実に不愉快な、そして不吉な存在に見えたのでした。

「あれ、何か見えるぞ？」と思って、私はよーく見直しました。すると、だんだんそれが鮮明な像になって見えてきます。そして、そこには見たこともない、私よりも体格の立派な大きな犬が……それでもって、私が咥えている肉なんかよりもっともっと大きくて、美味そうな肉を咥えておるのが見えてきたのです。

私は思いましたねぇ。「こんなに苦労して盗ってきた肉より、もっと大きな肉がこ、にある。たぶん他の四十九匹の犬はみーんなあの因業肉屋にとっ捕まって、今頃はきっと皮を剥がれていることだろう……。そんな中で、俺様だけがあの親父の鼻をあかしてやった、と思ってこゝまで来たら、俺様のより大きくて、美味そうな肉を持っている奴がいる……これでい、のか?」ってね。いえいえ、決してお客さんが想像するような、そんな浅ましい考えなんかじゃありませんよ。

「自分の咥えている肉よりあっちの方が大きい。あれも奪い取ってやる」なんて、そんな、そんな喰い意地の張ったことなんか思っていませんとも。私はこう思ったんです。

「仲間たちの命の肉とも言うべき、自分のこの肉より、あいつはもっと美味そうな肉を持ってやがる。この犬は、あの肉屋との大戦争にも参加してはいなかったのに、この私よりい、肉を持っている。そんなことが許されるのか、いや許してはならない。犠牲になった四十九匹の戦友のためにも」

そう思うと、私は無性に腹がたってきましてね。「こ、は一つ、あいつの肉も奪い取って、戦友たちの墓にあの肉をお祀《まつ》りしなくちゃなるまい」そう思ったんですよ。で、私は川の中にいる奴を脅《おど》してやることにしました。

「ウーッ!」ってうなり声を出してやったんですよ。すると、おかしなことに、水の中からこっちを向いている奴も、こっちに向かってうなっていやがるじゃありませんか。声までは聞こえなかったけれども、鼻のところに皺《しわ》を寄せて、こっちをにらみ付けていやがるのです。

「何を小生意気に!」って思ったもんだから、私はもう少しきつい声でうなってやることにしました。

「ウウウーッ!」ってね。

けれど、相手はちっとも降参してくれないんです。それどころか、私よりもきつい顔でにらみ返してくるものですから、私は「これはどうでも、あいつの肉を取り上げて、仲間の墓に祀ってやるんだ！」と思いましてね、思いっきり怒鳴ってやったんです。「ウー、ワン！」ってね。

そしたらどうです！　なんと、私が口に咥えていた鶏が、川の中に『ポチャン！』と落ちてしまいまして、おまけにあいつはどこかに消えてしまったんです。私の肉もあいつと一緒にどこかに行ってしまいました。

私は未だにあのことが悔しくってねぇ、あいつは、まんまと私の肉も手に入れて、消えてしまいやがったんです。それっきり二度と会えないんです、あの犬に。まったく世の中、油断も隙もありゃしません。一方に、こんなに苦労をしている奴がいるってのに、他方にゃあ、なんの苦労もせずに他人《ひと》様《さま》のものを持っていく奴がいるんですからねぇ。

あれ？　お客さん、なんでそんなにゲラゲラ笑ってるんです。おいおい、そんなに笑うことはないでしょう。あんたもこれまでのお客さんと同《おんな》じだ、私の話を笑ってしまうなんて。ちょっと、お客さん、そんなヒックヒックって、笑いすぎですよ。いくらなんでもその笑い方はひどいんじゃないですか？

フン、もうい、やい！　お前さんなんかと話すのは金輪際《こんりんざい》ごめんだね。とっとと出て行っておくれ。さ、、行っとくれ。誰か！　お客さんが出てったら、表に塩でも撒《ま》いておくれ。

まったく、失敬なお人だ！　……でも、今日もまた笑われてしまった。なんでそんなに笑うのかねぇ、私の話を聞いた人たちは……。

アリとキリギリス

もしもし、そこ行く旅のお方……何をそんなにゲラゲラ笑っていなさるんで。えっ、なんだって？　あ、、隣の野良公の話をお聞きなすったんだね。まあ、それなら大笑いするのも無理はありませんねぇ。

え、え、、あいつは本当に大馬鹿者ですよ。だって、自分の恥をそうとも知らずに人様にさらしてるんだから。この世の中で、あいつたゞ一人じゃないですか、未だに、あの小川に映った己の姿を他人だと思っているのは。

そんな馬鹿話より、もっといゝお話をして差し上げますから、お客さん、どうぞお座りくださいな。そうですとも、この村はもう三千年以上も前からありますんで、古いってだけが取り柄で、あとはなんにもないところでご退屈でしょう。でね、この村では私らみたいな者でも、ま、語り部ってんですか、それでお越しくださった旅のお方に楽しんでいただこうという趣向なんですよ。ですから、ご遠慮なくお座りください。

えっ、「お前はどんな話をするのか」って？　え、え、、私の話はあの野良公のようなつまらない恥っさらしなんかじゃありませんよ。ですから、ゆっくりしていってください、お茶でも飲んで……。「紅茶よりコーヒーの方がいゝ」っておっしゃるんで？　はいはい、コーヒーだって出しますよ。「アメリカンにしてくれ」ですって？　いやー、そのアメリカンっちゅうのはどういうのです？　え、、初めてお聞きする銘柄なものですから……。えっ、コーヒーの銘柄じゃない？　エスプレッソとかカプチーノみたいな、コーヒーのスタイルだって？

……さて、ちょっと、うちにはありませんなぁ。何しろこゝはギリシャですからなぁ……。あ、あ、あ、お客さん、そんな……どこへ行くんです？　駄目ですよ、ちゃんとコースどおりに歩いてくれなくっちゃあ。

「アメリカンコーヒーが出せないなら、余所へ行く」だって？　そんなあ……こゝじゃどこへ行ってもアメリカンなんて名前のヘンテコリンなコーヒーを出してくれる店はありませんって。あ、はいはい、わかりました、薄目のをお出しすればいゝんですね。そういうのをアメリカンって言うんですか？「我々の国にだけにあるコーヒーの種類なんだ」って？　へー、そうなんですか。今日はまた一つい、勉強をさせてもらいました、神様に感謝しなきゃね。えゝ、はいはい、そうします、薄目にね。ですから、まあ、ゆっくり座ってください。

私はねぇ、今でも納得のいかないことがありましてね。旅のお方がおいでになったら、いつもお訊きするんですよ。でも、どうもどなたも私の言うことを正しいとは思ってくださらないんですねぇ。最後には必ず手を横に振って、逃げるように行ってしまうんですよ……そんなに私の兄弟は怠け者なんでしょうか、楽しく生き、他人様も幸せにしようってのが、どうして罪なんでしょうかねぇ。

いえね、兄貴ってのはね、結構他人様から「上手《うま》い、上手い」ってね、褒められてさえいたんですよ。春の朧《おぼろ》月夜なんかに、池のほとりなんぞで演奏会を開きますとね、兄貴の名演奏に、お集まりのみなさん、本当にうっとりしてくれたものですよ。それを怠け者と言われちゃあ、立つ瀬がないってもんじゃございませんか。えっ、「いったいなんの話だ」って？　まぁ、おいしいコーヒーができるまでの間、ゆっくりしていたゞいて、私の愚痴みたいなことになっちまいますが、お聞きください。え、え、、そんなに長いお話じゃありませんから。

私の兄貴は、それはそれは大の音楽好きでしてね。特にヴァイオリンを弾かせりゃあピカ一でしたよ。あ、でもこれは私が直接聴いたってのじゃありませんよ。私が生まれるずっと前のことですから。その音色は、本当に聴く者の心をうっとりさせるものでありましたそうな。

この村の若い恋人たちはみんな、兄貴が奏でるメロディーに乗せて恋を語っておったと言いますからな。はいはい、私はまだ生まれていませんでしたから、全部母親から聞いた話ですがね、そう言い聞かされております。どこかのご家庭で、子どもさんの誕生パーティーがあるからと言っては呼ばれ、誰それの結婚式だと言ってはお招きいただいて、生演奏でお祝いの儀式を盛り上げたとい、ます。はてはお葬式の時にもご用命がありましてね、葬送の曲も生で演奏するように頼まれたってい、ますから、そりゃ忙しい日々を過ごして、多くの人々から愛されていた兄だったようです。それが、ある日突然、世界一の怠け者呼ばわりされるなんて、あなた、納得できますか?

それは全部あのアリの所為なんですよ。ほらお客さん、お客さん、今も表通りを行列作って歩いてるでしょ、「ザックザク、ザックザク」ってね。あの黒一色の作業服で、無表情な顔の奴らですよ。労働者の群れと言うより、まるで軍隊の行進みたいでしょ?

私はね、あいつら、本当に気持ち悪くってね。みんな同じ顔で、それでもって一日中口もきかないで、とにかく黙々と働いていているんですから、いったい何を考えているのやら……。まったく喜怒哀楽《きどあいらく》という感情に欠けている奴らですからね。それなのに働き者と賞賛されているのが、私には理解できないんです。そりゃ、確かに奴らがこの村の誰よりも働き者だってのは、私だって認めますよ。でもね、あいつらの働き方ってのは、ちょっと異常なんじゃないですか？

「どうして？」ですって？　だって、考えてもごらんなさいな。

あいつらの働く理由は、春から秋までの間に、蓄えられるだけものを蓄えて、冬の間はそれをみんなで喰って生き延びようってんですよ。生きるためだけに働く、これっていったいなんなんでしょうかねぇ。奴らがやっていることは、働きづめに働いて、あとはちびちびそれを喰いつないで、細々と生きていこうっていうのでしょうが。でも、それって夢も希望もない生活だと思いませんか？　なんだかとっても淋しい生き方のように思えるんですよ、私には。あいつらの生き方ってのは、そうですねぇ……言ってみれば、あふれるエネルギーを若い間に使い切っちまって、年取ってからもう体力もなくなった頃に、貯め込んだ小金の数をニヤニヤしながら数えて生きる、何か卑しいヒヒ爺の生き方ってんですか、そういう感じがするんですよ。そういう生き方って、なんだか惨《みじ》めったらしく思いませんか？

あいつらの生き方はまさしくそれで、一年の半分を働きづめに働いて、残った半分は暗ーい土ん中で、ただじーっと寒さをこらえて生きていく連中です。何が楽しくって、そんな面白くもない人生をやってるんでしょうかねぇ。

その点、私の兄貴は素晴らしい一生を送ったと私は思っております。だって、考えてもごらんなさい。およそこの世に生を受けた者として、名人上手と呼ばれる技量を持ち、あちらからこちらから引く手あまたに招かれて、己の道をまっすぐに生きた兄貴こそ、人生をまっとうした誇り高き賢人と言うべきではないでしょうか。春から秋までただの一日だって、彼の素晴らしいヴァイオリンが村に鳴り響かなかった日はなかったんですよ。アリのような暗い生き方ではなく、自分も他人様も楽しませる、そんな生き方なんです。

だというのに、兄貴はアリどもの讒言《ざんげん》に踊らされたこの村の連中に殺されたんです。私は、あの一件以来、兄貴はあんな連中より余程高貴な生まれだってのに、あのアリより悪い奴だと呼ばれていることが悔しくって仕方ないんですよ。

は？「お前はいったい、何者なのか」ですって？

あらら、ごめんなさい。自己紹介もしてなかったんでしたよね。ほれ、ごらんください。私は緑の燕尾服《えんびふく》もお洒落な、キリギリスでござんすよ。そして私の兄貴は不名誉にもあのアリんこなんぞと比較対照された哀しい怠け者ってことになっているんです。

私が子どもの頃に聞かされた、兄貴のお話、どうかお聞きくださいな。そして、どうかこちらにある署名簿にお名前を書いてください。よろしくお願いします。

えっ、「こりゃなんだ？」ですって？　あゝ、これは兄貴の名誉回復を願う嘆願書なんです。できるだけ多くの方に署名していたゞいて、なんとか兄貴の名誉を回復すると同時に、ほら、こちら、こちらの募金箱にはお金を寄付していたゞいて、私はその浄財で兄貴の銅像を建て、やろうと思っているんですよ。

あら、お客さん。急に立ち上がって、どうしたんです？　いや……あの……お客さん！　これ、決して強制なんかじゃありませんから、そんな嫌な顔して、出て行くなんて言わないでくださいな。え、え、これって、決して強制なんかじゃありませんから。はい、そのぅ……いわゆる……なんですか……そう、そうですよ、お気持ちの問題ですから……。いや、ですから、別に無理強いしているんではないんですよ。だから、まあ、気にしないで、私の話だけ聞いてください。はい、もちろん、それだけでい〻んですよ。話を聞いていたゞくだけで。ですから、そんな腰を浮かしたりしないで、座って、座って。はいはい、もうこんな野暮なものを出したりしませんから、どうか座り直してくださいよ……いやぁ、参ったなあ。そんなにご機嫌が悪くなるとは思ってもいませんでしたから。あ、はい。もう何も言いません、署名や寄付のことは。はい、金輪際！　では、い〻ですか？　お話をさせていたゞきます。

私の兄貴は先ほども申し上げましたとおり、本当に素晴らしいヴァイオリン弾きでした。兄弟の中でも群を抜いていたってだけじゃありません。この村にいる音楽家の中でも一番上手かったでしょう。しかし、『名馬名人、必ず長命ならず』のことわざにもありますとおり……。「そんなことわざは聞いたことがない」って。まあまあ、い〻じゃないですか。とにかく、兄貴の一生はわずか一夏で終わってしまいました。

兄貴は、三度の食事よりも音楽の方が好き！　という人でしたから、そりゃもう朝から晩まで音楽を奏で通しで、その音は風に乗って村中に流れたものです。ですからこの村の人たちは、一日をとても優雅に過ごせたのですよ。

ところが、その素晴らしい音楽をまったく理解しない者がいたのです。聴く人を夢の世界に誘《いざな》うほどの幸福なメロディーを理解できないで、無教養の上に粗暴《そぼう》、労働だけが是《ぜ》、あとのことは全部非《ひ》という、およそ品格というもののかけらもない連中、あの汚い土塊《つちくれ》だらけの真っ黒いアリんこどもが、いちゃもんをつけてきたのです。

ある日突然、あいつらは列をなして村役場へ押しかけてきました。そして、村長に向かってこう言いおったのです。

「このところ、村の中で騒音を撒き散らす不届き者がおる。即刻、村長はこの騒音を、断固排除すべし！」

とね。

村長にとっては寝耳に水の話ですから、

「ちょちょちょ、ちょっと待ってください。いきなりそんなことを言われても、なんのことだかわかりませんぞ。あんた方の言っている騒音というのは、いったいなんのことじゃ」

と答えました。

すると、奴らは音楽なんか、演奏するのも聞くのもまったく素養のない野蛮な連中ですから、

「何を言っちょるか！　ほら、耳をすませば、今もあの騒音が聞こえておるじゃないか」

と怒り出す始末です。

そこで村長は言われたとおり、静かに耳を澄ませましたが、聞こえてきたのは美しいヴァイオリンの音色でした。

「あ、、聞こえますな。あれは、ヴァイオリンを奏でる音じゃ。なんと素晴らしい演奏ではありませんか」

村長は心からそう思って言ったんです。

ところが、アリどもは村長のデスクを「ドン！」と叩いて、

「何を言っちょるんじゃ。あのギーギーいう音は、あんた方みたいに家の中にいる者には奇麗な音に聞こえるのかもしれんが、わしらのように、この炎天下で一生懸命働いておる者にとっちゃあ、雑音以外の何ものでもない。しかも、のんべんだらりっとした音で、わしらの『それ行け、やれ行け、ザックザク』と歩いておる行進のリズムまで崩してしまう音じゃ。あのキリギリスは、日がな一日あ、やって遊んでおるようじゃが、わしらは一生懸命働いておるんじゃぞ。今こうして働いて蓄えを作っておかにゃあ、やがて冬になった時、食べ物が無くなって生きていけなくなるのは必定《ひつじょう》！　じゃから、こうやって一生懸命働いておるというのに、あのキリギリスの奴はそれを邪魔しおって、訳のわからない音を撒き散らしておるのじゃ。村長、わしらはあんたに抗議をする。そして要求する！　あの雑音を、即刻中止させなさい！」

そりゃあ、アリんこどもの抗議はすさまじいものでしたよ。それも、まあ一人や二人が乗り込んで

きたのなら、もう少し冷静な話し合いになったんだろうけど、村長室にぎっしり詰めかけただけじゃない、役場を十重二十重に取り囲んでの抗議です。そりゃあ村長が恐れをなしたのも無理からぬところですよ。脅迫ですものね。

それでも、

「まあまあ、そうは言っても今すぐという訳にもいかんことじゃ。村議会に諮《はか》って、それからキリギリスの言い分も聞いてじゃな」

と返答して、その場を収めることはなんとかできた。しかし約束した以上、早速臨時議会を招集して、話し合うことになったのです。そして、村議会では、『キリギリスの音楽は、騒音也《なり》や、否《いな》や』についての侃々諤々《かんかんがくがく》の議論が巻き起こる事態と相成りました。

議会の雰囲気は、最初は圧倒的にキリギリス、つまり兄貴に有利でした。そりゃそうでしょう、兄貴の演奏は人に感動を与えこそすれ、アリんこどもの言うような騒音だなんて、誰も思っていませんでしたからね。しかし、アリんこどもは自分たちの代表である議員に、こう言わせおったのです。

「朝から晩まで音楽などという非生産的なことにうつゝを抜かし、それがなんの役に立つというのだ。たゞ本人が好きなことをやっているだけではないか。ほんに真摯《しんし》に生きて、長寿をまっとうする者ならば、そんなことをして、遊んで生きるなどという不謹慎《ふきんしん》はいたさぬものじゃ。我がアリ族を見よ！　我らは春は一番に土から出て来る。そうして、すがすがしい花の香りも十分に嗅ぎ取る時間を惜しんで、たゞひたすら働いておるではないか。そもなんのため！　それはじゃな、群れをなして産まれ出ずる子どものため、愛する仲間の命を守るためじゃ。一人の欲望を抑え、群れの命と暮らしを守るためにひたすら働くアリこそ、労働者の模範であるとは思いませぬか、議員諸君！　それにひきかえ、あのキリギリスは、己の欲望にのみ打ち興じ、ヴァイオリンを奏でておるだけの日々じゃ。なになに『村民の心をなごませる』だと？　『一日が心安らかになる』だと？　『人々が元気になる』だと？　何を言うか！　朝から晩まで心なごんでどうする！　心安らかで命の糧が手に入るか！　元気の源が、あんなゆるゆるとした、かったるい音から沸き立つものか！　キリギリスの音楽は、己の怠惰のみならず、村民すべての品性を失墜《しっつい》させ、退廃させるものに他ならん！　議員諸君、みなさんはキリギリスの音楽をこれからも聴き、村人すべてを怠け者にすることをお望みか？　それとも勤勉実直で、日夜額に汗して働くアリの誠実な労働の日々を讃えるのか？　そのいずれをお選びになる」

この演説で議会の大勢は一変してしまいました。いや、本当はみんな兄貴の音楽をもっともっと聞きたいと思っていたと、私は信じています。しかし、あの演説は音楽を聴くこともまた「怠惰だ。おろか者のすることだ」という論法で、村議会はおろか、村民全員に『勤勉か、怠惰か』の踏み絵を踏ませることになったのです。誰だって自分が怠け者だなんて思いたくないですよ。音楽の素晴らしさを説明しようにも、あのアリどもの統率の取れた働き方と、そのアリが音楽は「労働の敵だ！」と宣言することに反論するすべはありませんでした。議会はその日のうちに兄貴のヴァイオリンを非難する決議をしてしまい、兄貴は『怠け者』の烙印《らくいん》を押される身になってしまったのです。

おりしも季節はもう秋——。香《かぐわ》しい花の香りはすでに消え去り、旨味《うまみ》を降り注いでおった果実も、今や熟《う》れきったその姿の残骸を、地面の上に残す季節と相成って、私ら昆虫のたぐいはみな家に引き籠《こ》もる時を迎えておりました。しかし、私の兄貴はそんな厳しい季節であればこそ、また来る春までを美しい音楽で待とうではないかと、それでも一生懸命愛の歌を演奏し続けておりました。

　しかし、秋風が日に日に冷たさを増す頃、兄貴の家にはもう何も蓄えがなくなっておりました。それもみなあのアリの所為なんです。春から夏にかけては、あれほど演奏依頼の注文が殺到しておったというのに、村議会で『屋外でのヴァイオリンの生演奏は禁止する。また、屋内といえども、防音設備の完備していない所での演奏も、これを禁止する』という条例ができてからというもの、誰も兄貴に生演奏を頼むこともなくなり、兄貴の収入はまったく途絶えてしまったのですよ。野外で音を出しますと、すぐさまアリんこどもが役場に密告するものだから、何度も村長さんに叱られ、兄貴はすっかり落ち込んでしまっていました。

　やがて冬になりました。あれほど快適だった季節も去ってしまい、この辺りも一面雪景色になりました。そしてアリんこどもにとっては、みんな地中深い家の中に隠れて、ひっそりと春を待ちこがれる季節となったのです。兄貴は思いました。

『今なら、アリたちに密告されることもない。この美しい雪の中で思いっきりヴァイオリンを弾こう。そしてみんなに音楽の素晴らしさをもう一度思い出してもらおう』

　兄貴は、酷寒の表に飛び出して、ヴァイオリンを弾きました。静かな村にしんしんと雪の降る中、美しいヴァイオリンの響きがどこまでも流れていきました。

その妙なる調べを聞いた村の人々は、みんな忘れていたあの美しい音楽を思い出しました。ある者は、その音を聞きながら読書を楽しみました。ある者は、その軽やかな調べの中、ダンスを踊りました。またある者は、ワインを片手に音楽に聴き入りました。みんな、心から感動して涙を流しました。アリたちだけは雪の下の深い地中に住んでいたので、その美しい音楽を知らずにいました。

兄貴はとても幸せな気持ちで、その日、朝から夜遅くまで次々に素敵な曲を弾き続けました。それはまるで、往来で弾くことを禁じられていたこの数ヶ月の鬱憤《うっぷん》を、一気に吐き出すように激しく、また今、心ゆくまでヴァイオリンを奏でられる喜びを歌い上げるように、格調高く、そして聞く人の心を温めるように、和やかに。兄貴は、知っているすべての曲を演奏しました。やがて、北風がゴーッと村を走り抜ける深夜、人々が眠りにつく頃、あの美しいメロディーはいつの間にか聞こえなくなっていました。村人たちはそんなことにはなんにも気づかず、心から音楽を楽しんで、そして眠りに誘われていきました。

続いていた猛吹雪の晴れ上がった三日後の朝、村民たちは大通りに横たわって息絶えている兄貴を発見しました。兄貴の体はほとんど雪に埋もれていましたが、雪の上に突き出した兄貴の右手には、ヴァイオリンの弓が握られていました。凍った雪の下から掘り出された兄貴の左手には、愛用のヴァイオリンがしっかり握りしめられて、胸の上に乗せられていました。兄貴の死に顔は、この上なく幸せそうな表情だったそうです。人々は心から兄貴の死を悼《いた》んでくれました。でも、それはそこにあのアリんこどもが一人もいなかったからです。それが証拠に、彼らは、心の中では兄貴の音楽をもう一度聴きたいと渇望していたにもかゝわらず、誰一人兄貴の無罪を訴えてはくれませんでした。

私たちキリギリス一族は、今でも疑問に思っています。アリの言うとおり、労働とはそんなにも偉大なのか！ そして音楽を奏でることはかくも罪深いことなのだろうか——？

お客さん、どう思います？ 私の兄貴はそんなに怠け者だったんでしょうかねぇ？ アリみたいにたゞ働くことだけが人生なんて、つまらないと思いませんか？ そりゃアリの家ってのは、おいそれと壊れることもないほど頑丈にできていますし、毎日毎日とにかく働けるだけ働いて、溜め込めるだけのものを溜め込んで、冬場はその蓄えものを倹約して食べている、という人生も、それはそれでアリの勝手というものです。まあ、アリんこはそうやって生きればいゝんでしょうよ。私はアリんこどもに、兄貴と同じ生き方をしろ！ なんて、そんな傲慢《ごうまん》なことは言いませんよ。

でも、私の兄貴のような生き方があったっていゝんじゃないんでしょうか。自分の好きな道を究《きわ》めようと、毎日一生懸命ヴァイオリンを弾いて、聴いてくださるお方に感激してもらう、それが兄貴の至福だとすれば、それはまたそれでいゝことじゃないでしょうかね。面白く楽しく生きて、その楽しさをみんなにおすそわけする人生だってあってもいゝんじゃありませんか。

あ、お客さん、もうお行きになるんですか。いや、どうも私のつまらない愚痴を聞いていたゞいてありがとうございました。あ、それで、あの……その……私の話にちょっとでも、ほんのちょこっとでも、「うん、そうだ。お前の言うことにも一理ある」と思ってくださいました？ あ、そうですか。思ってくださった。いやー、嬉しいな。ありがとうございます。

あ、それで、あの……もし、そう思ってくださったのなら……えーっと、これ……いや、ほんと強制してるんじゃありませんからね、あなたがちょっとでも、私の言い分を納得してくれたようでしたら……これ……署名していたゞいて、ですね……それで……ついでに、その、この箱に……いえ、これ、これ、これこそ、あのー強制なんかじゃないんですよ。いえ、ほんとに。いやいや、無理強いしてなんかいませんよ。ちょこっと支援していたゞければなぁって、そう思ったものですから。いや、お客さん、そんなに怒っちゃ嫌ですよ。ね、ね、私、そんなつもりじゃないんですから。いえ、ほんとに……あーぁ、行っちゃった……。

ずいぶん怒ってたねぇ、あんなに怒らなくったってい、のに……。私の言い分が正しいって言ってくれたから、だから、それなら署名してもらってもい、かな、って……寄付金も出してくれるかな、って……ちょっとそう思っただけなんだから……強制じゃないってあれだけ言ったのに、「お前は偽善者だー!」なんて怒るんだから。

はぁーあ、もう今日は、店、閉めちゃおうかナ。なんかすっかり疲れちゃったよ。そうしよう、もう、店、閉めちゃおーっと。

羊飼いと狼

おや、どうなさいました、旅のお方。えらくご機嫌がお悪いようですけど……。えっ、「キリギリスの奴にお金を巻き上げられそうになった」ですって？

すみませんねぇ。あのキリギリスってのは、本当に困った奴でして、死んだ兄貴の話をしちゃあ、すぐに「自分たちは被害者なんだ」って言って他人様の同情をひこうとする、被害妄想でしてね。この村であいつみたいなこと言ってたら、全員がご先祖や亭主の銅像を建てたがりますよ。えゝえゝ、あんな奴に構うことなんかありませんや、ほっときなさい、ほっときなさい。あいつの代わりにこの私が謝りますんで、どうか機嫌を直してくださいな。ご遠方から来られた旅のお方に、この村が悪い印象を残したとあっちゃぁ、そりゃ名折れってもんですよ。

さゝ、どうか奥の方にお入りになって、ゆっくりお茶でも召し上がっていってくださいな。サービスしますわよ。あら？　何をじろじろ見てるの？　嫌だ、私ゃオカマなんかじゃありませんよ。れっきとしたレディーですよ。ま、歳はちょっと喰ってますけどね。

「この村じゃ、どこに入ってもお茶ばかり勧める」ってですか？　えゝ、そうなんですよ。まあ、こう言っちゃあなんですが、名前は有名なんですけどね、その割には、こゝってなーんにも見ていたゞけるような名所がないんですよ。まったくお客さんのおっしゃるとおりですよ、なんでこんなに沢山の観光客が来るんでしょうかねぇ。

私の思いますところじゃ、きっと今の人たちは、よほど心が飢えておられるんですよ。今じゃ誰だって自動車を持ってるし、家《うち》ん中にゃあ、テレビだ、ステレオだ、パソコンだってそりゃあなんでも揃ってる時代ですけど、どうもいけませんですね、物ばっかり豊富ってのも。

今じゃ苦労をするってのが、夢物語ですからね。苦労なんかしなくったって、なんでもかでもお金さえあれば手に入る時代でしょ。で、みなさんそれ相応に小金を持ってますし、なんとかローンだとかカードとかあってね、現金を持ってなくても物が買える時代なんですからね。

おまけに出会い系サイトとか、ホームページとか、どこの誰かもわからず、やたらと自分を素っ裸に情報を送るなんていう馬鹿な時代になっちまって、相手の氏素性もわからないのに、会話したり自分を売り込んだり、今やめちゃくちゃな時代だと思いますよ、私なんか。

けどね、やっぱりお金じゃ買えないものがあるんだし、大切なものは、自分の目でたしかめなきゃならないってことに気づいたのかしらね、確かなものを探すってのか、癒しを求めている人が増えまして、こゝにも多くの人が来るようになったんですよ。

そうですよ、人の温かい心や優しさ、愛情？ そういうのはやっぱり、こうして人と人が出会って、お話しし合うところから始めませんとね。おやおや、私としたことが、いきなり何やらしかめつらしいことを申し上げてしまいました。はいはい、コーヒーだろうが、ジュースだろうが、ご注文はなんでもお引き受けしますよ。

「何か食い物はないか」ですって？ いやー、それはちょっと……。いえね、食べる物ってのは、ちょっと私んところには置いていないんでしてね。はいはい、この通りじゃなくって、もう一本東の通りがレストラン街なんですのよ、はいー。え、、そうなんですよ、この通りはお土産屋だけですからね、お話のね。そうです、そうなんです、こうやって、お茶なんぞをご提供しましてね。で、そこの店主のお話をお聞きいたゞくってのがこの通りの特徴なんですよ。心に隙間のある現代人にはい、所でございましょ。

だからって、そんなに小難しい話じゃあなた、聴く方だって肩が凝ってしようがないじゃありませんか。ですから、まあ、もうすでにみなさんがよーくご存じのお話、それの裏事情っていうか、その登場人物の真の姿とか、言い分なんてのを、ご紹介するってのが観光の目玉っていう訳なんですよ……あ、ごめんなさいよ。ついつい余計なお話をしてしまいました。はい、本筋のお話をしなきゃね。

私はね、自分ではそんなに嫌われ者だとは思っちゃあいないんですけど、まあ、とにかく悪《わる》の専売特許のように言われているんですよ。そこんところがちょっと納得いかないんですけどね。まあ、でも世の中なんだって役回りってものがありますから、これも前世の祟《たた》りと諦めていますけどね。そうですねえ、この『イソップ村』じゃあ私のところと、ほら、お向かいの西へ三軒目、あそこの夫婦なんかが一番多く登場するんですよ。

「何に」って、あなた、そんなことも知らずにこのツアーに参加したの？ ま、い、ですけどね。しかし、どうして私はいつも腹を空かしていなきゃならないんですかね。いや、この村でだけのことじゃないんですよ。ほれ、ドイツの『グリム村』でだって、イギリスの『こぶたの民話村』でだって、そりゃもう必ず私は『腹を空かせた悪いオオカミ！』というキャラクターで登場すると決まっているんですから。

ちょっと、お客さん！　なんですか、そんな逃げ腰になったりして……大丈夫ですって！　あんたを喰ったりしませんよ。もうそんな時代じゃないんですよ、今じゃあ。私たちオオカミだってちゃんとした公務員で、語り部として自分の言い分を喋れることになっているんですからね、腰を落ち着けて聴いてくださいな。おい、お前さん。ガタガタ騒ぐんじゃねえってんだ。もうこの店に入ったからには、私の話を聞かなきゃあ、一歩も外には出さないんだからね。そこんとこ、わかってんだろうなぁ、おい、兄さんよー！

あ、あら、、、、まあ、ごめんなさい。嫌だぁ、私ってついつい地が出ちゃって……。旅のお方、あなた、そんなにガタガタ震えて、泣きそうな顔しなくったってい、じゃないの。そんな、とって喰おうなんて思っちゃいませんよ。もう人間を食べるのはこりごりなんですから。

ほんと、ごめんなさいね、凄《すご》んだりして。でも、ほら、私、一応雌《めす》なんだけどね、でも、やっぱりオオカミのキャラクターがね……そのー、オオカミでしょ、だから、どうしても時々凄みを効かせたくなっちゃうの。だから、あんまり気にしないで、ね、ね、ね。ほら、ハンカチ貸してあげるから、涙を拭いてね……そ、そう。もう泣かないでね。い、わよ、そのハンカチあげるから、『イソップ村』観光記念に。それより、ちゃんと座って……ね。私の話をしてあげるから。ね、い、でしょ？

私たちオオカミって、本当にいつもお腹を空かしているみたいに思われてるけど、そんなことないのよ。それにいつも、人間の飼っている羊や何かを強奪して食べてる、って思ってるでしょうけど、そんなこともないのよ。人間や草食動物は、この世の中でオオカミが一番怖いと思ってるようですけどね、それは大間違い！　およそこの生物界において一番怖いのはなんたって人間、そうあなた方ですよ。そりゃもう、常識も常識、この村じゃあ全員がそう思ってますわよ。

「そんなことない。人間なんて鋭い爪も、噛みつく牙も持ってない、力の弱い動物だ」って。まあ、なにをおっしゃいますやら。この地球を、二回でも三回でも破壊し尽くす武器を持ってるのは、あなた方人間だけですよ。それに環境破壊だって、あなた方の大得意な分野でしょ。おまけに同じ民族同士でだって、殺し合い、騙し合い、盗み合ってるでしょ。さっき言った向こうの三軒目、あそこの奥さんだって言ってましたわよ。

「まったく何かと言えば、人間は私たちのことを、ずるいとか、詐欺師だとか、嘘つきだ、なんて言うけど、人間の方がよっぽど嘘つきで、ずるくって、稀代《きだい》の詐欺師どもだわよ。その一番の大ボスが政治家どもだからね」

なんてね。

あら、、あなた、そんなに怒らないでよ。これは私が言ってるんじゃないのよ。向こうのキツネの女将さんが言ってるんだから。でも、私だって、まんざらそう思っていない訳じゃないですけどもね。

「どうして？」っておっしゃるなら、まあ、私の話をゆっくり聞いてくださいな。

私の亭主はきっと、別に羊飼いを食べてやろうなんて思っていなかったと、私は思ってますのサ。だって、人間様を喰っちまうってのは、羊をかっぱらうのとは、ちょっと訳の違うことなんですよ。羊の一匹や二匹喰われたからって、人間たちは山狩りまではしませんよ。でもね、人間がオオカミに襲われたなんてことがあった日には、どこでだってたちまち町中大騒ぎですよ。「犯人のオオカミを捜せ！」、「いや、この際、森中のオオカミを皆殺しにしろ！」っていうようなお、ごとになるのは必定です。

私たち知恵のない獣だって、あなた、馬鹿じゃありませんから、そんな大それたことはしませんよ、ふだんはね。でもね、あの時は、成り行きでそういうことになっちまったんですよ。ですから、あれはまあ、あの羊たちには天災だったと言う他ありませんし、あの羊飼いの子ども、あいつには自業自得って言ってやりたいわね。八十四の羊さんたちには、まあ、それが運命だったのだと諦めてもらうしかないことなのよ。

「何があったんだ？」って。まあまあ、そんなに先を急がないでくださいな。お茶のお代わりはいかが？　あ、いらない……？

そう、私の亭主がね、あの羊飼いを食べてしまったのには、それ相応の深い事情があったのよ。ほら、向こうに丘が見えるでしょ。今じゃ石っころだらけの荒れ野になってますけどね、昔はあの丘は本当に緑が一面の、奇麗な牧草地だったんですよ。今でも思い出しますよ、この辺りの景色の素晴しかったこと。あの、ほら、ずっと右の方にとがったような岩があるでしょ。あそこでね、うちの亭主とよくデートしたもんですよ。

えっ、「いったいお前はいくつなんだ？」って？　あら、嫌《や》ですよ、レディーの歳を訊くなんて。あー、これから話すことがイソップのお話に出ていることだからって、私もそれ相応のおばあさんだって思ってるんでしょう。嫌ですねぇ、この村の住人は、みんな歳をとらないんですよ。この村は次元のはざまにある、そう思ってくださいな。だって、私たち動物が人間語を喋れることだって、不思議っていえば不思議でしょ。だから、あまり深く考えないで付き合ってください。あんまり歳のことなんかは気にしないことです、こゝにいる間は。話を元に戻しますよ。

ほら、あの岩、い、形してるでしょ、今でも。私たちの若い頃にはねぇ、あの人があの岩の上に上がって、「ウォーン！」て叫ぶとね、私は大急ぎで親の目を盗んで駆けて行ったものよ。満月の夜、二人っきりであの岩に並んで、恋の雄叫《おたけ》びを交わすんですよ。彼が魅力的な低音のバスで「ウォーン！」って鳴くでしょ、そしたら、私はメゾソプラノってところね、「ウォーン！」って高く鳴くの。そうやって、朝まで語り合ったもんだわ……あら、ま、私ったら、余計なことを……まあ、嫌ですよ、お客さん！　昔の恋のことまで喋らせちゃって。

えっ、「お前が勝手に喋ったんだ」って？　まあ、そうでしたかね。さ、話を元に戻しましょ。

え、え、、今でこそ『イソップ村』って名乗っていますが、昔はほんとうになんにもない名無しの村だったんですよ、こゝは。村人たちはほそぼそと、麦畑と羊の放牧、それからあとは丘の向こうの、今ではこれまた禿《は》げ山になってしまってるけど、その頃はまだ大きな森でね、その森に木々がいっぱい茂っていたから木こりをしてた人もいましたっけねぇ、ま、それくらいがこの村の産業でしたよ。もちろん私たちは森の中に住んでいたんですけどね。

そんな貧しい村でしたから、学校なんてものも当時はまだなくってね、子どもたちは朝から晩まで親の仕事の手伝いさね。仕事の手伝いったって、まあ、やっぱり一番多かったのが羊の世話だね。小さい子どもは羊小屋の掃除とか、羊の餌運びなんかを手伝ってたね。大きな子になると、あの牧草地まで羊を追って、一日草を喰わしてやるのが仕事だったのよ。みんなのんびりと羊が草をはんでいるうちに、爺さまや親の代からずーっと受け継いでおった読み書きの本や算術の本を読んでね、それで文字という奴を覚えたり、地面に数字やら三角形の絵を書いて、数の勉強をしていたっけね。けれども、中には勉強嫌いってのか、およそ人並みな考え方をしない悪たれ餓鬼ってのもいますわね。あのガキんちょもそんな悪たれの一人だったんですよ。

まあ、落ち着きのない子でね。見方を変えりゃあ、なんにでも興味を持つ子とでも言うんだろうけど、いずれにせよ、一つことをじっと落ち着いてやるってことのできない子だったわね。そのくせ、いたずらだけは天下一品ってんですか、で、そんな子がある春から羊飼いになったんですよ。でもさ、あの子は他の子どものように、日がな一日ぼーっとして羊の番をするか、何か勉強のまねごとなどのできるって子じゃなかったのさ。あの子が最初にしたことは、番をして守ってやらなきゃならない羊にいたずらをしたんだ。

「何をした?」ってかい?

いや、もうあれには呆れちまったよ。その話を聞いた時は、森中の動物が大笑いしたわね。けど、そのあとでみんなが言ったことは、「あの少年とだけは、どんなに親切にされたってお近づきになりたくないものだ」という結論でしたね。はいはい、そんなに急かさなくてったって言いますよ、あの子が何をしたか。でも、聞いて驚きなさんな……あの子はね……あはははは、思い出すとまた笑っちゃいますよ。あははは。あら、ごめんなさい、思い出し笑いなんかして。あの子はねぇ、若い羊のケツの穴に、大きくって真っ赤な唐辛子を一本突っ込んじゃったんですよ。

ほら、お客さんも笑った。そうですよ、誰だって笑っちゃいますよね。まったく、よくそんないたずらを考えたものだってね。子どもは天使なんていうのは嘘ですよ。あの天使の笑顔の裏にはね、想像もつかない悪魔が潜んでいるんですよ、子どもってのにはね。まったく、空恐ろしいことを考えたものですよ。

羊がどうなったか……どうなったと思います？　……え丶え丶、そりゃもう大驚きですよ。あんな光景は生まれて初めてでしたし、もう二度と見たくはない可哀相な結末でしたよ。まあ、私らオオカミはおかげでその夜は、羊一匹、ご馳走になりましたがね。

えっ、「どうなったんだ、早く話せよ」って？　はいはい。

ケツの穴に唐辛子を突っ込まれるってのは、どういうものか。あなた、想像つきます？　きっとお尻に火がついたってのは、あ丶いうのを言うんでしょうねぇ。若い羊にとっちゃあ、そりゃあもう尋常な痛さじゃなかったでしょうよ。私ゃ考えただけで身震いしちゃいますよ。

あの若い羊はいきなり脱兎のごとく走り出しましたよ。それもスキップなどという優雅なものじゃありません。ただ一直線に、そりゃあもう、どんな障害物があろうとも、ってな勢いでまっしぐらに走りましたよ。矢のようなスピードでね。

『弾よりも早く！』ってのは、あ、いうのを言うんでしょうね。けれども、ほら、あの丘を見てご覧なさい。今は牧草が生えていないからよくおわかりでしょ、文字どおり石っころだらけなんですよ。そんなところを猛スピードで走ったりしようもんならたちまち石に足をとられて、ひっくり返ってしまいますよ。

案の定、若い羊は群れからはぐれて三百メートルも走ったでしょうか、大きな石に前足を引っかけてドーっと倒れてしまいました。前足が一本折れてしまいましてね、見るも哀れでしたよ。それでも、羊は必死に立ち上がって、なおも走りましたよ。足をひきずりながら、ね。次にひっくり返った時にゃあ、あなた、後ろ足も折ったたか、挫《くじ》いたかしてしまったんでしょう。そうなりゃあ、もう起き上がることもできるものじゃござんせん。哀れな羊は目にいっぱい涙をためて、「メェー、メェー」と鳴きましてね、尻の穴の激痛と足の痛さの両方を嘆いておりましたよ。

私らがこのチャンスを逃す訳がありません。若い羊の肉がそこに無防備に転がっているんですもの。親兄弟親族一同、その数三十六匹のオオカミが、倒れた羊を襲いました。でもね、普通ならそういうことはしないんですよ。私らが羊を襲う時は、もっともっとプランを練って、計画的に集団で実行するんです。でも、あの時はいわば、棚からぼた餅状態でしたからね。もう、早い者勝ちみたいに羊に殺到しましたよ。

すると、あの子はびっくりしたんでしょうねぇ。

「大変だ！　オオカミが出た。オオカミが羊を獲っていくよー！」

と眼下の村に大声で知らせたのです。丘の下に広がる畑には村人が大勢野良仕事をしていましてね。みんなびっくりして、手に手に鍬《くわ》やら鋤《すき》を持つと、丘に向かって駆け上がって来ましたよ。けれども、羊は私らのいる森の近くに向かって駆けていましたから、私らは悠々と羊を引きずって、森に逃げ込むことができました。

本当にその夜は美味しい羊肉をたらふくいただきましたけど、でも、私らオオカミはなんとなく釈然としない思いも持っていました。いえ、肉は本当に美味しかったんですよ。でもね、なんと言ったらい、んでしょうかねえ、そのー、本当は食べてはいけないものを食べているっていうか、『これは本当に私たちの獲物なのかねぇ』というような漠然とした、その、人倫にはずれているというような後ろめたさを感じたんですよ。だから、あれだけの肉がありながら、大宴会の雰囲気というより、なんてんですかね、そう、お通夜の席にお呼ばれされて行った時みたいな、淋しいお食事会になってしまいましてねぇ。それと、どうも私たちはあの悪ガキの所為で、羊一匹盗み取った悪《わる》にされてしまったような……。

そう、そうなんです、これって濡れ衣じゃありません？　そう思うでしょ、お客さんも。そうなんですよ、あの子が羊にやったこと、羊のケツに唐辛子を突っ込んだりしたことは、村の人たちゃあ誰も知らないんですよ。村人はみんな、「俺たちの大切な羊をオオカミが盗んだ」ってことしか知らないでしょ。だから、私たちがすべて悪くって、そのきっかけを作ったあのいたずらガキは、なんの罪もないことになっちまったんですよ。だから、とっても後味の悪ーい気分が残っちゃったんですよね。

ところが、あの悪たれは、あの日の出来事からとんでもないことを思いついたんですよ。あいつは「オオカミが出たー！」って叫んだ時、村人たちが慌てふためいて丘に駆け上がってくる様子を、ゲラゲラ笑って見てたんですよ。そんなこと、何がおかしいんでしょうねぇ。村の人たちが必死になって羊を守ろうとして走って来ているってのに……。

この村の羊はおおよそ八十匹くらいなもんでしょうか。ですから、どんなに羊毛をとったって、大した稼ぎになんかなりゃしませんよ。むしろ村人たちにとっては、自分たちが着るセーターの毛糸として、そりゃあもうとても貴重なものなんですよ。おまけに村祭りの時の生け贄《いにえ》にもなりますから、儀式には欠かせない大切なものなんです。一匹でもオオカミなんぞに喰われては大変なんですよ。だから、村の人たちは、羊飼いから「オオカミだー！」って言われれば、何をおいてもすっ飛んで行くんですよ。正直言って、あの時は、私たち喰った側だって後ろめたい気持ちになっていたってのに、あの子は、若羊一匹をオオカミにただでくれてやったことをちっとも反省していないんです。反省するどころか……。

村の男の子たちは十二才になると羊飼いの仕事をしなけりゃならんことになってるんだよね。二週に一度か三週間に一度、羊番の順番が回ってくるんですよ。そんな風にお互いに助け合って生きないと、こんな田舎の村はやっていけないのです。でも、そのお陰でみんなが一つにまとまっている村でもあるんです。子どもの時からそうやって役割分担して、一人ひとりが村人として役割を担っていることを実感するんですよ。でも、あの子はそんな村の秩序をめちゃくちゃにしてしまった。

事件が起きたのは次のあの子の当番の日でしたよ。私は、森の中ですぐあとに亭主になるオオカミとデートを兼ねて、野ねずみ狩りをしていました。野ねずみ程度の狩りだったら、全員揃ってなんていう大規模な狩りじゃないからね。

そしたら、突然牧草地の方から、あの子の叫び声が聞こえてくるじゃありませんか。なんて言って叫んでいたと思います？

「大変だ、オオカミだ、オオカミが羊を獲りにやって来たよ。助けてーっ！」

って言ってるんです。私たちはびっくりして森のはずれまで駆けて行きましたよ。いったい誰が羊を盗もうとしているのかと思ってね。

さっきも言ったとおり、オオカミってのは決して一匹で猟はしないんです。特に人間が飼っている羊を奪おうという時、単独行動は絶対に認められません。ちゃんとグループ全員で、それぞれの役割を決めて仕事にかゝるんです。あの日、私らは羊を襲うなんてこと、まったく計画していませんでしたから、私たちはびっくりしたんですよ。抜け駆けは仲間内ではきつい御法度《ごはっと》ですからね。

私たちが森の端に行って見たのは、ほら、丘の中腹に枯れ木が一本あるでしょ、あれはまだこゝが牧草地だった頃には一番良い見張り台になってましたけど、その中段の枝にあの子が立って、村に向かって叫んでいる姿でした。でも、その木の下で群れになっている羊は、みんなあの子を見上げて、「この子は何を叫んでるの？　オオカミなんてどこにもいませんよ」って言ってましたよ。

けれども、里の畑にいる村人には、そんなことわかる筈もないから、みんなはまたまた手に手に道具を握りしめて、ワイワイ言いながら丘に駆け上がってくるんですよ。子どもはそれを木の上でゲラゲラ笑って見ているんですよ。まったく、人騒がせなことですわね。

その時だったわ。亭主になる私の彼がキラリっと目を輝かせて言ったのは。

「おい、俺は近いうちにこの森で、オオカミのリーダーになってやる。だから、俺についてくるんだぞ」

って言ったんですよ。あれは私への正式なプロポーズだったんですねぇ。私はただ嬉しくって、もう何にも考えずに「ウン!」ってうなずいちゃいました。亭主の言った言葉の本当の意味はちっともわかっちゃあいなかったんですけどね。

あの悪ガキは、自分の当番のたびに、「オオカミが出たー!」をやっていました。

私の亭主は、そのたびに森のはずれに出かけて行って、じーっとその様子を見ていました。あの子の叫び声に村人がどう反応するか、丘に登って来るのが何人か、私の亭主はそれを見ていたんだそうです。いや、これはあとになって聞かされた話ですから、そん時はちっとも大それたことを考えているなんて気がついちゃいませんでしたよ。

とにかく、あの少年が、「オオカミが出たー!」の嘘を始めて四回目の夜、私の彼は、群れの長老オオカミの家に出かけて何やら相談をしたんだそうです。そして、それから二週間目の、またあの子が当番となる前の夜、私たちは子どものオオカミを除いて、全員が長老のところに集められましたよ。そこで私はびっくり仰天の計画を聞かされました。

あんな作戦はオオカミの獲物狩り戦法の中でも、空前絶後って奴でしたね。それはみんな、「うーん」って感嘆のうなり声を上げるくらいでしたから。でも、私にとってはそれよりもう一つ、それは他のオオカミには関係なく、私だけがびっくりする話もあったんですけどね、そっちのことに気を奪われてしまったんですよ。

「そいつは何か？」ですって。うふふふ……それはね、長老がこう言ったんですよ。

「これから皆の衆にとても重要な話をする。よって、聞き漏らすことのないよう、よーく聞いてもらいたい。えーっと、その前にじゃ、ウォッホン！　実はこの素晴らしい提案を最初に儂《わし》に話してくれたのは、ほれ、こいつじゃ」

と言って、長老は彼のことを指差したんですよ。私は自分まで指名されたみたいな気分になっちゃって、とっても晴れがましい気分で、顔を紅潮させてしまいましたよ。でも、そのあと、私はもっと顔を赤くすることになったんです。長老は続けて言ったんです。

「それでじゃな、こいつはこの計画を実行する前に、今夜みんなの前で、ほれそっちに座っておる、あの娘と結婚したいと言うんじゃ」

って言って、私を指差したんですよ。

もう私は嬉しいやら恥ずかしいやら、本当に小さくなってしまいました。長老がそう言ったとたん、その場に居合わせた仲間が一斉に拍手をしてくれましてね、お祝いの言葉もいっぱいもらって、私ゃその夜のうちに祝言《しゅうげん》を上げちゃいました。そういう段取りになっているなんて、私一人だけが知らなかったんです。

「さて、この二人の祝いの宴会は明日やることにする。きっと明日は今まで誰も見たこともない素晴らしい披露宴になることじゃろう。そこでじゃ、これから言うことをみんなよく聞くのじゃぞ。話すのは、計画を立案したこいつじゃ」

祝言の儀式を簡単に済ませてから、長老は私の亭主に話をバトンタッチしたの。

彼の計画は本当に素晴らしかった。それに作戦を伝える彼の声はもう立派な群れのリーダーのそれだったわ。私はリーダーのおかみさんになれたのよ。だけど実のところ、私はあの日の夜の話はほとんどなんにも聞いちゃあいなかったの。ぼーっとして丶、あの人の声にたゞ聞き惚《ほ》れていただけだったんだもの。だから計画の話はさっぱりだったけど、翌日、狩りの現場で私は彼の素晴らしさを実感できたんですよ。

当日の朝、私たちオオカミはあの少年がいつも羊を放し飼いする丘の中腹をすっかり包囲して、あの子が羊を追い立て丶来るのを待っていたわ。お日さまが十時の方向に来た頃、あの子は鼻歌まじりに八十匹の羊を追い立て追い立て、丘に登ってきたの。私たちは岩陰や草の奥に身を潜めて、じーっと待ってただけよ。あの子はいつもの場所へ羊たちを追い立てると、退屈そうに言ったわ。

「あーあ、『オオカミが出たぞー！』って嘘言うのもなんかつまんなくなってきたなぁ。この前なんか、たった三人しか駆けつけてくれなかったしなぁ……もうみんな嘘だと知ってしまったんだよなぁ。何か他のことして驚かせたいなぁ。けど、唐辛子作戦は、羊一匹オオカミに持っていかれて、親父にしっかり叱られちゃったしな。でも、羊のケツの穴に唐辛子を突っ込んだことはばれてないから、もう一度やってもい、かなぁ」

そして、つまらなさそうに、いつも登る木に登っていきましたのさ。

あの木の中段にある枝は、それはそれはい、枝ぶりでして、そこに登った人の姿は下からは見えないけど、上からは丘のすべてが見渡せるんですよ。ですから、あの枝に登ったら、私たちの隠れているのだって、丸見えになってしまうんです。でも、あの日の私たちは、あの少年が枝に登って私たちを見つけることに、なんの警戒もしてはいませんでした。いえね、見えたって構わない、『どうかたっぷりそこから私たちがお前さんと、お前さんの羊を取り囲んでいるのをごらんください』とすら思っていたんです。

あのガキんちょは、「どっこいしょ」と言って、太い枝に座りました。それからずーっと遠くの景色を見、それからゆっくりと木の周りに目をやりました。私とあの子の目が、バシッ！　と火花が出るくらいに真っ正面から向かい合いました。

一瞬、少年は自分が見たものが理解できなくて、「なんだ、今のは？」と言うように視線をそらせましたが、すぐにもう一度私を見ました。その時、私は『ニヤリ』と笑ってやりました。

「オオカミだ、オオカミが出たー！」

あの子の声は、それまで嘘を叫んでいた時より数倍は大きな声だったのではないでしょうか。そりゃそうです、今回は本物がグルリと自分を取り巻いているんですから。彼はありったけの声で絶叫しました。

「誰か助けて！　オオカミだ、オオカミが羊を食べちゃうよー！」

　でも今回は、村人は誰一人丘に登って来てはくれませんでした。畑にいた農夫たちはきっとこう思ったことでしょうよ。

『ほー、今日はまた、いつにも増して真に迫った声だねぇ。でも、もう騙されませんよ。そうそう毎回お前さんの嘘に付き合わされては、こっちの仕事が干上がっちまう。まあ、せいぜい一人で叫んでおいで』とねぇ。

「で、どうなった」って？　はいはい、私たちは八十匹の羊と、人間一人、全部森の奥にお連れして差し上げましたよ。私の披露宴は前代未聞の豪勢なものでした。連日連夜の大宴会で、それはそれは大盛り上がりだったんですよ。今回は、なんにも後ろめたさなんか感じてませんでしたから。それどころか、知恵を絞ったこの作戦の成功を痛快な気分で楽しみましたよ。

えっ、「今日はお前さんのご亭主はどこにいるのか」ですって？　お客さん、それがね、一番言い辛いことなんですけど、私の亭主はね、もうすでに神様のところに召されてしまってるんですよ。

　あの戦いのあと三週間くらいしてからのことですがね。人間たちはそうは言っても少年一人、オオカミに殺《や》られてしまったことを忘れてはいませんでした。どんなに嘘つきで、大事な羊をみんなオオカミに獲られてしまうようなことをした子どもでも、彼らにはやっぱり大事な宝ですからね。三週間ののち、私らの仲間は人間総出の山狩りで、半数以上捕まってしまいました。私の亭主は、リーダーとして一生懸命戦いましたけどね、あの人も人間に捕まってしまいましたのさ。

私の新婚生活はわずか三週間で終わってしまいました。でも、私は悲しんではいませんよ。あの人は立派なリーダーとして、末代まで語り継がれる羊捕獲大作戦を、計画し実行した勇者ですもの。それと、私のお腹の中には彼の子どもが六匹もいましたからね。

「その子どもたちは」ですか？　みんな元気に暮らしていますよ。こんな話をすると、本当の歳がばれちゃいそうですけど、もう孫だって沢山いるんですから。私は今はこうやってこの村の観光に一役買ってるんです。お訪ねくださるみなさんに昔話をさせていただいてね。

あ、もうお出かけになるんで。はいはい、ありがとうございました。

えっ、お代？　そんなもの、いたゞきませんよ。どこに行ってもお代なんか請求されなかったでしょ。え、、え、、こ、はそういう村なんですよ。

そうそう、今は人間の犯した嘘の罪についてお話をしましたけれど。ほら、あそこ、お向かいの三軒目、あそこに行けば、今度はあそこのキツネの嘘のお話が聞けますよ。いえいえ、キツネのする話は嘘じゃありませんよ、キツネの嘘にまつわるお話なんですよ。

はいはい、お気をつけて。では、ごめんなさい。

キツネとカラス

ややあぁ、チェックのチョッキを着たそこのお方、そう、あなた。旅のお方でしょ? お疲れじゃないですか? ちょっとうちへも寄っていってくださいな。表は、ほら、まだお天道様《てんとう》もあんなに高いところにいなさるんだから、きっと暑いことでござんしょう。どうぞ、どうぞ、日陰にお入りになって。

え、え、、うちには広い中庭があって、大きな菩提樹の木が涼しい日陰を作ってくれてますよ。そよと風が吹いてきますとね、もう天国にいるようない、心地になること、請け合いです。さあさ、お入んなさい。

えっ、「お前さんのことは、向こうの店で聞いてきた」ですって。

またあのお喋りオオカミめ。何かろくなことしか言ってなかったんじゃないですか。あそこの女将さんったら、結局死んだ亭主の自慢話をしているだけのことですからねぇ。

えっ、「なかなか面白い話だった」ですかぁ? そうですかぁ、ふーん……。

それで、私のことはなんて言ってました? ま、嫌ですよ。私はあの人ほど度々登場していませんよ……そうですか、そんなに登場していますか?

でもね、私ゃちょっとあのイソップって奴には不満があるんですよ。生きてさえいれば、苦情の一つも言ってやれるんですがね、もうずいぶん前に死んじまっていますから、仕様がないんですけどね。あの人も間抜けでね、旅先で殺されちゃったっていいますから、ま、気の毒といやあ、気の毒ですわね。

それより、私の話を聞いてくださいな。はいはい、お茶ならなんでもありますよ。私んところじゃ、ハーブティーだってあるんですよ。香りが豊かで美味しいんですよ。

えっ、「私の言い分はなんだ」ってですか？　そりゃあなんてったって、なんでもかでも私たちキツネが狡賢《ずるがしこ》くって、他人様を騙してばっかりのように言われることですよ。そりゃあ、お客さんのおっしゃるとおり、オオカミの場合はあの顔と牙ですから、どんなお話に登場したって、『怖くって、腹を空かした悪い奴』ってのが当然なんでしょうけども、私たちキツネはもう少し見方を変えていたゞかなきゃあねぇ。

ほら、ごらんなさいな、こんなにひ弱な体でしょ。それに、オオカミやライオンのような鋭い牙だって持ってませんしね。だから、知恵でも働かせなきゃあ、とても生きていけませんのさ。それを狡いだの、詐欺師だの、嘘つきだのと言われちゃあ立つ瀬がないってもんじゃござんせんか。

自分では苦労しないで、他人のものを横取りばかりしてる、なんて悪口を言う人もいますけど、そんなことはありませんよ。私たちの苦労はまさしくそこにあるんですから。この華奢《きゃしゃ》な体でどうやって生きていくか、そのためには、間抜けなお方にちょっとお手伝いを願って、それで食べ物にありついて、そのお方にはちゃんと人生訓をお教えして差し上げてるんですもの、せめてもう少し私らに感謝してもらったって罰は当たらないんじゃないんですかね。ほら、あのカラスだって……。

えっ、「どこのカラスか」って？　あら、ご存じないんですか？　じゃあ、そのお話をしましょうかね。最初に言っておきますけど、ほとんどのお方は、この話の後ろ半分しかご存じないんですよね。まあ、それもあのイソップの所為なんですけどね。

　このお話は、私の母親の兄さんの子、だから私とは従兄《いとこ》にあたるいなせな若い雄ギツネが主人公なんですよ。名前はロット。あの人は本当に、親戚でさえなけりゃあ、いの一番に私が恋してたと思うほど素敵なキツネでしたねぇ。体つきはとっても華奢なんですけど、走らせたらもちろん、この辺りのキツネであの人に敵《かな》うキツネは一匹もいなかったですし、あの美声には、世の若い女ギツネたちがみんなうっとりしていたもんでござんすよ。それはとにかく『色男　金と力は　なかりけり』なんてことを言いますけど、あの人は全然そんなんじゃないんですよ。育ちはい、、腕力だって誰にも負けない、そりゃあもうキツネの中のキツネって人でしたよ。そしておまけに知恵者としても古今東西、あれほどのキツネはいませんでしたね。ですから、あの人は自慢の腕力などまったく使わなくっても、らくらく獲物を手に入れていましたよ。また、その手際のい、ことったらないんだから、もう、ゾクゾクしちゃいますよ。

　そうですよ、あれは……今日みたいなとっても気持ちのい、朝のことでしたよ。今じゃあすっかり荒れ地になってますけど、昔はこの村の東側は広ーい平原でしてね。どこまでも草地が広がっていましたっけ。それで、毎月、最初の満月が出た日の翌日、こ、の野っ原には大きな市場が立ちましてね。近郊近在の人間たちが大勢集まって来ては、いろんな物を交換していましたっけ。

　北の丘の向こうの森を越えたハサヤ村からやって来る人は、それはそれはおいしいチーズを作って持って来ましたし、反対側の南の川のずっと向こうに住んでいたマグデの村の人たちゃあ、奇麗なトマトを持って来たものです。このトマトがみずみずしくってね、本当に美味しかったんですよ。マグデ村はこゝから五キロほど南の村ですけど、それよりもっと遠い、ザイログの村の人も来ましたよ。あの人たちは、上手に編んだ藤つるの籠やら、背負子《しょいこ》なんかを売りに来ておりましたよ。他にもあっちこっちの村々から野菜、鶏肉、羊肉、豚の肉、それから毛糸、絨毯《じゅうたん》、反物《たんもの》、まあほんとに色々なものが運ばれてきましたよ。

あの頃はみんな物々交換って奴でしてね。トマト二十個と大きな籠一つとか、チーズの玉一つとキャベツが三個なんて具合に交換しましてね、お互い欲しい物を手に入れてたんですよ。えゝ、えゝ、そりゃあのどかなものでしたよ。

まあ、人間同士ならそれでまあ、商売が成り立ちますからいゝんですけどね。私ら獣ってことになりますと、そんなことはできませんやね。獣は自分の物は自分の物、他人の物は他人の物、の世界で生きておりますから、取引なんかできやしません。言ってしまやあ、『生き馬の眼を抜く！』世界でしてね。そんな悠長に取引なんてこたぁできっこありませんのさ。

特にこの市の開いている日なんてのは、お互い人間の目を盗んで、美味いものをかっ払ってくるのが何よりの目当てでしてね。私らキツネだけじゃありません、野ねずみやら、カラスやら、イタチやら、中には鶏の卵を狙う蛇まで来ている始末ですよ。その上に、この市場に集まって来ている野ねずみを狙う奴、なんてのもいるんですからね。

でもね、なんたって市場に強いのは飛びものですね。へっ、「飛びものってなんだ？」ですか？　飛びものってのは、空を飛んでいる連中ですよ。鷲《わし》とか鷹《たか》、鳶《とび》、それから一番多いのがカラスですね。四十雀《しじゅうから》や椋鳥《むくどり》、ショウビタキのような小鳥までも市場の中の食堂で、パンくずを狙ってますからね。

まあ、あいつらが断然有利なのは、なんてったって羽根を持ってるのが強味ですよ。私たち地上ものは、獲物まで近づくのだって、歩いて行かなきゃならないでしょ。どうしたって人目につきやすいですわね。おまけに犬ってのがやっかいでしてねぇ。あの犬の奴らさえいなければずいぶん仕事がやりやすいんですけど、あいつらだって人間のおこぼれに与かるためには、食い扶持《ぶち》の多いに越したことはありませんから、いきおい私ら野生のものを追っ払って、市場全体を自分たちの縄張りに押さえようとするんですよ。だから本当に私らに辛く当たるんですよ。

まあ、私らは人間に飼い慣らされた犬や猫は、動物仲間とは思っちゃあいませんがね。そうでしょう、どこまでも広がる自由な世間ってものを捨てゝ、人間のお相手で一生を過ごすなんて馬鹿なことをするのは奴らだけですよ。自由を放棄した犬猫は、私たちから見ればもう違う世界の連中ですから、私たちは相手にしませんのさ。

あら、すっかり話が横にそれてしまいましたね。で、私の従兄のことなんですけどね、ロットってキツネはさすがですね。私たちが市場を遠巻きにして、なんとか肉の切れっぱし一つでもい丶から手に入れたいものだと思案していた時、あの人は平原の真ん中に立っていた樫《かし》の木の木陰に寝転がって、市場を目指してやって来た空飛ぶ連中に話しかけていましたよ。

「やあ、美しい鳥のみなさん。今日も市場においでになったんですね。きっと今日も、美味しいごちそうをいただくおつもりなんでしょうね。でも、ちょっと待ってください。今日はみなさんにお知らせがあります」

ロットは集まっている鳥どもにそう言ったのです。それからむっくりと起き上がると、急にいずまいを正して、

「実は昨夜、我らが全知全能なる神、ゼウス様が私の夢枕にお立ちあそばしまして」

彼は恭《うやうや》しくも頭を下げると、そう申しましたよ。そりゃあ、ゼウス様が夢枕にお立ちあそばしたとなれば、誰だってそうなりますけどね。でも、そんなことは誰彼が滅多に言えることじゃございません。高貴な雰囲気を持っていたあの人だからこそ、ゼウス様も枕もとにお立ちになったのだと思いますよ。

「ゼウス様の仰せになるところによれば、『本日この市場に集まるすべての鳥の中から、鳥の王を定める』とのことでございます。ついては、その見聞役にそなたを命じる」と。

こゝで、あの人は「ゴホン」と一つ咳払いをしました。さすがにゼウス様でいらっしゃる。誰あろうあの人に、ゼウス様の代役を仰せつかわされたのですよ。

「ついては、私が鳥の王を任命するに当たって、これは実に重要なお役であるのでありますから、平等かつ公平にこれを決めなければなりません。しかしながら、私がどれほど公平かつ平等に選ぼうといたしましても、必ず抜け駆けしようとする不埒《ふらち》な者がいるものです。その者は、私の歓心を得ようと、あの市場に行って、私の大好物である肉やチーズや、はたまた魚などを持って来ようなどという悪いことを考えると思います。いや、きっとその鳥に悪気があってするのではないけれども、他の方々

から見れば、それは賄賂《わいろ》ともいうべき犯罪行為にあたることになる、それは非常に困ることなのです」と言って、鳥たちを見上げました。すると、鳥たちはお互いの顔を見て、疑心暗鬼《ぎしんあんき》の表情を見せていました。

こゝぞとばかりにあの人は続けて申しましたよ。

「エッヘン！」ともう一つ咳払いしまして、

「さて、こゝで、私といたしましては、はなはだお恥ずかしいことではありますが、一つ告白いたしおかねばならぬことがございます」

と言いました。私は今でも、このくだりになりますと、本当に感動しますよ。

「キツネは嘘つきだ」などとはとんでもない言いがかりですよ。本当に世界一の正直者こそ、我がキツネ族に他なりませんよ。何故なら、我が従兄のロットは続けて次のように申したのですから。

「ご参集の鳥のみなさん、告白いたします。私とて賢人にはあらず、みなさんと御同様に凡人でありもす。決して『石部金吉《いしべきんきち》』の身ではありません。よしんば若く美しい女性《にょしょう》から、『主《ぬし》さん、わちきを主さんの左褄《ひだりづま》に、しておくんなましー！』なぞと艶っぽく誘われでもいたしましたならば、『据え膳喰わぬは、なんとやら』とも申しますとおり『はい、喜んで』と心迷いもいたします。小金の百両も積まれましたなら、白いものと雖《いえど》も黒く見えることもございましょう。しかし、しかしであります。『公平に、平等に！』というのはゼウス様のきついご命令です。私はまさしく、命令と誘惑のはざまに迷うことになりました。ことの重大さに、私は昨夜は一睡《すい》もできず、悶々《もんもん》として朝を迎えたのであります」

そうですよねぇ、お客さん。とかくこの世は、なんでもかでも、必ず表と裏がありまして、表は明るいお日様の前でも恥じないことですが、裏と申しますところは『魚心あれば水心』とか『地獄の沙汰も金次第』などと申しまして、何やら卑しい本性がかいま見えるところでありますし、どろどろした欲望やら権謀《けんぼう》渦巻くところでございます。あの人の言うことはいちいちもっともなことと思いましょう、あなたも。

ロットは言いましたよ。

「そこで、でございます。私は自分の心を偽らず、またゼウス様のご命令にも背《そむ》かず、鳥の王様を決める唯一の方法を発見いたしましたのでございます」

どうです、偉い人でしょう。一晩中寝ずに考えたのでございますから。

「それは、みなさま、どうかご自由に、私に賄《まいな》いしたい方は、私も受けて立ちますので、なんなりと贈り物をなさってください。そして、私はその贈り物とは無関係に、あくまでも自ら信じるところに従って、王様を決定することといたしました。みなさんは、『貢《みつ》ぎ物をしたって、それで王様に選んでもらうことができないなら、賄賂の意味はないじゃないか』とおっしゃると思いますが、まさにそこがこの贈り物の良いところなんです。つまり、王様に選んで欲しくない人は、何も私なんぞに物を貢ぐ必要はないですし、王様になりたいと思っているお方は、私に贈り物をして、その意思を明確にするわけです。要するに、一部の人だけが贈り物をするから賄賂という問題が起こるのでありまして、もし、王様の椅子を狙っておられるみなさま全員が、私に贈り物をしてくださいますならば、それはもはや、賄賂とか袖の下とかではなくなるというものです」

どうです？　い、考えでしょう。贈り物をする者としない者があっては、あらぬ疑いもかゝります が、全員が出せば、その時点で平等公平が保たれるのでありますから。つまり、贈り物をしない方が罪ということですよ。あのロットが偉いのはこういうところにあるのです。

あの人は次のように宣言しました。

「私は宣言します。本日の鳥王選抜においては、私に物を贈るということを、ゼウス様のご威光をもって、決定の条件といたす！　よって、みなの者、鳥の王たらんと欲する者は、必ず市場よりキツネへの贈り物を持参すべーし！　以上」

あのお方はそう宣言すると、すぐくるりと向きを変えまして、樫の木の木陰で休むことにしたのです。鳥たちは何かを訊こうとしましたが、あの人はしっぽをちょいと振り回しただけで、もうすやすやと寝息を立てゝおりました。なんと格好が良いじゃありませんか。仕方がないので、鳥たちはみな一斉に市場に向かって飛び立ちましたよ。

鷹や鷲や鳶は、自分の好みでもある肉を狙って、肉屋の店の上空をクルクル旋回しました。それより小型のカラスはチーズの店の裏に降り立ち、様子を窺《うかが》っておりました。小鳥たちはパン屋とか、パスタを売っている店のテントや張りの紐《ひも》に乗っかって、店屋の主人の隙を狙っておりました。市場はお昼前には一番にぎやかな時間を迎えました。大勢の人が平原中に広がっております。大きな売り声を出している人、自分の持ってきた物と、店の中の物との物々交換交渉に余念のないお方、久しぶりにあった友達同士が座り込んで酒を飲み交わしている図、迷子になっちまった子どもが泣いているのやら、女将さん同士の際限ない会話だの、そりゃあもう大騒ぎですのさ。こんな時刻が一番のチャンスですよ。人間だって、みんな自分のことに手いっぱいで、他人のことなんぞ構っちゃいられませんものね。

鷹と鷲と鳶は、肉屋がお客さんと値の交渉をしている隙に、三つの豚肉をかっさらっていましたよ。あの三羽揃った急降下は、本当に素晴らしい見ものでしたよ。羽根が風を切る音のなんと素敵なこと。「ザザザ、ザー！」という音がして、それを見上げた時には、もう三つの黒い陰は、肉屋の大きなまな板に乗っかってた豚肉を爪の先に引っかけて、「ザー！」という羽音が二度ほど「バサリッ、バサリッ！」という音に変わったと思ったら、今度は「シューッルルル！」という音に変わって、もう高い空の上に飛び立っていましたね。まあ、まばたき一瞬の早業というやつですよ。今でもあの光景が目に浮かびますよ。

「お前さんも見てたの？」ですって？　もちろん、幼いながらも私はあの市場が大好きでしたから、必ず市場の立つ日には、草地の中の窪みに隠れて見ていましたよ。私らのような子どものキツネは、市場が終わったあと、そっと平原の中を歩くんですよ。すると、いろんな残り香がまだ漂っていて、おまけになんやかや、人間の食べ残しなんかが草の陰に隠れていて、ご馳走なんですよ。私たち子どもはみんなそうやって、おこぼれをいたゞいていたもんです。

ってまた、話は横道に迷い込んでしまいましたね。鳥たちはそうやって、それぞれ何か獲物を手に入れることができましたよ。だって、サッとかっ払って空に舞い上がりゃあ、もうだーれも追いかけようにも手の施しようがないんですからね。

いつもなら、手に入れた獲物はすぐさま自分の腹に押し込むか、幼いひなの待っている巣に持って帰るかしてるんですけどね、だけどこの日ばかりは、みんな手に入れた食べ物を大事そうにかゝえて、樫の木に向かってまっしぐら、でしたよ。そうですよ、ロット、あの人のところへ帰って行ったのです。

「おや、鷹さんは、上等な豚肉を持って来てくださったのかい。さすが、羽根の立派さといゝ、見事な鈎型の嘴《くちばし》といゝ、申し分のない威厳をたくわえた鷹さんだけのことはある。いやあ、ありがたいことだ」

そう言って、あの人は鷹から豚肉の一番上等な肉をいただいちゃいましたよ。

次には鷲さんも来ましてね、こちらは同じ豚でも足でしたがね。でも足だって立派なものですよ。あの人は、

「さすが鷲さん、あなたの足の爪のキラリと光ったところなどはまったく非のうちどころのない素晴らしさだ。その爪がある限り、万物の長を名乗る資格は十分ですよ」

と褒め、豚足をもらい受けましたのさ。

鳶も負けちゃあいません。豚の頭をその爪の先にしっかりひっつかんでやって来ましたよ。

「いやいや、こんな凄いものをくださるなんて、あなたはよーっくおわかりだ。今回、ゼウス様の決められる鳥の王は、子々孫々まで受け継がれる非常に重大な決定です。ですから、それなりのものを差し上げないことにはね。私は、さっきみなさんからいただく贈り物をまるで私のものにするがごとく申しましたけれども、実はそれも私なりに考えがあってのこと、実はみなさんの心の奥を知るために、あえて自分を悪者にして申し上げたんですよ。つまり『私が贈り物をいただく』と言いますと、なかには『なんでキツネなんぞのために』と思うお方もおられるんじゃないか、でも、『これはすべてゼウス様に差し上げる』などと申しましたら、みなさんはきっと、仲間内の争いになっても、一番良い獲物を手に入れようとするかもしれません。それでは、ゼウス様が悪い神様に思われてしまいます。そこで、私は自分を犠牲にしても、みなさんの心からの贈り物を期待してそういう風に言ったのです。あなたから贈られたこの豚の頭、ゼウス様に捧げましたならば、きっとお喜びになると思います。えーえ、決定の時には誰よりも早くあなたにお知らせいたしますよ」

と言ったものです。

以来、鳶はそれからずーっと今日《こんにち》にいたるまで、夕方になると空に輪を描いて、「ピー、ヒョロロロロー。王は誰じゃあ」と鳴いておるんでござんすよ。

インコは木の実を運んで来ましたが、まあ、キツネというものは木の実はあまり好きではありませんから、「その辺りに置いていきなさい」と軽く言ってやりましたよ。いえいえ、私が言ったのではなく、あの人がそう言いましたのさ。

おおむね、小鳥たちはパンだのケーキだのを持って来ましたが、あの人は最初からあんまり小鳥の持って来るものは当てにはしていませんでしたから、「はいはい、その辺りに置いていってくださいな」というような調子でした。

かわせみなどは、魚を持って来ました。ロットは魚も結構好きでしたから、点数は高かったのではないかと思います。でも、中にはまったく関心を持たない鳥たちもいましたがね。

一番関心を持たなかったのは鶏どもでした。彼らは、「冗談じゃないぜ。俺たちが鳥の王になるなんて考えられないや。食卓の王になることはあっても」って思ってたようです。またモズなんぞは最初から諦めていたのか、いつまで待ってもなんにも持って来てはくれませんでしたがね。手に入れた獲物はまっすぐ巣にでも持って帰ったんでしょうねぇ。

夕方が迫ってきて、ぼちぼちそれぞれの店が片づけを始める時間が参りました。ロットの周りには、色々な鳥からの貢ぎ物が山のように積まれておりました。そして、樫の木には鳥たちが群れになってとまっていました。

「我こそ、今夜鳥の王になるのだ」と、みんな大きく胸を張って、威張っていました。中には、野次馬の鳥も大勢いましたがね。

平原には我々キツネが一固まりになって、ロットからの分け前を待っておりました。夕焼けが平原を赤く染める頃、一番遅くやって来たのは、カラスでした。あいつは口いっぱいに頬張るようにチーズを咥えて来ましてね、で、疑い深そうな顔で言いましたのサ。

「キツネさん、あんたが一番好きなチーズを持って来ましたよ。さあ、私を鳥の王様にしておくれでないかい」

ってね。それも他の鳥たちが樫の木の枝に、みんな並んでいよいよ王様の決定を聞こうとしている万座の中で、ですよ。

あの人は、こう言いました。

「カラスどん、あんたは何か勘違いしていないかい。私は決して、いただく贈り物の好みで王様を決めようなんて、そんなケチな了見でこの大切なお役をゼウス様から仰せつかったんじゃありませんよ。実に、今のあなたのように、私の歓心を買って、それで王になろうとする人をなくすためにこうして苦労をしているんじゃぁありませんか。さ、あなたも他の鳥のみなさんと同様に、早くそのチーズをお渡しなさい」

あの人は諭すようにそう言ったんです。ところが、カラスの奴めは、こう申すのです。

「いーや。私がこのチーズを手に入れるについちゃあ、本当に今日一日中、とても苦労をしてきたんだ。お前さんへのプレゼントと思やあこそ、あんたの一番好きなチーズ屋の頭の上を一日中飛び回っていたんだよ。それもこれも、私が鳥の王になるためだ。だから、お前さんがこゝで、今すぐ私を『鳥の王だ』と宣言してくれない限り、チーズを渡すことはできないね」

樫の木の下は大騒ぎになりましたのさ。そりゃあそうでしょう。他の鳥は素直にあの人の指示に従ったというのに、カラスの奴はいきなりみなの衆の前で、チーズの見返りとして、鳥の王様にしてくれ、と言うのです。鷹や鷲は目を金色に怒らせて言いましたよ。

「何をほざきおる！」

「お前、八つ裂きにしてくれようか！」

と、今にもカラスに掴《つか》みかゝらんばかりです。

と、その時、鳶が羽根をバサリッ！ と大きく振ると、言いましたのさ。

「カラス！ お前はとんでもない心得違いをしておる。よいか！ このキツネへの贈り物はじゃなぁ。実はキツネのためにプレゼントするものなんかじゃないんだ。これはすべて、キツネを通して、ゼウス様にお届けするものなのじゃ。だから、お前がいくら『キツネの大好物じゃ』と叫んだところで、なんの意味もありゃあせんのじゃ」

それを聞いたカラスはシュンと小さくなってしまいました。でも、チーズは口から離そうとはしません。あの人は、そこでとても良いことを思いついたのですよ。

「カラスどん、お前さんにだって、鳥の王様になる資格は十分ありますよ。どの鳥よりも濡れ羽色の見事な真っ黒い羽根、それは誰も持っていないあなたの財産だ。あなたの爪だって、鋼鉄のように強くって、おまけにしなやかだ」

そう言われたカラスはずいぶんと機嫌を直しました。けれども、嘴に挟んだチーズにはまだまだ未練たっぷりでした。すると、あの人は、こう言ったのです。

「カラスさん、あなたのその見事な姿については、ゼウス様ももう十分お知りになっておられます。しかしながら、たゞ一つ、ゼウス様のご存じないことがあるのを、あなたはお気づきか？」

カラスは首を横に振って、「知らない」と言いましたよ。

するとあの人は、

「それは残念なことです。ゼウス様が是非ともお知りになりたいのは」

とゆっくり言いました。カラスは身を乗り出しましたよ。

「ゼウス様が是非ともお知りになりたいと、今も念じて、この樫の木の上空で待っておられるのは」

あの人はもう一度繰り返して言いました。

その時、ちょうど雲の切れ間から、夕方の赤い太陽の光が樫の木を照らしました。まるでそれは、ゼウス様が下界をごらんになっているような錯覚を、すべての鳥たちに抱かせました。鳥たちは一斉に空を見上げました。

あの人は荘厳な声でこう言われたのです。

「それは、カラスさん、あなたのあの美しい『カァー！』と鳴く声ですよ。さ、今こそ思いっきり大きな声で、天上の神々に聞いてもらえるよう、叫びなさい。『カァー！』とね。この雲間が、再び閉ざされてしまわないうちに」

あの人がそう言ったとたん、カラスは何もかも忘れて、大空に向かって「カァー、カァー、カァー！」と三声鳴いたのです。

お客さん、どうなったと思います？　……そうですよ、そうなんです。チーズの大きな塊は、下で待っておりましたロットの口にスッポリと入ってしまったんでございますよ。

「それから」ですか？

嘴をあんぐりと開けたまま、カラスはあの人の口に入ったチーズを見つめ、他の鳥たちはそれを見て、大笑いしていましたよ。あの人は、チーズを喉の奥に押し込んでからこう言いました。

「カラスさん、あなたのチーズは私がちゃんといただきましたよ。一つ忠告しておきますが、あなたのその真っ黒い衣装を美しいと思う人は、誰もいますまい。これからは、あなたを美しいなどと褒めそやす人がいたら、その時はきっと口を開かないで、さっさとどこかに行くことをお奨めしますよ」

カラスは黙って、夕日の方に飛んで行ってしまいましたとさ。

えっ、「鳥の王様の件はどうなった」ですか？

鳥たちは、あの人が本当に頭のいい、キツネだと気づいたようです。みんな、鳥の王様のことはあの大笑いで忘れてしまったのですよ。ですから、あの人はそれからのちも、ずっと平和に暮らしておりましたよ。鳥たちは誰一人、あの人を恨むこともなく、それからもこの村は平和なものでした。ただ、カラスたちはよっぽど恥ずかしいと思ったのでしょうね、朝早くか夕方にならないと空を飛ばなくなりましたけどね。そうそう、もう一人、鳶の奴も、今もっていつの日か、ゼウス様が自分を鳥の王に指名してくれるものと思っているようですけどね。

私たちキツネは、あの日の夜は、樫の木の下で大宴会をしましたのさ。もちろん、ロットは私たちキツネの王になりました。私なんざぁ、あの人は動物の王にだって相応《ふさわ》しい人だと思いますけど、どういう訳か、私らキツネが動物の王様にさせてもらうことは未だにないんですよね。

どうです？　私たちキツネのどこが狡いんでしょうか？　真っ正直にお話をして、みなさんも了解の上で贈り物をしてくださった訳ですもの、なんにも恥ずべきことはしていないでしょ。私は狡いなんて言われる筋合いはないと思いますよ。だって、弱い者は、知恵者でないことにはこのせちがらい世の中、生きてはいけませんからね。

でもね、あの人も一つだけは罪作りなことをしてしまったんですよね、あれが後々《のちのち》の動物と鳥の大戦争の原因になってしまったんですからね。

えっ、「その話も聴かせろ」ですって？　それは、うちより、コウモリさん家で聴いた方がいゝですよ。ただ、あの人ん家は夕方に店開きですから、他を回ってからになさいな。

あ、そうそう。亀の喫茶に行きなさいよ。あそこは冷たいものが中心だから、昼日中《ひるひなか》には一番いゝお店ですよ……はいはい、じゃあご機嫌よう。

うさぎとカメ

はいはい、いらっしゃい。なんです、「キツネのところで聞いてきた」って？　そうですか。あのお嬢さんもなかなか気の利くことをしてくれますな。えっ、「お嬢さんっていう歳じゃあない」って？　まあ、お客さんから見ればそうでしょうけども、私から見れば、あの娘なんて、ねんねのようなもんじゃわいな。

「お前はいくつ？」って？　さあ、歳なんざぁこの数百年ばかり、数えたこともないでなぁ……。そりゃあんた、無理ってもんじゃよ。わしら亀は十年とか百年の単位の寿命じゃないからのぅ。いやいや、亀の全部が全部、そんなに長生きするってことじゃぁないんじゃよ。ようするに、生きておれば、それだけ生きられるっつうだけの話でな、そんなにどいつもこいつも長生きしておる訳じゃないんじゃ。ほんとに長生きするってのは、これでなかなかの苦労なんじゃよ。世間の荒波を器用に泳がなければ、とてもとても長寿をまっとうすることなんかできんのじゃよ。

考えてもごらんな。外を歩きゃあ……車が当たってくる、訳のわからん兄《あん》ちゃんは刃物を振り回しておる、ビルの工事現場の下なんぞを歩いてた日には、上から何が降ってくるかわからない。家にいたってダンプカーが突っ込んでくるし、飛行機だって落ちてくるんじゃぞ。長生きっちゅうのは、ほんとに希有《けう》なことなんじゃ、わしらにはな。

けど、人間世界っちゅうのはど偉いもんじゃのぅ。人工臓器は作る、臓器移植はする、長生きのための薬を開発する、クローンまで作るっちゅうじゃないか。まったくどこまで長生きするつもりなんじゃろうなぁ。寿命なんちゅうものは、あれは尽きるから意味があるんじゃぞ。永遠に死なんちゅうことになったら、そりゃもう地獄の責め苦というもんじゃわい。

なんだい、「そんな話を聴きに来たのじゃない」ってか。あー、そうじゃ、そうじゃ。いやごめんなさいよ。でも、あんたが歳のことを訊いたりするからいけんのじゃ。はいはい、冷たいものね。オレンジジュースにするかい？

違う？「ビールが欲しい」……あ、ビールね、はいはい、ありますよ。けど、アルコール類は有料なんじゃよ。それでもい、かい？ はいはい、大ジョッキね。はいはい。

おーい、ばあさんやーい！ ビールだってよー。大っきいのだって。

そうだよね、暑い時はビールが一番じゃよね。あ、そうじゃ、言い忘れておったけんど、ビールの場合は、わしにも呑《の》ませなきゃあなんねーんだぞ。い、な。おーい、ばあさんやーい。わしの分も忘れるんでねーどー！ で、あんたは何が聴きたいんじゃ？

えっ、キツネんところじゃあ、わしの話が面白いって言ったのか？ なんだねぇ、あのキツネのお嬢さんは。自分とこの客を付け回しするんだから……。

「そうじゃない。あっちの話はあっちで聴いた」ってのけ。あ、そうかい。じゃあ、ま、うちの話はうちでちゃんとしなけりゃあなんねーなぁ。

ところでな、お客さんよ。お前さん、だいたいこの村がどういうところだかわかってるのけ？ うん、まず、それがわかってねーと、わしらの話を聴いたって、なーんも意味ないんだからね。

「わかってる。イソップ物語観光じゃ」って。うん、うん、ちゃんとわかっとるんだ。あー、結構、結構。お、ビールがきましたぞ。さ、、お客さん、ジョッキを持って、持って。

なんだい、ばあさん、「昨日も悪酔いしたんだから、そんなに呑んじゃあ駄目だ」って？　大丈夫だよ、心配しなさんな。昨日はちょっとたちの悪い客じゃったから、あーなったんであって、今日のこのお客さんは、ほれ、おとなしそうじゃあねーか。大丈夫だよ。

えっ、「昨日、何があったのか？」ってか？　いやいや、大したことじゃあねーよ、お客さん。わしの話に絡《から》みやがるんで、ちょいと一発引っぱたいてやっただけじゃよ。いやいや、そんな怪我させるなんて。

ばあさんや、昨日の客は、あれ、どうなったんだっけ？　あれ？　そうけぇー。

「さっき息を引き取った」って、ばあさん言ってるよ。はー、そりゃまた気の毒に。

……ちょ、ちょ、ちょっと、お客さん、どこ行くんだ？　まだ、ビールに口もつけてねーじゃないかね……そんなことないってば。わしはなんにもしないったら。だから、ほれほれ、そこに座って……それでもって、そのジョッキをちゃんと持って。

見ろ！　ばあさんが余計なこと言うから、このお客さん、すっかりびびっちまってるじゃねーか。あんまりお客さんを驚かせるもんじゃあねぇぞ。まったく。

はいはい、お客さん。乾杯しましょ。ね、乾杯。さ、い、ですかー、いきますよ。せーのー、乾杯！

……ばあさん、ビールのおつまみ、早く持ってきてねー。

あ、そうそう。お話ね。そうじゃよ、お話をしなきゃ、なんのためにうちに来ていたゞいたか、わかりゃあしませんよな。

あなた、わしはね、実は本当はね、今も後悔しているんじゃよ。「何を？」じゃと。いや、あのレースのことですよ。あのレース。あれはね、本当はやるべきじゃあなかったんじゃないかとね。

でも、あれはね、当時としちゃあ、みんながあのうさぎの高慢ちきな鼻をへし折ってやりたかったんだから、ま、言ってしまやぁ、無理矢理わしは引っ張り出されたってところだね。と、こゝまで言えば、もうおわかりでしょ？　そう、うさぎとわしの競争じゃよ。歴史上最も有名な徒競走ですわな。いや、あれはハーフマラソンじゃな。

わしはな、まったく勝てるなどとは思ってなかったんじゃよ。そりゃそうじゃろ、この村にいるうさぎは大体三百羽と言われておるが、その中でもあいつは一番足の早いうさぎじゃったんだから。ところがこっちとらぁ、のろいことにかけちゃあ自慢じゃないが、村一番じゃよ。それが競争するってんだから、あのうさ公が油断したって無理からぬことじゃありませんか……っていうのは表向きの話でね、あれは陰謀《いんぼう》だったんじゃよ。

そもそも、ことの起こりはね……あれは、村中の動物が集まった、村民会議の時じゃった。

誰かが、「村の王様を決めようじゃないか」などと言い出しおってな。まあ、以前からもそういう話はしょっちゅうしておったからのぅ。この村じゃあ王様を決めるという話はほんとにいっぱいあるんじゃよ。戦争まであったくらいだからな。

あの時も、「ライオンがい、」とか「鳥と動物は分けなきゃならん。鳥の王様は鷲じゃ」とか、大それたことにキツネやカラスなんていう狡猾《こうかつ》な奴らまでが王様の椅子を狙ってみたり、そりゃあ何度も、誰が王様になるかについちゃあもめたものじゃったよ。

わしらみたいなもんは端から王様になるなんてことは考えてもおらなんだから、気楽なものじゃが、ちょっとでも何か他人様より秀でたところがあると思っておる者は、それを武器にして「我こそは！」と思っておったもんじゃ。

えっ、「カメだって、長寿ということじゃあ、十分王様になる資格がある」じゃと。ハハハ、長生きしてたら王様になれるなんてのは、それは屁理屈というもんじゃ。長生きなんてのは、決して偉いことじゃあねーぞ。

人間はやたら、「長寿だ、長寿だ」って騒いでおるが、あんなものはなんでもないことじゃ。長生きの秘訣はじゃな、頭ん中空っぽにして、世間の言うことに逆らわずにぼーっとして、な、運さえ良けりゃあ、いくらだって長生きなんてできるってものじゃ。そんなことで王様になれりゃあ世話はない。だいたい、わしに言わせりゃあ、どだい、王様なんてものを決めようってのがナンセンスというものじゃわい。

「王様を決めよう」って誰かが言い出すのはな、決まって物のない年なんじゃよ。それも食い物が極端に少ない年に限って、「王様を決める」などという阿呆《あほ》なことを言い出すのが出てくるんじゃな。つまり、少ない食料の独り占めをしようって算段なんじゃよ。情けないことじゃ。

で、止せばい、のに、あの年も、「王様を決めよう」って騒ぎが起きたのじゃ。あの年は、農作物は不作だったので、草食動物や穀物を食べる鳥どもは塗炭《とたん》の苦しみじゃった。加えて、牧場じゃあ妙な病いが流行ってしまって、羊やら牛やらみんな病気で半分くらい死んでしまってなぁ……となると、オオカミやライオンはこれも食料に事欠くありさまだ。まあ、ハイエナや禿げ鷹のたぐいは、腐肉でもあさっておるから病気で死んだ奴にも喰らいついておったがの。けれども、それだって、大半は地中深く埋められておったから、ほっぽらかされた羊がそんなにいた訳じゃあない。とにかくこの辺りの動物も鳥もみんな食い物探しに苦労した年じゃったよ。

それで『王様の椅子取りゲーム』、これはわしが勝手に付けた名前じゃが、その『王様の椅子取りゲーム』が始まった。常連候補のライオンやら鷹は逆にもう飽きられて、あんまり評判は良くなかった。キツネやカラスは馬鹿にされて誰も相手にしない。と、そこにあのうさぎが名乗りを上げたんじゃ。

奴曰く、

「これまで王様を名乗った者は、いずれも肉食の動物たちだった。しかし、肉食の連中は、結局のところ横暴極まりないことをして、ゼウス様からその資格を剥奪《はくだつ》されてきたではないか。であるから、このたびの王様は草食動物から選ぶべきであろうと思う。そこで、この村で一番足の速い私こそ、それに最も相応しいと考えるのだ」

うさぎは続けてこう言ったな。

「なぜ足の速い私が適任かと申せば、これからの王は、自分の思うがま、に食い物を独り占めしたり、挨拶に寄越させておいて、洞穴の中でみんなを食ってしまうような、そんな専制君主では駄目だ。王こそ万人への奉仕者でなくてはならぬ。みなにより早く、より正確な情報を与え、みながより早く、より良い食料を得られるよう、世界を駆けめぐって、みんなのために尽くさなければならない。そのためには、足の速い私が世界中を駆けめぐってくるのが一番ではないか」

いやあ、立派なことを言う奴じゃった、あのうさぎは。大多数の鳥と、草食動物は全員こぞって拍手を送ったな。肉食の連中は、あまりうさぎなんぞを崇《あが》め奉《たてまつ》りたいなどとは思わなかったが、奴の演説にやはり希望を見い出したのじゃな。まあ、それまでの王がどれもこれもひどすぎたのだから、やむを得ない話じゃ。で、たちまちうさぎは王様に担ぎ出されたという訳じゃ。

ところが、奴も過去の誰彼と変わらない王様じゃった。みんなはあのうさぎがすぐにでも駆け出して、情報を集めてくると思ったんじゃ。ところが、あいつときたら、やれ、「情報がどっちにあるか教えてくれなければ、闇雲に走って行ってもしようがない」だの、「その前に腹ごしらえをしなきゃあならないから、みんなが溜めておる食料を供出しろ」だの、言を左右にしちゃあ、ちっとも動こうとしない。王様の椅子に座ったっきりじゃないか。

他の動物たちは怒ったね。ただ足が速いってだけで王様になったうさぎが、その足を使わないんだから、そりゃあみんなは怒るさ。そこで、あいつを王の座から引きずり落ろすことにした。しかも二度とそんな大それたことを考えないよう、うさぎのプライドを叩きつぶすやり方でね。

そのやり方が、このわしとの競争だったってんだから、こっちゃぁい、迷惑だったよ。最初は色々理由をつけて断っておったんじゃが、結局引き受けることになっちまった。ま、わしだってあのうさぎには憤慨しておったからのぅ、手伝わない訳にはいかんじゃないか。こうしてうさぎとカメの競争が行われることになったのじゃ。

しかしわしはな、今も疑うとるんじゃ。

「何を」だって？　考えてもごらんな。うさぎとカメの競争で、カメが勝つなどというのは、どう考えても尋常《じんじょう》なことではあるまい。それに、この戦いはうさぎを王様の座から降ろすことが目的じゃ。万が一つにも勝てる見込みのないわしをうさぎの競争相手にあてること自体が、怪しいとは思わんかい？　あんた。いくらうさぎのプライドを地に落とすって企みがあったとはいえ、あのうさぎが途中で寝込まなかったら、わしが勝つことなどあり得なかったんじゃぞ。それじゃあ目的は何も達成できていない筈じゃろ。確実にあいつが途中で寝る、という保証はいったい誰がつけたのか、それが問題なんじゃ。

さて、競争の当日――。わしらは村のど真ん中にある役場の前に集まった。そこがスタート地点じゃったからな。ゴールは、お客さんの座っている位置からもよく見えると思うんじゃが、ほれ、あの向こうの山の頂きよ。距離にして二十キロメートル、あいつの足なら三十分もかからないわな。しかし、このわしの足じゃあ、どんなに頑張ったって、寝ずに走って五日はかゝる距離じゃ。それが、結果はお前さんもご存じのとおりじゃ。

わしの納得のいかないのはじゃな、勝ったこともそうだが、それより、どんなに一生懸命走っても、五日かかる距離を、わしはたった四時間で走ったということなんじゃよ。

スタートは午前十時じゃった。象の奴が「ブォー！」って一鳴きするのが合図じゃ。わしはとにかく走った。走っているとは誰にも思えなかったろうが、わしは走っておったのじゃ。スタートの時には横に並んでいたうさぎの姿は、「ブォー！」という象の鳴き声が木霊《こだま》になって戻ってきた時には、もうどこにも見えなかったぞ。一つ坂を上りきった向こうに消えておった。

わしゃぁ、それだけでもう諦めたね。『こりゃ勝てる訳がない』ってね。で、コースの横にちらりっと目をやったんじゃ。みんなにすまないと思って、合図を送りたかったのじゃ。「もう、よそう」ってな。

このレースでわしをうさぎの対抗馬に推薦したのは、キツネとカラスの二人じゃった。まあ、その背後にゃあきっとライオンもオオカミも、それに鷹や鷲だっていたことじゃろうて。肉食系の連中はみんなわしを推していたと思うよ。何故なら、奴らは、これまでずーっと動物の王は自分たち肉食の中から選ばれてきておったし、これからもそうあらねばならないと考えておったからじゃ。今回ばかりはうさぎの弁論にうまくはめられてしまったが、そういうことはこれっきりにしなけりゃならんと思って、うさぎに大恥をか丶せたいと思っておった連中じゃよ。

で、ある晩、肉食系動物の意向を体《たい》したキツネとカラスが、わしのところに来おったのじゃ。キツネとカラスは、交互に言いおった。

「お前さんは、いわばこの村のご意見番的な存在じゃ。そこで訊くが、あのうさぎがわしらの王様になっておることをどう思う」

「まあ、うさぎには身分不相応じゃろうよ」

わしは答えた。

するど、二人は得たり！　とばかりに、

「そうじゃろう。こんな不条理は今回限りとしなきゃあなるまい。そのためには、あいつの高慢ちきな鼻をへし折ってやらなきゃぁなるまい」

「そこでじゃ、あんたにお願いしたいのが、あのうさぎとの徒競争だ」

と言うんじゃ。

二人の提案に、わしはびっくりして、

「あんたら、何を言い出すんじゃ。わしがうさぎとかけっこするだと！　馬鹿も休み休み言いなされ。うさぎとカメの競争じゃと！　あはははははは、ようそんな馬鹿馬鹿しいことを考えたものじゃ」

と笑ってやった。

ところが二人は大まじめなんじゃ。

「カメの旦那、あんた、それじゃぁあのうさぎが王様の椅子に座っておるのをこれからも認めるんじゃな。あの横暴なうさぎを王様と崇めるのじゃな」

と鬼気迫る表情で詰め寄ってな。

「え、かい？　あのうさぎがこのま、王様でおったのでは、早晩この村は全滅してしまうんじゃ。わしらの仲間の内じゃあ、『あいつを殺して喰ってしまおう』などという物騒なのもいるくらいじゃ。けれども、かつて一度でも、そんな人間がやるようなテロは動物の世界ではなかったじゃないか。こゝはやはり、一番速い足を持っておるあいつが、こともあろうに一番足の遅いあんたに負ける、この筋書きが一番の解決策なんじゃよ」

キツネの奴め、懇々《こんこん》とわしを説得してしまいおった。

わしはな、『放っておいたら、うさぎの命が危うい』ということをまず一番に考えてな、とにかく競争には同意した。けれども、勝てる見込みのない勝負をどうしてするのか、と訊いた。

カラスの奴がその時、目をギラリッと輝かせてな、

「カメの旦那、あんたは言われたとおりに走ってさえくれゝばそれでいゝのさ。あとのことはなんにも心配いらねぇからよ」

って含み笑いしながら言ったよ。

『は、はーん、こいつら、レースに何か仕掛けをするんだな』とわしは思った。でも、それ以上のことは訊かないことにしたんじゃ。迂闊《うかつ》なことを知って、かえって命を縮めたくはないからな。

さて、どんな仕掛けがあるかはわからないにしても、スタート直後でいきなり引き離されたわしには、もう勝てる見込みなんかとうてい考えられなかった。だから、カラスやキツネの二人を探して、「もう、止めにしよう」って言おうと思ったんじゃ。けれども、あのカラスとキツネの二人は、スタート前にも、そして競争の始まったあとにも、どこにも姿がなかったんじゃ。なんかおかしいな、とは思っ

たが、わしはあまり深く考えずにスタートラインに並んでおったんじゃよ。そして、今、あの二人がいない以上、どんなにしんどいことであろうが、わしはとにかく走るしかないんじゃ。そこで、改めて前を向いて走り始めた。

二時間も走ったじゃろうか、ようやく村はずれまでやって来たが、それはまだコースの十分の一にもなっちゃあいなかった。うさぎの奴は、緑の丘に白い点になって見えておった。

もちろん、あいつが全速力で走ってなんかおる訳がないわいな。白い点はあっちで止まったり、こっちで止まったり、なんか野原で遊んでおるみたいに見えましたよ。

わしの方はと言えば、胸は早鐘を打つは、汗は目の中にまで入ってくるは、もうこのまゝ死ぬんじゃないかと思ったもんだ。それでも、なんとか山の頂き目指してのったりのったり走りましたよ。

それからさらに三十分も走っただろうかねぇ、ふっと何気なく丘の方をまた見上げたんじゃよ。そこから一度見ておかないと、そっからあとは窪地に入ってしまって、丘全体を見渡すことがしばらくできなくなるんでね。まあ、見納めみたいなもんじゃ。で、丘を見てみると、うさぎの奴、どこにも姿が見えんのじゃ。

わしは、『あー、あいつはもう山の小道に入って行ったんじゃなぁ』と思って、キツネやカラスの企みはどうやら失敗したことを察知したよ。

で、わしとしては、もう走るのを止めちまおうかとも思ったが、それでも、まだうさぎが頂上についた訳ではなかったもんじゃから、追いかけるのを続けることにしたのじゃよ。

窪地を抜けてまた、丘全体がよく見えるところにたどり着いたのは、それからまた一時間以上たってからじゃった。村の方を振り返ってみたが、まあ、他人ってものは冷たいもんじゃなあ。わしら二人が懸命に競争しておるってのに、その時間にはもう村の中はたゞの普通の日のにぎわいで、だーれもこっちを向いて声援してくれておる様子はなかったよ。わしはなんだか馬鹿らしくなって、今度こそ走るのを止めにしちまった。

そしてぽつりぽつりと、それでもせめて頂上から戻ってくるうさぎに、「お疲れさん」の一言でも言ってやろうと、山の方に歩いて行った。ところが、それからじゃ。わしは強いお日様の光にやられたのじゃろうか、急に頭がクラクラしたような気分になって、目の前が真っ暗になってしまったんじゃ。そして、そのまゝ気を失ってしまったんじゃよ。

わしはあの勝負はいかさまじゃと思っとる。うさぎが油断して昼寝をしてしまったから負けた、などというのは大嘘に決まっとる。何故なら、わしがゴールに立っておったのは、レースが始まって四時間後の午後二時頃のことじゃったんじゃ。たとえ、うさぎの奴がその四時間ずっと寝ておったって、わしがその間に頂上にたどり着ける訳がない。わしの足ではまる五日かゝるのじゃからな。うさぎが寝ておったのは、きっと何かを嗅《か》がされたか、あるいは飲まされた所為じゃろうし、わしが気を失ったのもカラスかキツネの仕業に違いない。わしは袋の中にでもほうり込まれて、頂上まで奴らに運ばれたんじゃろう。だって、わしは途中で一度もうさぎの姿なんぞ見ていないんじゃからな。

この、わしの疑いは、ひょっとするとこの村の全員が持っている疑惑じゃないだろうか。今言ったことはわし一人じゃなく、ちょっと考えてみりゃあ誰にだってすぐわかる結論じゃ。だが、誰もそのことを問題にする奴はいなかった。当のうさぎだって何も言わなかったし、わしもまた疑惑を告発する勇気など持ち合わせてはいなかったのじゃ。あのレースは極めて政治的な競争だったんじゃよ。

村に戻ってみりゃあ、村の庁舎の前には『カメ　大勝利！』の横断幕がかゝっておったが、あれは、まるでそうなることが最初から決まっていたように用意されていたのじゃ。賞金は、わしの稼ぎじゃぁ一生かゝってでも手にはできないほどの額だ。きっと口止め料だったんじゃろう。おまけにトロフィーのでっかいのもいただけるという。名誉欲を見事にくすぐってくれたわい。わしはとても真実を語る気にならなかった。まだわしと一緒になる前の、美人のばあさんの喜ぶ顔も目に浮かんだし、もちろん、うさぎの王様ってのも納得していなかったからでもあるんじゃがな。とにかくわしは英雄扱いされることになった。手に入れたものは、ばあさんまで含めると、そりゃあでかゝった。が、しかし、その代わりに失ったものもあるんじゃよ。

あの日以来、わしは誰からも信用されないカメになっちまった。表向きは、誰も露骨な不審を表したりした訳じゃないが、お、よそわしのところに相談事やものを頼みに来る人はいなくなった。ましてや保証人なんかの依頼は一つもなかったよ。まあ、わしが保証人では誰も信用しなかったということじゃろう。じゃが、わしに言わせれば、村民全員が同罪ということじゃよ。被害者のうさぎを含めて、全員がな。

お客さんよ、もう一杯ビールを呑まんかね？　そうかい、そうかい。呑むかい。おーい、ばあさん。

ビールのお代わりじゃぞー。もちろん二杯じゃ。

　えーっ、なんだって、「まだ呑むのか」ってか？　え、じゃないか。お客さんが呑むってんだから、わしがお相伴《しょうばん》して悪い道理はあるまい。


「昨日もそれで、失敗したんだろう」って。そんなことはどうでもいい、から、早く持ってらっしゃい。お客さん、まだ話の続きがあるんだからね、ゆっくりしていってくださいよ。このサラミ、美味いでしょ。うちで作った年代ものなんじゃよ。


お、きたきた。さ、もう一度、乾杯しましょう。いやー。嬉しいですねえ。お客さんとこうして愉快に呑んで、お話しできるなんて。

　えっ、「続きはどうなった」ですって？

　そんなにせかすもんじゃありませんよ。このビールをグーッと呑んでからですよ。さ、呑んで呑んで。


でね。うさぎの王様は即日解任されちゃいましたよ。代わって王様になったのは、鷹の奴じゃったよ。あいつが王様になったからって、特別何かが変わった訳じゃない。わしらは今までどおり、少ない食料を取り合う生活じゃったよ。でも、わしはしばらくはい、気分でいられたんですがね。

　ある日、くだんのキツネとカラスがやって来ましてね。

「カメの旦那、今回はあんたはすっかり英雄になって、良かったねぇ」

なんて言うんですよ。

それでもってね、

「カメの旦那ぁ、わしらもちょっとあんたの幸せのおすそ分けに与らせてもらえないかい？」

なんて、訳のわからないことを言い出すんじゃよ。

わしはすっとぼけて、

「なんです、幸せって？」

て聞き返してやりましたよ。

そしたら、キツネの奴め、

「へ、、、たいまいの賞金を手に入れただろう？」

って言いやがるんじゃ。

カラスの奴もね、

「俺たちもその幸せのお相伴をさせてもらいたいもんだなぁ」

などと抜かしおる。

わしは、『は、ーん、こいつら、わしのもらった賞金を「よこせ！」と言ってるんだな』と気づきましてね。でも、まだ知らんふりで、「さて、なんのことやら」って言ってやりましたよ。

そうしたら、キツネの奴め、

「おいおい、カメの旦那よぅ。お前の勝利は誰のお陰だと思っていやがるんだ？　まさか、自分一人の力で勝てた、なんて思っちゃあいねぇだろうな」

って凄むんですよ。

ですから、わしは「へー、誰のお陰なんですか?」ってしらばっくれてやりましたよ。

そしたらカラスの奴が思わず、「うさぎに一服盛って……」と言いかけたのを、キツネが、「しーっ!余計なことを喋るんじゃねぇ」って止《と》めに入り、「まぁ、い、やな。今日はこのま、帰ってやるが、お前も世の中楽しく生きていたけりゃあ、ちっとは考えなきゃあなるまいぜ。また、明日の夜にでも、改めてごあいさつに来るからよ、それまでにちゃーんと心積もりをしておくんだな」って、捨てぜりふを吐いて、帰って行きましたよ。

わしは一日考えたよ。あいつらはきっと、一生わしのことを脅迫し続けるだろうってな。奴らを告発したって、新しい王様はきっとあいつらの息のか、ったのがなってるんだから、罪を問われるのは不正なレースに勝ったわしだけだろうし、かといってこのま、じゃあ、奴ら一匹と一羽に搾《しぼ》り取られるだけだ。そこで、わしは大ばくちを打って出ることにしたんじゃよ。奴らが二度と現れないようにね。失敗すりゃあこっちの命がなくなるまでのこと、そう思うと度胸が据わったね。

あ、お客さん。そのサラミ、美味いでしょ。それはうちの特製ソーセージなんですよ。他じゃ売っていません。え、え、、年代ものの貴重なサラミなんじゃぞ。今日は特別サービスで差し上げてるんですよ。えっ、「いける」って? 嬉しいねぇ。ばあさん、サラミの追加あるかい? お客さんにサービスしてやってよ。

えっ、「もう、おしまい」だって? そうかい、もうおしまいかい。そうだよねぇ、あれからもうずいぶんたっちまってるからねぇ。でも、ま、これであのこともう思い出さなくてよくなったたってことかね。いやいや、今日はめでたい日だね。お客さん。あんたいゝ日に来たよ。今日はもうビール、たゞにしてあげますよ。

「キツネとカラスは、翌晩訪ねて来たか?」って? もちろん、来ましたよ。それからあとのことですか? それからあとは、わしはなんの心配もない生活をしておりますぞ。

「キツネとカラスとは話がついたのか?」って? えゝ、ちゃんと話はつけました。

「どうやって?」ってですか?

あの夜、一匹と一羽は揃ってやって来ましたよ。わしは二人に言ってやったんですよ。

「お前さんたちの言うことを考えてみた。そして、まあ、あんた方の言うことも道理じゃと思うんで、うまくやっていかにゃあなるまいよ」

てね。

そしたら、キツネもカラスもでれーっと目尻を下げて、

「そうかい、わかってくれたかい」

なんてにやけちまって、両の手を擦《す》り合わせたり、羽根をバタバタさせていたんじゃや。

わしは、「まあ、それじゃあ、とにかく一杯やりながら話し合うかね」ってんで、うちの一番大きなグラスに並々とビールをついでやってね、三人で乾杯をしたんです。

二人も嬉しそうに「かんぱーい!」なんて大声を上げましてね、そいつをグビグビ呑みましたよ。ま、

それだけのことですがね。

「えっ、そんなことでキツネやカラスが納得したとは思えない」ですって。まあねぇ、あいつらがずっと起きていたなら、話し合いは続いたろうけどもねぇ。けども、あの二人はきっと酒に弱かったんじゃろう。本筋の話を始める前に二人とも、ぐっすり寝ちまって、それっきりになったのサ。

あれ？　お客さん、お客さん　どうしなすった？　これこれ、寝ちゃあ駄目でしょうが。こんなとこで寝ちゃうとろくなことにはなりませんよ。お客さんってば。

……こりゃ弱ったね。ばあさん、お前さんなんかしなかったかい？　まさか、あの薬をまた使ったりしてねーだろうね。駄目だよ、余所から来たお客さんに変なことしちゃあ。

えーっ、「もうサラミが無くなったから、次のを作る材料がいる」って？

あー、そりゃそうだ。次の仕込みをしなきゃなんねーんだよね。そうだ、そうだ。ばあさん、じゃあ今日は店の方はこれくらいにすっかね。よしよし、表の暖簾《のれん》をはずしてきてやるよ、はいはい。

ロバを牽く親子

なんだい、なんだい、この騒ぎは？

えっ、「観光客が一人行方不明になった」って、そりゃどういうことだい？

なんだって、「昼飯の会場に一人だけ来ない」って、どういう風体《ふうてい》のお客さんなんだい？

「白い帽子をかぶって、、オレンジ色のチェックのチョッキを着てた？」

ふーん、うちの店には来てないよ。まあ、これだけの土産物屋があるんだし、この村の中は迷路みたいになっているからな。

そういやあ、何年か前にも行方不明になった人がいたっていうじゃないか。しようがないんじゃないかねぇ、時空のひずみの中にある村なんだからさ。その人は、きっと本当にイソップの世界に迷い込んでしまったんだろうさ。そうさ、こ、はそういう不思議な世界なのさ。作者のイソップだって、旅の途中で行方不明になっておるのだから。デルフォイとかいう町で殺されたっていうけどね。

さてさて、そこを歩いておられる、白いブラウスのお嬢さん。そう、あんたのことサ。珍しい無花果《いちじく》のジュースでも飲みながら私の話を聴いていきなさらんかね。私ゃイソップの話の中では、オオカミやキツネに負けないほど度々登場しているロバですよ。は、、、そうさ、役どころと言やあ、間抜けの見本ってところだけどね。でも、とんでもない阿呆な人間の犠牲者でもあるんだ。でも、その阿呆な人間も実は被害者だったりするんですけどね。今日はその話をしてあげようじゃないか。

えっ、「そんな話はつまらない」だって？　そんなことはありませんよ。でも、話が聴きたくないのなら、ただジュースだけ飲んでいっても構いませんよ。え、そうですとも、こ、はお話が土産の『イソップ村』だもの、ジュースのお代なんか頂戴いたしませんよ。

お酒をご注文ですか？　あのぅー、お酒は別にお代をいたゞくことになりますけど……ま、なんでもい丶、ですから、どうぞお入んなさい。

私らロバは、遠い昔から人間のお役に立っているんですよ。馬のように気性は荒っぽくないし、牛のような鈍足でもないですしね。とかくロバというと馬鹿の代名詞にされていますけど、そんなことはありません。力は十分にありますし、人間に従順ですしね。阿呆なんてほんとに癪《しゃく》にさわるんですよね。ほら、あの話だって、まさしく私たちが人間の従者としてとことん、奉仕した話ですよ。むしろ人間の方が余程間抜けだったということですよ。

でも、あれは哀しいお話ですね。登場するのは、私のご先祖様のロバとそいつを飼っていたご主人様、それからその息子のハンス、以上一匹と二人なんですけどね、誰が悪いという訳じゃあなし、あえて言えば無責任な世間の奴らってことになりますわなぁ。それと、もう一つは貧乏が悪いんですよ。いやあ、貧乏ってのは嫌ですね、まったく。

あのご一家も貧乏でしたよ。おまけにその年は不作でしたからね。売る物もなければ、買う金もないという有様でしたよ。才覚でもあればそれでも何かしらの稼ぎがあったんでしょうが、あの一家は揃いも揃って、ただのお人好し一家でしたから、なおのこと気の毒なことでしたよ。

隣の人に「鍬を借してくれ」と言われりゃ、「どうぞ」って貸してやる。

反対隣の家から「鋤を借りたい」って言われれば、「ほいよ」って貸してやる。

それでもって、自分のところで入り用になっても、「返してくれ」と言う勇気もなくて、結局貸したものは相手様にそのまゝ盗られてしまう有様。こんなんじゃあ貧乏になるのも当然といやぁ当然だ。しかし、世の中にはそういう善人というか、主体性がないってのか、何をやっても世間の目ばかり気にして、自分というものをもっていない、そういう人もいるんですね。

たゞね、神様も少しはこういう善人にだって、御手《み》を貸してやってもいゝってもんじゃございませんか。そりゃ確かに、お人好しが過ぎると言えばそのとおりですけどね。人を恨むじゃなし、神様に悪態をつくじゃなし、不幸を当然のように背負って生きているこの人たちを、神様は見離しておられたのじゃないかと思いますよ、私は。ですから、私はあんまり神様ってのを信用しないんですけどね。

というような訳で、この一家には本当にパンの一切れもなくなってしまいました。それでとうとう、家の唯一の財産、ロバを売りに出すことにしたんですよ。そこで、親父さんと息子の二人で町へ出かけることになりましてね。こういうお人好しだから、一人で行かせた日には何か間違いを起こしやしないかって、おかみさんが心配したんですよ。

この一家は町から遠く離れた田舎に住んでおりましたから、町の市場まで行くには、お天道様が東の空に出なさる前に家を出かけなきゃあなりません。親父さんと息子のハンスは、おかみさんが作ってくれた小さなパンをふところに、町へと出かけたんですよ。

二人はロバの紐を持ってとぼとぼ歩いて行きましたが、やがて空が明るくなってきますと、鶏の声が「朝だよ、みんな起きろよー！」と叫びます。そうすると、通りがかりの村々にだんだん活気がわき上がってきて、朝餉《あさげ》の支度をするおかみさんの声やら、畑仕事に出かける男衆の声、朝っぱらから喧嘩《けんか》をしたのか、子どもの泣き叫ぶ声、それを叱っている母親の怒鳴る声なんぞが聞こえるようになってきました。さらに歩いて行きますと、表の通りに人も多く出てくる時間になって、荷車の音やら、荷を運ぶために小屋から引っ張り出された馬の鳴く声、その馬を叱りつけている馬丁の声など、どんどんにぎやかになっていきます。

親父さんと一緒に歩いていた息子のハンスが言いました。「おっ父《とう》、おいら、朝からなんにも喰わずに家を出たから腹が減ってきた。なんか喰いたいなぁ」

すると、親父さんも、

「そうだなぁ、おらも腹減った。けど、このロバを売らねえことには、おまんまにはありつけねぇぞ」と言います。

「そんなら、わざわざ町まで行かねぇでも、こゝら辺りでこいつ、売っちまったらえゝ、でねぇか?」と息子が言います。

親父さんもその意見には一理あると思って、「そうすべぇか」と、早速二人は通りに向かって大声を張り上げましたのじゃ。

「さあさ、みなさん。本日は私どもは町の市場に出かけて、この見事なロバを売るつもりでこゝまで参りましたが、この村はたいそう大きく、また活気もあるようです。そこで、本日は特別に町まで出向かず、こちらの村でこのロバをお売りいたします。町まで行く手間も省けますので、当然それだけお安くなっております。さあさ、みなさん。ロバを欲しい方はいませんかー」

と、大声を出しました。

ところが、村人たちは二人にはまったく関心を示さず、ちらりと顔を向けるだけで、全然集まって来ません。それどころか、

「おいおい、こんなところに店を出そうってのかい。そりゃ無駄なことだ。わしらの村にはロバを買う者なんか一人もおらんよ。そんな余裕のある家なんかあるものか。遠くっても、町の市場まで行くしかないよ。あそこなら、ロバを買う目的で集まっている人もきっといるだろうから、お前さんのロバもきっといゝ値で売れるよ」

と追っ払われてしまいました。

二人は仕方なく、またロバを引っ張って歩き始めました。すると、村人の一人が笑って言いました。

「なんだ、あいつらは。せっかくロバを連れているってのに、間抜けにもフラフラ歩いているぜ。親父か子どものどっちかがロバの背に乗れば、それだけ楽して行けるってのによ」

と、いかにもこの親子を馬鹿にしたように叫ぶではありませんか。

その声につられて親子を見た人々も大笑いしながら、「そうだ、そうだ」と言い合っています。それを聞いて、親父さんは息子に言いました。

「おい、ハンス。お前、ロバに乗って行け」

でも息子は、

「おいら、い、よ。おっ父が乗って行きなよ」
と応えました。親父さんは、早くどっちかが乗らないと、笑い者になったまゝで、それはとても恥ずかしいと思ったものですから、「そうか、じゃあ、おらが乗るぞ」と言って、私のご先祖様に乗りました。腹を空かしているロバは、『あー、なんと重いんだ』と思いましたが、我慢してご主人様を乗せて歩きました。

しばらく歩いていますと、向こうから馬車がやって参りまして、どこかの貴婦人様でしょうか、馬車の窓から親子を見ますと、「これ、車を止めなさい」と、御者《ぎょしゃ》にお命じになり、そうしてから馬車の窓を大きく引き下ろしますと、眉間《みけん》に皺を寄せて親子に叫びました。私に言わせればまったくおせっかい者に過ぎないんですがねぇ。

「まあ、なんてことざましょ。あの親御さんったら可愛い息子を歩かせて、自分はロバの背中で楽しておりますわ。あれでは子どもが可哀相というものよ。子どもは宝石にもまさる宝だと申しますのにねぇ」

と言って、一緒に乗っているもう一人の貴婦人に話しました。あれはそのお方に言っているというより、明らかに貧しい親子に向かって投げかけた言葉ですよ。

もう一人の貴婦人も、まるで嫌なものを見たというようなしかめっ面になって、

「まったくですわ。巷《ちまた》では子どもたちを虐待《ぎゃくたい》する親が多くなったとい、ますけど、あれもその典型ですわね」

と、こちらもありったけの大声を張り上げて、親子を非難するのです。

「なんという親ざんしょ。きっとあの子は継子《まま こ》なんでしょうよ。まったく可哀相にねぇ」

「実の子ならもっとかわいがるのでしょうよ。嫌な親ですねぇ」

などとお二人の貴婦人はあとは言いたい放題です。

それを聞いた親父さんは、すぐさまロバから飛び降りますと、

「ハンス、お前が乗りなさい」

ときつい声で言いました。息子は、お父さんの命令ですから、すぐさまロバに乗りました。私のご先祖様は、『やれやれ。でも今度は息子だから、少し軽くなったわい』と嬉しくなって歩き始めました。

それからまたしばらく歩いておりました。すると今度はまったく正反対のことを言う人が現れたのです。おばあさんを背負って歩いていた若者が、つかつかっとそばに寄ってくると、息子に向かって言いました。

「お前はなんて親不孝者なんだ。自分はロバに乗っかって楽をし、親御さんにそのロバを牽かせている。そんなことではお前の家は駄目になりますぞ」

すると周りの人々も、「そうだ、そうだ」と息子を非難するのです。息子はびっくりしてロバから飛び降りました。そして、お父さんに、向かって言いました。

「おっ父、やっぱりおいらよりおっ父が乗るのが正しいんだ。さ、早く代わっておくれよ」

親父さんの方も困ってしまって、

「いやいや、もう私も乗りませんよ。こうやって歩いて行きます。お前もそうするがい、さ」と言いました。お陰で私の御先祖様は、「やれやれ、これで楽に歩いて行けるぞ」と思って歩き始めました。

それからまたしばらく歩いていますと、またまたとんでもないことを言う人に出くわしてしまいました。

「なんだね、あの親子は。せっかくロバがいるってのに、二人して歩いているなんて、馬鹿だねぇ。ちょいと頭を使やあ、どうすりゃ楽に生きられるかがわかるのに。あんなことしていないで、二人ともロバに乗って行けばい、んだ」

そう言ってその男の人は親子とロバを笑って指差しました。周りにいた人たちも大声で笑いました。

「ハンスや。私たちを馬鹿だと言う人がいる。そんなことを言われてはたまらない。さあ、早く、二人してロバに乗るんだ」

そう言って、二人はロバの背に乗っかりました。私のご先祖様はびっくりしました。

「ひゃー、なんでこんなことになるんだい。いくらなんでも重いよ。誰か助けておくれー!」

ロバは悲鳴を上げながらも、とぼとぼ歩いて行きました。

そうして、もうすぐ町の市場という辺りまで近づいた頃、小川のほとりに来たところで、一人のおばあさんがロバに乗った親子の様子を見て、大声で怒鳴りました。

「お前さんたち、なんてことをしているんだ! ちっぽけなロバの背に二人もの男が乗っているなんて！　ロバを見てごらんな。悲鳴を上げているじゃないか。よくそんなむごいことができるね！」

　すると、周りにいた人々も、

「なんてひどいことをする親子だ。あれじゃあ、やがてロバは死んでしまうよ。誰か助けておやり！」

と口々に罵るではありませんか。もう、親子はびっくり仰天して、ロバから飛び降りました。ご先祖様は、「やれやれ、これで助かった」と、安堵の胸を撫《な》で下ろしたことでしょう。ところが、それから先にまだとんでもないことが待っておりました。

　あの罵声《ばせい》を浴びせたおばあさんの息子さんとやらが、余計なことに、一本の太い天秤棒《てんびんぼう》と荒縄を持ってきまして、

「あんたら、罪滅《ほろ》ぼしをしなきゃあ駄目だよ」

と言って天秤棒と荒縄を突き出すじゃぁありませんか。親父さんはきょとんとして、聞き返しました。

「いったい何をすればい、んで……？」

　その人は大きな声で言いました。

「そりゃ、当然のことだろう。この天秤棒にロバの足を結わえつけて、あんたら親子で運ぶんだ。そうすりゃあロバだって歩かなくってもよくなって、ちっとは楽な思いができようというもんじゃないか」

　ご主人様は、まだ納得のいかないような顔つきでしたが、男の人はみずからさっさと私のご先祖様を横倒しにして、足のところに棒を挟み込んでいます。それを見て、親父さんも息子も手伝い始めま

した。驚いたのはご先祖様の方です。「あんたがた、いったい私をどうしようってんだ。やめておくれ。よしておくれ」と叫んで暴れました。でも、この男というのがものすごい腕力でして、瞬《また》く間にご先祖様は天秤棒に足をぐるぐる巻きされてしまったんです。

「さ、あんたら親子は、このロバを担いで行きなされ。そうすれば、ロバもきっと喜んでくれますぞ」と男は言いましたが、ご先祖様は喜ぶどころか、天秤棒が足に食い込むは、荒縄はちくちく痛いはで、もうそれどころじゃないってところです。

しかし、親父さんと息子はロバを逆さにつり下げると、ゆっくり歩き始めました。ご先祖様にとっちゃあ楽などころか、頭に血は上るは、足はねじられたように痛むは、おまけに荒縄がくるぶしのところに食い込んでどうにも我慢がなりません。なんとか足を自由にしなければ、このまゝ運ばれていたのでは、きっとどうにかなってしまうと思ったでしょう。背中を突っ張り、足をめちゃくちゃに動かし、なんとか荒縄を解こうと暴れ回りました

親父さんと息子は、ご先祖様の暴れるのも構わずどんどん歩いて行きましたが、それでもロバ一頭が大暴れするのですから、そりゃ、あっちフラフラ、こっちフラフラと足下がおぼつかないことになりますわ。それで、とうとう小川にかゝる橋まで来たところで、ご先祖様は思いっきり背中の筋肉をねじって跳ね上がったのです。そのとたん、先棒の息子が天秤棒から手を滑らせたものですから、ご先祖様はドーン！　と橋に落ちて、そのはずみで親父さんの方も手を離してしまって、ご先祖様はもんどりうって、川にドボーン！　と落っこちてしまったんです。

えっ、「それからどうなったか?」ですって?

そりゃもう大変なことでしたよ。ご先祖様は流されて、かなり下流まで行ってしまったとい、ます。

幸いなことに漁師に助けられ、そこで天寿をまっとうするまで大事に飼われました。

親父さんと息子ですか? お二人とも怪我もなく、ご先祖様を捜して川を下って行って、漁師さんのところにいるご先祖様を見つけました。

漁師さんにロバを飼うのなら買ってくれ、と言いましたが、漁師さんは、

「川を流れてきたものを釣り上げれば、それはすべて漁師のものじゃ。だから、ロバの代金を払う義務などない」

と言いましてね。結局親子はなんにも手に入れられずに帰って行きましたよ。

世間の人たちはあの親子を「馬鹿だ、間抜けだ」と嘲笑《ちょうしょう》しました。お二人は惨めな思いで家に帰りましたが、おかみさんにも呆れられ、とうとうおかみさんは実家に帰っておしまいになったとい、ます。

でもね、私は思うんですよ。あの親子はそんなに馬鹿なんでしょうか? ってね。私は、あの二人、決して悪い人じゃあない、単に人が良すぎて、自分の考えを持っていなかっただけなんだと思います。

でも、だからといって、何故こ、まであの人たちが惨めにならなければならないんでしょうか。

そりゃあ、確かに私だってあの親子のことをあまり利口だとは思いません。

「馬鹿だ」と言われ、ば、そのとおりでしょうよ。ですが、あの人たちは特段の罪を犯した訳ではあ

りません。むしろ無責任に「あ、しろ」だ、「こうしろ」だと言った周りの人の方がよっぽど罪深いと思いませんか？

とかく世の中というのはこういうものですよ。真っ正直に生きている者が馬鹿を見て、野次馬の勝手なご意見がもっともらしく聞こえる。特にこの昨今ではマスコミってのが、ほんの小さなエピソードを極上の美談にしてみたり、鬼のような悪者をでっち上げたりして、なんでもかでも針小棒大《しんしょうぼうだい》に伝えるものですから、私ら大衆には何が真実やらわからなくなっています。一般大衆は今やあの親子ですよ。だからと言ってみなさんはご自身を馬鹿だと思っていますか？　誰も自分を馬鹿だとは思っていないでしょ。本当は馬鹿なのに。

私ゃね、どうもそういう意味では、世論調査とか、アンケートってのも信用していないんですよ。特にお国の、政府の行う世論調査なんてのは。あんなものは設問の仕方次第で、どうにでも意見をねじまげることができますからね。そして結局大衆は大きな声には付和雷同《ふわらいどう》するものなんですよ。

どうです、お客さん。なかなか面白いお話だったでしょう？　そうそう、この村ではね、おいでになったお客様に次の店を紹介しているんですよ。そうですねぇ、ねずみの店に立ち寄ってごらんなさい。面白い話が聞けますから。ライオンの店？　いえいえ、お止しなさい。人生は命あっての物だねってもんですよ。ライオンなんかの店に行った日にゃあ、生きて戻れる保証はありませんからねぇ。

でも、最近の旅のお人は変わっていましてね、「そういうスリルがいゝんだ」なんてお方もいらっしゃいますがね。

はいはい、ありがとうございました。ごゆっくりイソップ村をお楽しみくださいな。ごきげんよう。

猫の首に鈴を付けるのは誰？

へーい、いらっしゃーい！

「ずいぶん威勢がい、ですね」だって？　え、、もう私んところじゃ、この威勢のい、ってのが売りでしてね。店番も一人や二人なんてしみったれた田舎の雑貨屋とは訳がちがうんで。えー、ピチピチの若い娘っこを取り揃えておりましてね。それがみんなお客様に十分お楽しみいたゞけるお話をしますんでね。

でも、駄目ですよ、お客さん。女の子に手を出したりしちゃあ。あ、お客さん、女性でしたよね、は、、、こりゃとんだことを言いまして、ごめんなさいよ。いやねえ、最近の旅行客ってのは本当にスケべったらしいのが多くてね、ついこの前も団体さんが全員男の方で、何を勘違いしたのか、「女の子を紹介しろ！」なんて言い出しまして、「うちはそういういかゞわしい店じゃない」っていくら言っても聞いちゃくれないんですよ。それにしてもあれはいったいなんなんでしょうね。どっかの国の建設会社さんだったようですが、まあ、『旅の恥はかき捨て』という言葉がそのお国にはあるようですけど、まったく道徳心のかけらもないんでしょうかねぇ。

ほら、以前にも観光団体が中国でとんでもないことをしでかしたって、そりゃあもう旅行業者の間では世界的に有名な話ですよ。なんですか、あれもその極東にあるお国の建設会社さんだったようですけど、あの国じゃあ、建設会社の職員さんって、みんなそういう人たちなんですかね。聞いた話じゃあね、その国では国会議員や地方議会のバックには圧倒的に土建《どけん》屋さんとか建設会社がついているとかで、もう汚職の元凶みたいな職種だそうですね。どうもあの国の人は、公共性に乏しいと申しますか、文化レベルが低いと言いますか、ねぇ……。

はっ？　「私もその国から来たんだ」って！　い、い、い、いやぁ、私、あの、別にお客様のことをとやかく言っているんじゃありませんよ。あ、だって、お客様は見るからにお上品なお方じゃありませんか。お召し物だって、品が良くって、どこかの財閥のお嬢様だったりして。あの、K姉妹さんじゃないんですか？

「えっ、あの姉妹も我が国の面汚しだ！」って。は、、、そうですよね、たゞ胸のでっかさだけで世間を渡り歩いてるんですからね……参ったなあ、言うことすべてが裏目に出ちゃうよ……え、は、はい。どうぞ、どうぞ。もう私、何も申しません。係の子に頼みますんで。

チュウ子さーん、こちらのお客様を、ご案内してー！

えーっ、なんですって、「他の人じゃ嫌だ。お前がいゝ」って？　あ、はい。もちろん、私だってお話はできますよ。でも、あのー、係の者がちゃんといますので……。

「どうしても、お前じゃないと駄目だ。お前は話が面白そうだ」ですって。いや、お褒めをいたゞきまして、ありがとうございます。はいはい、わかりました、わかりました。では、私がお話をさせていたゞきます。では、参りましょう。お部屋はこちらの三号室になっておりますから。

いやあ、今日は本当にいい天気ですね。お客様は日本から？　あ、そうですか。日本ってとこはとってもいゝところらしいっすねぇ、自由と無責任が同居してゝ。役人天国って言うんだそうですね。

「もうお客さんの国の悪口は言うな」って。あはははは、そうですよね、そうですよ、どうもすみません。お客様の所為じゃありませんものね、まったく。私の話をお聞かせするんでしたよね。は、、……。いえ、あんまりお嬢様がお美しいので、つい私、あがっちゃいましてね。「お世辞は止せ」ですって。いえ、お世辞なんかじゃありませんよ。本当にお美しくっていらっしゃるんだから。あ、はい。では、早速お話を。

私たちねずみは、どちらかと申しますと、世間様には疎《うと》まれる存在なんですけど、それでもやはり神様のお作り下さったものの一つに変わりはございません。ですから、何かのお役には立っているのではなかろうかと、我々なりにプライドっていうんですか、そういうものを持ってはおりますが、なにしろ、この体ですから、まあ天敵の多いことといったら、他の動物の比ではありませんな。キツネ、鷹、鷲、鳶、蛇……およそ肉食動物のみなさんが揃って私どもを餌にしておられます。中でも怖いのが、なんと申しましても、あの猫なんでございますよ。

私たちねずみにもそれぞれ生活のテリトリーというものがありまして、草原には草原の、荒れ地には荒れ地の、それから、極寒《ごっかん》の寒さに耐える者、熱帯の厳しい生存競争を生き抜く者、もうこの星のいたるところに住んでおりますが、それぞれ生存競争の厳しい世の中、苦労は同じです。しかし、圧倒的多数のねずみは、そうです、人間世界と同居しておりますんですよ。ところが、この人間世界に同居している我々を狙うのが、あの猫という奴でして、しかも、人間様はこともあろうに、あの猫をそれはそれは大事に飼っておられるのですなぁ、ペットとして。

私ども家ねずみが、人間様のお傍に住まわせていたゞいております最大の動機は、苦労をせずとも食事にありつける、それも他の仲間と違い、我々は、奇麗に調理され美味しい味付けをしてくださっている『お料理』というもの、これを『餌』などと呼んではなりません、まさしく『お料理』なんでございますが、この『お料理』をご馳走になれる環境に住んでいる、これこそが最大の魅力なのでありますなぁ。

……がですね、と同時に、私たちが他のいかなる環境に住まいいたしおります仲間のそれとも、異なっておりますのは、あの猫という天敵に、常時生存を脅《おびや》かされていることなのであります。みなさまにご理解いたゞきたいのは、他の仲間と、我々、家ねずみのおかれている環境との徹底的な違いです。草原に住む仲間は、猫なんぞより多種多様な種族に狙われ、劣悪な環境にあるとお思いでしょうが、それは違います。彼らの世界では、他の種族全員が私たちを狙っておる訳ではございません。

お互いは、お互い全員を敵、つまり『喰うか、喰われるか』という関係、いわゆる捕食関係にあるということであります。ですから、野ねずみを狙っているキツネにも、まったく同じ条件下で天敵がいて、そこから身を守らなければなりません。つまりキツネはねずみ族をつけ狙いながら、自分を狙う鷹から身を守らなければなりませんし、鷹もまた、いつ自分の幼鳥を蛇に食べられてしまうかわからないのですから、己を守る工夫をしなければならない、という関係にある訳です。つまりしごく平等な世界であるのですな、自然界というところは。

しかるに、我が家ねずみの棲息《せいそく》いたしております人間中心の世界では、あの猫どもには、天敵は何一つありません。一方的に狙われるのは我々の方だけで、猫はそのような不安のまったくない世界で、自由にふるまっているのです。最近じゃあ過保護に扱われて、我々にさえ興味を示さない、美食家の奴などもおる始末でして、まあ、おおよそ猫ほど堕落《だらく》した動物は他にございませんな。

でも、猫にも由緒正しいのがおれば、一方には氏素性《うじすじょう》のしれない輩《やから》も沢山おりまして、最近の猫問題はすべてこゝに集約されておるのです。あの不良と申しますか、やくざ者とい、ますか、はたまた流れ者と称しますか、野良猫、彼らこそねずみにとりまして、不倶戴天《ふぐたいてん》の怨敵《おんてき》なのであります。

しかし、我々ねずみとて、たゞ黙ってされるがまゝになっておったのではございませんぞ。この村でも日夜、主だった者が集まり鳩首《きゅうしゅ》会議を開いて、対策を練ったものでございます。ある者は申しました。

「猫は、マタタビなる植物を食べると、フラフラに酔うという。猫どもにマタタビを喰わせて、酔ったところを一気に攻めてはどうか」

ところが、このマタタビ、猫より我らねずみが先に酔っちまって、まったく役たゝずでした。ある者は言いました。

「猫は、我が儘《まま》でご主人の言うことに従わない動物だ。だから、人間を猫嫌いにさせて、猫を村から追い出させればいゝではないか」

こりゃ話にならん提案でした。その我が儘な性格が可愛いんだ、という人間があいつらを飼っておるんですからな。

「猫は魔物の使いだと風評を立てよう」などという他力本願もあれば、「一匹一殺の精神で、宣戦布告をして対決しよう」、「そうだ、戦争だ」なんていう威勢のいゝのもありました。でも、猫は魔法使いのペットだということを人間は知っておりますから、「魔物の使いだ」などと申しましても、なんの効果もないことは明らかでした。また、猫一匹倒すのにねずみ何匹が必要か、これを計算した仲間がおりましてな、なんと、猫一匹に対し、五十匹のねずみがかゝらないと、きゃつを倒すことは不可能というとほうもない結果が出まして、我々にはとても戦いを挑める相手ではないことを知りました。相手が一匹だけならそれもいとわない決死隊を結成したでしょうが、この村には二百匹という猫が住んでいるのです。そして、野良猫どもはひと月に三十八匹の割合で子どもを産んでいるのです。

対猫対策会議は毎夜開かれました。しかし、やがて案は出尽くし、しかも実行できそうなものは一つもなく、もう誰も提案する気力すら失ってきておりました。

ところが、こゝに光明《こうみょう》が射したのです。それまでは、年寄り連中がわいわい議論しておったのですが、一匹の若いねずみが手を挙げましてね。

「い、ですか?」

と、遠慮がちに言ったんです。長老たちは、ギロリッと若造をにらみ付け、「なんじゃ。若いの」という顔でした。

中堅のは、「おいおい、お前らが意見を言うのは、僭越《せんえつ》というものだ。黙ってみなの言ってることを聞いていればよろしい」というような顔つきでした。何しろ、ねずみの世界は、あんたらの国の政治家さんと同じくらい、保守的な連中ですからね。

しかし、議長のねずみは、もう妙案は出そうにないと思っておったものだから、その若いねずみの意見も聞いてみてもよかろうと思いましてね。

「なんだな？　何かい、案でもあるかな？」

と聞いたのですよ。他のねずみはガヤガヤとものを言いました。

「なんじゃ、あんな若い者に意見を求めおって、あの議長も耄碌《もうろく》したのかな。なら、わしが代わってやるぞ」とか、「議長さん、時間の無駄ですよ」とか、「若いの、控えんかい」などという声がそこここで聞かれたのですよ。

すると、議長のねずみは木槌を『ドスン！』と打ちつけて、「静粛《せいしゅく》に！」と叫びました。会議場内はその一言でシーンっと静まりかえったのです。

「さ、君。意見を言いなさい。遠慮はいらんよ」

議長に促されて、若いねずみはおずおずと席を立ちましてね、「私、こう思うんです」と小さな声で喋り始めたのです。

議長に、

「君。若者ならもっと元気に大きな声で言いなさい。そうでないと、どんなに良い提案でも、他人の心に響きませんゾ」

と言われて、彼は背筋をしゃんと伸ばして、大きな声で言いました。

「はい。私はこう考えます。我々はいつも、どこから猫が現れるのかを考えてびくびくしながら生きています。猫はいつだって不意打ちで私たちを捕まえてしまいます。それはあいつらの足の裏が、まるで綿ででもできているみたいに、柔らかくって音が出ないからです。それにあいつらは必ず風下から私たちを狙います。自分の臭いもそれで隠しています。本当に狡賢い奴らです。そこで私は考えました。あいつら猫どもの来るのが、少しでも早くわかれば、僕たちは逃げられる。あいつの足音であろうが、鳴き声であろうが、とにかくあいつらがやって来ることが察知できれば、僕たちは隠れられるのです。そのためには、何か音のするものをあいつらの身に付けさせればいゝのです。そうです！猫の首に鈴をつけるのです。そうすれば、彼らがどこにいようと、我々は鈴の音を頼りに、あいつらの居場所がわかりますから、防御もできるのです。いかゞでしょうか」

集まった他のねずみは、みんなポカーンと口を開けて、若いねずみを見ていました。一瞬、会議場には異様な静寂が流れたのです。今まで、これほど明確に猫対策を提案したねずみがいたでしょうか。これほど理由と対策、そしてその結果を、こゝまで見事に論証できたねずみがいたでありましょうか。その場に居た者は、それほどのショックを受けたのでした。

次の瞬間、会議場は割れんばかりの拍手に包まれました。全員が立ち上がって、若いねずみを讃える拍手をしました。その拍手は十分以上続いたと言われています。顔をくしゃくしゃにして、泣きながら拍手する者もいました。隣の者と肩を組んで、『ねずみ讃歌』を歌い出す者もいました。

長老の一人は「うん、うん」と頷《うなず》いて、新しい指導者の到来を喜んでいました。誰もが、この提案の偉大さを喜び讃えました。

ようやく議場に静寂が戻った時、議長は言いました。

「みなさん、今の提案に対するご意見を」

誰も質問など、しませんでした。もう一度大きな拍手が沸き上がっただけです。議長が拍手を静めるように、両の手を下に振りました。

「では、採決します。じゃがその前に、諸君、この素晴らしい提案をした彼の名前を聞きたいとは思わないかね？」

と言いました。また、大きな拍手が沸きました。議長は、若いねずみに対し、議場の中央に出て来るよう手で促しました。若いねずみは、照れくさそうに前に進みました。中堅のねずみも長老のねずみも、彼のために通路をあけてやりました。

若いねずみが、議長の前の演台に登りました。そして拍手が止まりました。

「みなさん、どうもありがとうございました。私の提案に対するみなさんの讃辞に心から感謝を申し上げます。この提案は私が全身全霊をもって考えたものであります。しかしながら、決してこの提案は、私が突然独創したものではありません。この議場内で、多くの先輩方のお話をお聞きし、ご論議をお聞きしている時、さながら、神の啓示が、突然私の頭脳に飛び込んで参ったが如く、生まれたのであります。つまり、私のこの提案は、まさしくこの議場におられる諸先輩方の熱い議論の賜《たまもの》なのであります。私は、みなさまが持っておられたこの崇高なるアイディアを、みなさまに代わって申し上げたに過ぎません。むしろ、みなさまこそ、この案の源泉なのであります。私は今、このように壇上において、大きな拍手をいただく栄誉を誇りに思いますと同時に、心から感謝を申し上げます。私はまだ若輩《じゃくはい》ですが、名前をマウスと申します。今後とも、よろしくお願いいたします」

彼は、まるで事前に用意していたかのように、短くても丁重なスピーチを、見事にやり終えたのです。会場はまたしても、割れんばかりの拍手に包まれました。わがねずみの世界に、新しいヒーローが登場した瞬間だったのです。もう議場はお祭り騒ぎでした。もしこの瞬間を猫に襲われていたら、みんな、歓喜の中で死ねただろうと思います。

と、それまで会議場の一番奥、最後方に座って、ずーっと黙っていた一匹の年老いた、まさしく長老中の長老というような、老いたねずみが、議場に冷や水を浴びせるような大声で怒鳴ったのです。それはまさしく、浮かれている議員たちを夢から覚醒《かくせい》させる一喝《かつ》でした。

「黙らっしゃーい！」

全員、ピタリッと動かなくなりました。そして、目だけがその声の主の方に動きました。大声を出したねずみは、眠っているように目をつむり、ステッキに顎を載せていました。そして、片方の眉毛をピクリッと上げて目を薄く開きますと、壇上のマウス君をグッっとにらみ付けて言いました。

「おい、若いの。マウスとか言ったな」

その迫力に、マウス君は棒のように突っ立って、二回、首をわずかに縦に振っただけでした。喉のあたりがゴクリッと鳴りました。

「お前さんのその提案、議会を通ったら、どうするね？」

老ねずみは訊きました。マウス君は、

「ただちに、ただちに実行に移すべきと思います」

と、さっきの落ち着きぶりはどこにいってしまったのか、一オクターブも高い声で答えました。

「すると何かい？　猫に鈴を付けに行くのも、お前さんがやってくれるってんだな。二百匹の猫と、これから産まれるであろう毎月三十八匹の子猫のすべてに」

それまで、長老中の長老に向けられていた議場内の目は、その瞬間、全員揃って、マウス君に向けられました。彼は、顔面蒼白になって演壇に立ち尽くしていました。

彼の返事を待たず、長老はステッキに載せていた手をやおら握り併《あわ》せると、それからゆっくりと、

「パチ……パチ……パチ、パチ、パチパチパチパチパチパチパチパチパチ！」と拍手を送り始めました。すると、議場のあちらこちらからも、最初はゆっくりと、そしてだんだん早く、拍手が沸き上がってきたのです。そしてそれは、議場内に三度目の嵐となって鳴り響きました。しかし、今度の拍手は、氷のような冷たさでした。マウス君はたゞ一人壇上で、その万雷《ばんらい》の拍手を一身に浴びて、呆然と立ち尽くしていました。

イソップはこのお話で、どんなにい、提案でも、それを実現するのは大変なことで、そういうのを『机上の空論』と言うのだ、あるいは、うっかりしたことを言うとそれが我が身に降りか、ってくる、という意味で『もの言えば　唇寒し　秋の風』ということを教訓にしたかったようですが、実はそれはちょっと違ってるんですね。イソップさんは、お話をこ、で終えていますがね。

「えっ、どこが違うか？」ですって？

このお話、実はあのマウス君は、本当に猫に鈴を付けに行っているんですよ。もっとも、本人が志願したって訳ではありません。議場は、猫の首に鈴を付けるって案を正式に決定したのです。そしてその決定には、次の付帯決議が付いていました。

『この決定事項の執行は、案の提出者であるマウスとその一族が、責任をもって実行する』

そういう決定でした。これに対し、マウス君は、次のように反論したんですがね。

「みなさん、私の提案について、一言申し添えることを忘れていました。実は、この提案は私のものではありません。この提案は、実は、私の友人である、ミッキー君が言い出したものです。私は、この会議への出席権を持たない彼に代わって、ミッキー君の提案を申し上げただけで、私が責任を負うべきものではない、と考えます。真の提案者であるミッキー君一族こそ、この名誉ある『鈴付け』の仕事を担うべき、なのであります」

しかし、誰も彼の論には耳を傾けませんでした。この反論は、言い逃れ以外の何ものでもない言い分でしたからね。何故ならば、マウス君はついさっき、あの後世に残る名演説で、己をヒーローに祭り上げたばかりじゃありませんか。彼の提案が、たとえ彼の言うとおり、ミッキーなる者のアイディアであったとしても、もはや誰一人それを信じてはくれませんし、そのことを蒸し返したところで、なんの意味もないことを知っているからです。つまり、提案者はそのまま『鈴付け役』になるのですから、今更ミッキーが「はい。あの提案は僕のものです」などと肯定することもあり得ません。すべてのねずみにとって、自分でさえなければ誰だってい、のです、『鈴付け役』は。その結論の前では、提案者もまた自分でない方がい、のですから。

マウス君は、一族を上げて猫の首に鈴を付ける仕事をしなければならなくなりました。しかし、彼の妻はこの決定があったその日に、彼との離婚を役所に届けて、どこかに姿を消してしまいました。彼の妻は『ミスねずみ』にもなった美女でしたし、二人の結婚は大きな話題であり、またその仲睦まじさも有名だったのですが……。

それればかりではありません。累《るい》の及ぶのを恐れた、マウス家の親、兄弟、姉妹につながる配偶者が、全員離婚を申し出、大きな訴訟にもなりました。そりゃそうでしょう、自分の娘が嫁いでいるというだけで、あるいは妻がマウス家の者というだけで、その一族もまた『鈴付け役』を申しつけられたのでは、割に合わないというものです。さらには、マウス家につながる縁故者の数人が自殺し、数十匹が夜逃げしたと言われております。これも大きな話題となりました。

マウス君は、もはや覚悟をしたのでしょう。およそ二十匹の兄弟と一緒に、決死の覚悟で猫の首に鈴を付ける作業をしました。そして、二匹の猫に鈴を取り付けることができましたが、関係したねずみはそこで全員死んでしまいました。討ち死にというのは、まさしくあ、いうのを言うんだと思います。

しかし、彼らの死は決して無駄にはならなかったのです。たった二匹の猫が首に鈴を付けたことによって、それは人間たちにおおいなる影響を与えたのです。

「あら、ミーちゃん。素敵な鈴を付けているわねぇ。うちのマーちゃんにも付けてあげましょう」というようなことで、なんと人間が、自らの手で猫の首に鈴を付ける、一種のファッションを作り上げることに成功したのです。お陰で、我々はずいぶん住みやすくなりました。

マウス君の業績については、その後再評価されました。彼は、確かに他のねずみの提案を、まるで自分のものであるかのように装い、結果として墓穴《ぼけつ》を掘ってしまったのですが、彼が現実に鈴を付けて歩いたことは、まさしく彼自身の業績である、という意見が会議で認められ、彼は復権を果たしました。また、二十匹の殉教者《じゅんきょうしゃ》ともいうべき兄弟たちも、高く評価されました。我々はそれ以後、自分たちを全員マウスと呼ぶことにしました。つまり、マウス君はまさに『死して名を残した』という訳ですな。

えっ、「ミッキーはどうなったか」って?

どうやらミッキーというねずみは、そもそも幻だったようです。一応捜索が行われましたが、我々の間では、誰一人ミッキーと名乗るねずみを知る者はいなかったのです。

じゃあ、マウス君は何故、「ミッキーというねずみが先に考えたアイディアだ」なんて言ったかが問題になります。

どうも、それはあのマウス君の苦肉の言い訳で、本当はやっぱりあのアイディアは、彼の発案なのだろうかと考えるようになっています。つまり、彼は、最初はなんとしても、ミッキーというねずみに『鈴付け役』を押しつけようと思ったのではないかと思われます。しかし、ミッキーが現実に存在したら、当然そいつは否定するだろう。そして結局お鉢が自分のところへ戻ってくる。それより、幻のねずみを作り出し、みんながそいつを捜している間に、自分は逃げ出そうとでも思ったのじゃないか、と思われています。でも、それもまた無駄なことでしたけどね。

私は、あのアイディアがマウス君自身のものであった方が良いと思いますし、事実そうであったと信じています。彼は無様なことを言ってしまいましたが、最後はねずみの中のねずみと言われるようになったんですから。

彼は決して悪いねずみじゃなかったんです。ただ、ちょっとい、ところを見せようとし過ぎただけのことです。そんな人はいくらでもいるでしょう。

ところで、二十世紀になって、ミッキーって名前のねずみが出現しましたなぁ。あのねずみはきっと、幻のねずみのことですよ。そうでしょう、だってアニメーションの世界にだけいる奴ですから。

町のねずみと田舎のねずみ

「もっとねずみの話を聞きたい」ですって。仕方がないなぁ。この村では、一人のお客様には、一つの動物は一つの話って決まりなんですけどねぇ。おっしゃるとおり、ねずみのお話はまだまだ沢山ありますよ。でも、それを全部知りたいと言われましても……。

「もう一杯飲むからい、だろう」って。まあねぇ……じゃあ、もう一つだけですよ。で、どの話をお望みで。

えっ、「なんでもい、」って？

またずいぶんい、加減なお嬢さんだ。はいはい、しますよ、しますよ。じゃあ、その前に無花果ジュースのお代わりを持って参りますんで、ちょっとお待ちください。

はい、無花果ジュースのお代わりをお持ちしましたよ。さて、それじゃあ、もう一つのお話をしましょうか。

えーっ！「飲みたかったのはこれじゃない」って？じゃあ何が欲しかったんです？さっき、私、言いましたでしょう？無花果ジュースのお代わりをお持ちしますって。

「こっちが注文する前にあんたが勝手に納得してしまった」ですって！そんなぁ……はいはい、取り替えますよ。ご注文はバナナのジュースなんですね。はい、わかりました……まったく我が儘な客だ。

どうぞ、持ってきましたよ。バナナジュース。

じゃあ、さっそく次のお話にしますかね。ねずみが世界中に住んでいることはご存じのとおりです。

で、当然親類縁者も各地にちらばっておりますんですよね。そんなねずみのことをお話しましょう。ある従兄弟《いとこ》同士のねずみが、互いに盛んに自分の住んでいる所の良さを論じ合っておりました。そしてある日、田舎のねずみは町に住んでいる従兄弟にこんな手紙を送りました。

『町の兄さんへ。お元気ですか。私はとても元気に住んでおります。

私の住んでいる家の前には、きれいな小川があって、私の朝はそのせせらぎの唄で目覚めます。小川の向こうの草原には、四季折々に美しい花が咲きますし、奇麗な小鳥たちがのどかに唄を聞かせてくれます。そのさわやかさといったらありませんよ。

昼間は温かい光に包まれ、本当にうたゝ寝してしまいます。のんびりとした午後には若者は恋を語り、子どもたちは青々とした牧場の草地を走り回って遊んでいます。おじいさんやおばあさんがそんな風景を目を細めて見ています。

夕方になると、空一面に真っ赤な夕焼けが見え、鳥たちがねぐらに帰っていく光景はまるで絵のようです。そうしてお日様が沈むと、今度は群青色の空にぽっかりとまん丸い月がかゝるんです。月のない夜は空一面に星空が見えます。大きな天の川が流れ、時々流れ星が走ります。なんというロマンチックな光景でしょう。

私のところの食事は、とても新鮮な材料を使った美味しいものばかりですよ。小麦は穀物蔵にいっぱい詰まっていますから食べ放題。小屋に住んでいる牛から新鮮な乳を飲ませてもらえますし、チーズもできたばかりのものばかりをいたゞいています。

是非一度遊びに来てください。ではお元気で』

と書かれていました。一方、町のねずみからはこんな手紙が送られました。

『田舎の従兄弟へ。君の手紙に描かれた君のところの風景は、本当に素敵だろうと思います。ぜひ一度伺いたく思っています。

ところで、私のところのことも少し宣伝させてください。私の住んでいる町はとてもにぎやかで華やかなところですよ。朝は市場のかけ声で始まります。大勢の人たちが市場を埋め尽くし、近郊の村々から沢山の人たちが集まり、色々なものが売られています。我が国のものだけではありません。世界中から集まったものが売られているのです。

市場はお昼になってもいまだにぎやかです。美しいお姫様のようなお方も来られますし、強そうな男やそれよりもっと怖そうな人もいます。子どもたちは市場の中を走って好物のものを探しています。我々も珍しいものを求めて市場の中を駆けめぐります。

特に昼時になりますと、食べ物を売っているお店から、焼いた肉の香ばしい香りや、蒸したパンの匂い、煮込んだシチューの香り、それからチーズのたっぷり乗ったパイの香ばしい匂いなどが市場に漂い、我々ねずみの食欲をそゝります。

午後には、少しゆったりとした時間が流れ、おばさんたちは町のゴシップ話に花を咲かせます。どこそこの娘が男と駆け落ちしただの、どこそこのおかみさんは亭主の留守に男を引っ張り込んでいるなどという話でお、にぎわいです。男たちはもっぱら次の祭りに出場する戦車競争の選手の話とか、政治の話、あとはどこの飲み屋に可愛い女がいる、などといった話でわいわい盛り上がっています。夜になると大きなかがり火を囲んで宴会が行われることもあります。異国の女が身をよじって妖《あや》しい踊りを踊ってみせたり、遠い国の音楽を奏でる若者たちもいます。本当に夢の世界のようです。私の住んでいる家は大層なお金持ちですから、お料理は専門のコックが作っています。ですから本当に美味しい料理が食べられます。餌ではないですよ、お料理なんですよ。一度君に食べさせてやりたいものです。では、次の手紙で、いつお互いに家を訪ねるか相談しましょう」

こうして二人はそれぞれの家を訪問することにしたのですな。

まず町のねずみが田舎のねずみの家を訪ねる日が来ました。田舎のねずみは精一杯に家を飾り付けて歓迎の意を表しました。一方、町のねずみは田舎のねずみの家まで歩いてやって来たのですが、すでに道中の間に思っていました。

「あーあ、来るんじゃなかったなぁ。なんて遠いんだ。それになんて汚いんだ。道には馬やロバや羊やらの、もう嫌というほど糞《ふん》が落ちているじゃないか。この匂いったら、もう臭いったらありゃしない。それに道そのものがだんだんでこぼこな状態になってきたし曲がりくねって、なんだかわざわざ遠回りしているみたいじゃないか。いったいいつになったら兄弟の家にたどり着くのやら……」

そんな気持ちでいましたから、田舎のねずみの家に着いても、何もかも彼には気に入らないものばかりでした。

田舎の従兄弟は村の入り口まで迎えに出てくれていました。町のねずみが見えると、大きく手をふりながら駆けてきました。

「おーい！　兄さーん、よく来たねぇ」

田舎のねずみは町のねずみに飛びつこうとしました。すると、町のねずみはそれをさっとかわして言いました。

「おいおい、ぼくは一張羅《いっちょうら》の服で来たんだから、むやみと抱きつかないでおくれ」

それを聞いて、田舎のねずみはすまないと思って謝りました。

「ごめんごめん」

「い、んだよ。それより、早く君の家に行こう。ずいぶん歩いてお腹が減ってしまっているんだ」

町のねずみはそう言いました。田舎のねずみは張り切って、

「あ、、い、とも。うちでは家内が沢山のお料理を用意して待っているからね。さ、行こう」

そう言って、歓迎をしました。そして二人は歩き始めました。

「ほら、お兄さん。こ、が手紙で書いていた牧場ですよ。広いでしょう」

田舎のねずみが自慢した牧場は、本当にとても広くて青々とした牧草が風に優しく揺れていました。とても美しい景色でした。でも、町のねずみはちっとも気に入りませんでした。

「なーんにもないんだね。人もいないし、ほんとに淋しいところだね」

そう言われると、田舎のねずみにとっても、なんだか誰もいないなんにもない、淋しいところのように思われました。

と、突然、町のねずみの顔の前に、今まで見たこともない大きな動物の顔がぬっと現れました。その顔は、四角形か五角形のようで、目の上には大きな角が生えていました。

「ギャーッ、化け物！」

っと、町のねずみは絶叫して逃げ出しました。田舎のねずみはそれを唖然とした顔で見送りました。牛が田舎のねずみに向かって言いました。

「おい、なんじゃあ、今のは？」

町のねずみが驚いたのは牧場で草を食べていた牛だったのです。

田舎のねずみは一生懸命、町のねずみを探して、やっと牧場のはずれで見つけました。

「あはははは、町の兄さんは牛も知らないのかい？」

町のねずみは憤慨して言いました。

「ふん！　なんだい、あんなもの。いきなり出てきたから、ちょっとびっくりしただけだよ。町にはあんな奴はうろうろしていないからね」

と最後のところはいばってさえいたのです。

「もう牧場なんてこりごりだ。早く、君のところへ行こう」

と言って、町のねずみはどんどん行ってしまいました。田舎のねずみはそのあとを大急ぎで追いかけていきました。

「ちょ、ちょ、ちょ、ちょっと待ってよ。そんなに急がないで、もっと色々景色の美しいところを見て行こうよ」

「もう景色なんかどうでもいゝよ。それより君の言う新鮮なご馳走だ」

町のねずみはドンドン歩いて言いました。田舎のねずみはそれを追いかけ、追い抜いて言いました。

「わかった、わかった。でも、兄さんはどうしてそんなにセカセカ歩くんだい？」

すると町のねずみは一瞬立ち止まって言いました。

「町じゃあ、のんびりしてたんじゃ生きていけないよ。みんなそうやって生きているんだ」

「ふーん、おいら、そんなのとても駄目だ」

「そんなことないよ。こんなところに居るからのんびりしちまうのさ。町に来てごらん。たちまち、あのスピーディーな生活が楽しくなるから。さ、それより今夜は美味しい田舎料理の宴会だ」

そう言って、町のねずみはまたずんずん歩いて行きました。

そして、田舎のねずみの家にたどり着きました。田舎のねずみの家には、ドアの上に麦の穂で作った大きなアーチがありました。それを見た町のねずみは言いました。

「なんだいこりゃ。何かのまじないかい？」

田舎のねずみはびっくりして言いました。

「えー！　兄さんはこれが何か知らないの？」

「何かったって、町じゃこんなもの売ってないぞ」

「じゃあ、町の人々は何を食べているの？」

「何をって、パンに決まっているじゃないか」

「えー！　田舎ではパンを食べるのは人間だけだよ。ぼくたちねずみは小麦を食べるんだよ。これがその小麦なんだ。これはお客様に、『うちはこんなに沢山小麦を用意していますよ』という歓迎の印なんだ」

「なんだって？　小麦を食う？　それって、小麦粉になる前の段階のものなんだろう？」

「そうですよ。さ、とにかく中に入ってください」

町のねずみはなんとなく悪い予感を感じ始めていました。

田舎のねずみに案内され、家の中に入った町のねずみはこゝでもびっくりしました。なんと、家の中には、子どものねずみが三匹もいるではありませんか。そして、彼が家の中に入ったとたん、声を揃えて叫びました。

「町のおじさん、いらっしゃい！」

町のねずみは度肝を抜かれてしまいました。

「おい、兄弟。この子ねずみたちはみんなお前さんの子どもかい？」

町のねずみは叱るように言いました。

「えゝ、そうですが……」

田舎のねずみはすまなさそうに答えました。

「へー、よくもまあ産んだね」

と露骨な表情で呆れたように言われ、田舎のねずみは少しムッとしましたが、我慢して、

「はぁ……」

と曖昧《あいまい》に返事をしました。田舎のねずみの奥さんも俯《うつむ》いてしまっていました。それを無視するように町のねずみは言いました。

「町ではね、今、子どもはできるだけ産まないんだよ。何故か、わかるかい？」

いよいよ不愉快になって、田舎のねずみもそれを露骨に見せて言いました。

「どうしてですか？　子どもは宝なのに」

「それはね……そうだ、町に来ればわかることだから、その時に言おう」

と、少し言い過ぎたことを反省して町のねずみは言葉を濁《にご》しました。そして、田舎のねずみの奥さんと子どもたちに向かって、

「こんにちは。突然やって来てごめんなさい」

と挨拶しました。そして子どもたちの頭を撫でてやりました。子どもたちは嬉しそうにはしゃぎました。そうしてようやくなごやかな雰囲気になりました。

田舎のねずみはさっそく料理を出して宴会となりました。しかし、出てきたものは、町のねずみにとってみれば、とても料理と言える代物ではありませんでした。なぜならば、にんじん、たまねぎ、ジャガイモなどの野菜は、もちろん新鮮なものばかりでしたが、すべて生のまゝでしたし、鶏の足や牛のあばらは全部骨ばかりでほとんど肉はついていませんでした。そして、これもやっぱり生のまゝ、

だったのです。塩やこしょうの調味料と香辛料は、ほんのちょっとついているだけです。

田舎のねずみは盛んに、

「さあ、もっと食べてください。みずみずしい野菜でしょ。鶏も牛も美味しいでしょ」

と勧めますが、町のねずみはほとんど食べられませんでした。

その夜は田舎のねずみの家に泊まりましたが、ベッドは麦わらでした。月が出る頃には村じゅう静まりかえって、町のねずみはいつまでたっても眠れませんでした。

町のねずみは翌朝早々に、まるで逃げ帰るように町へ帰って行きました。奥さんには、

「どうも。お世話をかけましたね」

と感謝の挨拶らしいことは言いましたが、村のはずれに送ってくれた従兄弟には、

「まったく、君はよくこんなところに住んでいるね。汚いし、臭いし。夕べの料理なんて、あれは料理と呼べるものじゃないよ。たゞの餌じゃないか。もっと奥さんに料理ってものを教えてあげるんだね。そうだ、今度町に来る時は、奥さんも一緒に連れて来たまえ。美味しい料理ってものがどんなものか、一度味わってみればわかるじゃないか。それに夜は静か過ぎて、なんだか怖いくらいだったよ。やっぱり町のようににぎやかでないと、淋し過ぎるよ」

と、さんざんに言って帰って行きました。

田舎のねずみはショックを受けてしまいました。

『田舎ってそんなに汚いのかなぁ。そんなに臭いのかなぁ。それにあんなに美味しい野菜がなんで料

理じゃないのかなぁ……』

田舎のねずみは考え込んでしまいました。そこで早速、町のねずみのところへ行くことにしました。奥さんは、

「そんなところに行かないでおくれ。もし、あんたが町を気に入ってしまったら、私たちは置き去りにされちゃうよ」

と反対しましたが、田舎のねずみはどうしても町の良さ、なるものを自分の目で確かめてみたかったのです。

田舎のねずみも歩いて町に出かけました。町の入り口で従兄弟が待っていてくれました。町の中心に近づくと、なんだか色々な匂いが混じり合って、とても変な臭いのように感じました。確かに甘酸っぱい、食欲をそゝる匂いもありました。人間が近づくと、なんだかとてもいゝ匂いのする人もいました。町のねずみに訊きますと、

「それは若い娘の匂いだよ。魅力的だろう」

と言いました。でも、田舎のねずみにはあまりに色々な匂いが混じり合っているので気が遠くなってきました。

町の中心に近くなるとだんだん人が増え、市場のところに来ると、もうそれは騒々しい雑音のようでした。まるで町中の人々が喧嘩をしているのではないかと、田舎のねずみはそこにいるのが怖くなってきました。そこで、町のねずみに向かって言いました。

「おい、兄さん。この騒々しさはいったいなんなのですか。とてもうるさくって頭が痛くなってきましたよ」

でも、その声は騒音に紛《まぎ》れてしまって、町のねずみには聞こえませんでした。そこで、大きな声で怒鳴るように、同じことをもう一度言いました。すると町のねずみは、

「はははは。何を言ってるんだね。これこそが町の楽しさじゃないか。よく聞いてごらん、喧嘩なんかしていないよ。売り手と買い手が値段交渉や品物の良さをアッピールしたりしているんだよ。面白い会話だろ？」

と言うのです。

町のねずみは、人の足と足の間を縫うように急いで歩きます。歩くというより走っているというのが正しい表現ではないでしょうか。田舎のねずみは今にもはぐれてしまいそうなものですから、とにかく必死で町のねずみのあとを追いかけます。

「ちょっと、ちょっと、ちょっとったら、ちょっと。お願いだからそんなに走らないでおくれよ。私は心臓が破裂してしまいそうだ」

田舎のねずみはとうとう泣き言を言い始めました。すると町のねずみは、

「おいおい、そんなことじゃあ困るよ。町の中はごった返しているんだ。歩いてちゃ人間に踏まれちゃうよ。それにこゝではそんなのんびりした生活はしていられないんだ。猫っていう天敵だっているんだからね」

と脅すように言ったのです。

「猫？　猫って、あの『にゃー！』って不気味な声を出す奴かい？」

　田舎のねずみはびっくりして聞き返しました。

「そうさ、その猫だよ。市場の辺りにゃうようよ居るから、よほど気をつけなくちゃならないんだ。だから、この辺りじゃねずみは子どもを産まないんだ。そんな余計なのがいちゃあ、毎日生きていくのが大変なだけだからさ」

　町のねずみは平然とそう言いました。

「じゃあ、町にはねずみはあんまり居ないのかい？」

　田舎のねずみは素朴な疑問を投げかけました。

「ははは、そんなことはないさ。産みたい奴はやっぱり産むのさ。その代わり大量にな。二、三匹殺されたって構わないくらい沢山な。でも、俺はごめんだね。子どもを作るより、この魅惑的な町を楽しむ時間の方を選んだんだ」

「それで結婚もしないのかい？」

「ま、そういうことだね。結婚して、子どもを育て、なんて、俺の性には合わないね」

　田舎のねずみは従兄弟がとっても遠い存在のように思えました。

　そうこう言っている間に二人は大きなお屋敷の前に着きました。

「ほら、このお屋敷が俺さまの家さ。どうだい、立派だろう」

そう言われて見上げた家はまるでお城のように立派なものでした。

「君、こんな凄いところに住んでいるの？」

田舎のねずみは驚いて聞きました。町のねずみは得意そうに、

「へへへへ。そうだよ、こゝが俺の家さ。ま、ちょいと間借りしているってだけだけどね」

と肩をすくめて見せました。

田舎のねずみはもう一度家全体を見上げて、「へぇーっ」と感嘆していました。と、その時、いきなり町のねずみにしっぽを引っ張られて、田舎のねずみは柱の陰に身を隠しました。町のねずみが口に指を立てて、「シー！」と言いました。

間一髪《かんいっぱつ》、家の扉が開き、中から人間のご婦人と、大きな猫が出てきたのです。全身をふわっとした純白の毛で覆われたその猫は、ドアの外に出ると周りをじろりっと見渡しました。その目は鋭くつり上がっていましたが、動きはとても優雅に見えました。町のねずみと田舎のねずみはさらに柱の陰に小さくなっていました。

猫が静かに言いました。

「おい、そこの柱の陰に隠れてるあんたたち。私をなめるんじゃないわよ。今はご主人様とお出かけだから、見逃してやるけれど、私のいるところの半径三メートル以内に姿を見せたら、次は命はないわよ」

田舎のねずみは、その澄んだ声とはうらはらに凄みの利いた猫の声に、もうほとんど気絶状態で、町

の従兄弟が後ろから支えてやらなかったら、ばったり倒れていたでしょう。猫はしなやかではありますが、本当に堂々とした歩き方で去って行きました。

まだ震えの止まらない田舎のねずみを引っ張って、町のねずみはお屋敷の裏から中に入って行きました。

「い、か、あらかじめ言っておくけど、この家の端から端までは俺もよく知らない。俺たちの知っておけばい、のは、俺の部屋と台所と、食堂。これだけだからだ。今から案内するから、しっかり覚えるんだよ」

町のねずみはそう注意をしてくれましたが、もとより田舎のねずみは、屋敷の中を見物する気など、さらさらありませんでした。あんな怖い猫の住んでいる家に同居している町のねずみの気持ちが、わからないのですから。

「ねぇ、早くあんたの部屋に行こうよ。おいら、屋敷の中なんか知らなくてもい、。あんたの部屋と外とを直線に結ぶラインさえわかれば、もうそれで十分だから」

田舎のねずみは、さっきの猫の所為ですっかり縮み上がってしまっているのです。

「ははは、大丈夫だよ。あのばあさん猫は口だけなんだ。い、家に生まれて、美味しいものばっかりいたゞいていたものだから、ブヨブヨに太っちまって、今じゃあもう歩くのだって大変なんだよ。俺たちを捕まえることなんてできっこないんだ」

町のねずみはそう言いましたが、田舎のねずみにはなんの安心にもなりませんでした。

二匹はようやく町のねずみの部屋に落ち着きました。その部屋は、うっとりする美味しい匂いの漂っている台所の隅にありました。それは本当に羨ましい匂いでした。部屋の中はとてもすっきりした感じでしたが、何より目をひいたのは、三匹くらいが一緒に眠れそうな大きなクッションでした。

「ほら、お前さんところの麦わらなんかと違って、立派なベッドだろ。ふわふわなんだぜ」と町のねずみは、クッションの上で飛び跳ねて自慢してみせました。彼の言うとおり、色々なものが部屋を奇麗に飾っていました。しかし、不思議なことには、その部屋には台所もテーブルもありませんでした。

「兄さん、ちょっと聞きたいことがあるんだけど」

田舎のねずみが問いただします。

「あんたんところじゃ、どうして台所がないんだね。それに食事のためのテーブルもないじゃないか」

町のねずみはカラカラと笑って答えました。

「お前さんね、この屋敷には食堂がちゃんとあるんだよ。食事は食堂で摂《と》るものさ。台所だって、さっき見たろう」

「でも、あれは人間の台所だよ。食堂だって人間のためのものだろう?」

田舎のねずみはまだ納得できずにそう聞きました。町のねずみは、優しく説得するように言いました。

「い、かい。こ、では、料理は我々ねずみが作るのじゃないんだよ。お料理を作るのは人間の仕事なんだ。そして、我々はそれをちょいとおすそ分けしてもらうのさ。だから、我々町のねずみの家には、寝室より他のものはいらないのさ。どうだい、わかったろう。料理ってのはな、ソースや塩、砂糖、バター、こしょう、その他諸々《もろもろ》を使って、とにかくみんな人間が美味しく作ってくれるのさ。お前さん家のは、あれは料理などと言えるものじゃないって言ったろう。それはこういうことなんだ」

町のねずみは得意満面の笑みでそう言いました。

「論より証拠だ。さっそく、食堂に参りましょうか、お客様。これから、これこそ料理ってものを食べていたゞきますから」

町のねずみは台所の隅にある穴から出ると、誰もいないのを確かめてから、部屋の中を素早く横断し、穴の出入り口に残っていた田舎のねずみに合図をしました。

それは、「さ、今だ。俺と同じようにこっちに渡って来い」というものでした。田舎のねずみは、喉をゴクンと鳴らし、それから神様に十字を切ってお祈りをしてから、町のねずみが走ったコースを走りました。なんとか無事に部屋を横切ることはできました。しかし、田舎のねずみにとっては、そこをもう一度あとで戻らなければならないということが、とても悩ましいことに思えてなりませんでした。町のねずみは、部屋を横切ると、そのまゝ隅をゆっくりと次のドアに向かいました。次の部屋は食堂です。

食堂はそれはそれは大きな部屋でした。テーブルを囲んでいる椅子の数だけでもなんと二十脚もありました。そんな大きな食堂なんて、田舎ではどこにもありません。見上げたテーブルの上からは、素敵な匂いと湯気が沸き立っていました。田舎のねずみはクラクラしてきました。町のねずみが言いました。

「行くぞ。い、か、大急ぎでテーブルの上に上がるんだ」

そう言って、何故か町のねずみはテーブルとは反対の、窓際のカーテンに向かって走り、そこを登り始めました。田舎のねずみはついては行きましたが、いったいどこに行くのか、見当もつきません。

「ど、ど、ど、どこへ行くの？」

と叫びました。

町のねずみは、

「黙ってついておいで。すぐわかる！」

と叫びながら、カーテンの上まで到達すると、今度はそこからジャンプをして、シャンデリアの上に飛びつきました。

その時、食堂の外に声がしました。町のねずみは田舎のねずみに向かって叫びました。

「カーテンの上に隠れろ！」

田舎のねずみは大慌てでカーテンの一番上に隠れました。そして必死にカーテン地にしがみついていました。食堂のドアが開き、料理長と思われる人間が入ってきました。続いて、執事《しつじ》と呼ばれる人が入ってきます。

「奥様が突然お買い物に出かけられたので、夕食は少し遅れます」

執事がそう言いました。料理長は、

「しようがないなあ、せっかくのお料理が冷めてしまいますよ。作り直すしかないですよ」

と不満そうに言いました。

「いやいや、今夜は余所様《よそさま》を招いて、パーティーをするのじゃありませんから、食べる前にもう一度温めればい、でしょう」

執事がそう言って、二人は部屋を出て行きました。

田舎のねずみは、ほっとしてカーテンの陰から顔を出しました。町のねずみが叫びました。

「今のうちだ。早くおいで」

田舎のねずみは大急ぎでシャンデリアに飛びつきました。待っていた町のねずみが言います。

「さ、こ、からテーブルの上にジャンプだ。そうすればおいしいお料理が食べ放題だよ」

そう言うと、町のねずみは、テーブルの上に飛び降りました。そこで、田舎のねずみも飛び降りようとした、その時。急にまた食堂のドアが開きました。

田舎のねずみは大急ぎでシャンデリアの陰に隠れました。シャンデリアが少し動いて、沢山のろうそくが揺らめきました。食堂に入ってきた執事が素早くそれに気づいて、シャンデリアを見上げました。幸いなことにろうそくの光の陰に隠れて、ねずみの姿は発見されずにすみました。町のねずみはその隙にテーブル掛けの下に潜り込みました。執事は片方の眉をピクリと上げて、食堂の中を見回してから、

「何かいたような気がしたんですがねぇ」

とつぶやきながら出て行きました。

ドアが閉まるのを待って、田舎のねずみは町のねずみの方を見ました。指示を仰ぐためです。町のねずみがシャンデリアを見上げて大きく手をふり、「早くおいで！」と叫びました。田舎のねずみは勇気を奮い起こして、テーブルにジャンプしました。ちょうどお料理とお料理の谷間に着地することができました。彼の右側のお皿には大きな肉がこんがりと焼けて、いい匂いをさせていました。左側の透きとおったボールには、フルーツポンチのようなものが入っています。その向こうには、美味しそうなパンが並んでいますし、その脇にはジャムやバターの壺があります。テーブルは、田舎のねずみの家のものの千倍はありそうですし、その上には中央の大きな花瓶のほかは、すべてお料理の載った皿が並んでいます。

町のねずみが田舎のねずみの肩を突っつきながら言いました。

「どうだい。お料理ってのは、こういうのを言うんだ。君ん家のは、所詮《しょせん》餌というものなんだよ」

そう言われて、田舎のねずみは納得しました。でも、このテーブルの上はすごく居心地が悪く、どのお料理にも、とても手を出す気にはなれませんでした。何かに手を出したとたん、あの大きなドアが今度こそギギギーっと開いて、そこから二匹の鬼が現れる、そんな予感がして身震いがしました。

町のねずみが、「いただきまーす！」と叫んで、大きなチーズにかぶりつこうとした、その時です！田舎のねずみの予感が的中したかのように、食堂のドアが三度開きました。そこには執事と料理長、そしてあの巨人のような猫が立っていました。

町のねずみは叫びました。

「逃げろ！」

二人のねずみは、大急ぎで、テーブルの上をドアの反対側に向かって走りました。しかし、それより早く、そのテーブルの端には、まっ白い毛を逆立て、目じりのつり上がったあの太っちょの猫が、とてもその体躯からは想像もできない素早さで先回りして、下から二人を見上げていました。

「あんたたち、素直に降りてらっしゃい。命まで取ろうなんて言わないからさ」

田舎のねずみは思いました。

『ほら、思ったとおり、僕たちは地獄の門の前にいたんだよ。あー、もうおしまいだー』

でも、町のねずみは平気な声で、

「へい、太っちょ。こゝまで来れるものなら上がっておいで。お前さんにはその椅子に上ることだって無理だろうよ」

と、猫をからかっているじゃありませんか。田舎のねずみはびっくりして言いました。

「お願い！　僕を田舎に帰してよ。こんなお料理なんかいらないから。あの猫を怒らせないで。猫さん、僕はなんにも食べていません。なんにもしていません。ですから、どうか僕を許して」

田舎のねずみは半ば半狂乱で、町のねずみと猫に懇願《こんがん》しました。町のねずみと猫は、二人してきょとんと田舎のねずみを見つめました。

田舎のねずみは、泣き叫んで言いました。

「お願いです。僕には愛する妻と、三人の可愛い子どもたちがいます。あなた方のように、面白可笑《おもしろおか》しく生きていなくったってい〻、んです。便利でなくったってい〻、それにふわふわベッドなんかなくったってい〻、この美味しそうなお料理とやらもなくたってい〻んです。私は、草に乗った朝露がきらめいて、小川の流れが美しい音を聞かせてくれて、牧場一面に花が咲き、のんびりとわらの上に寝ころんで真っ赤な夕日を眺め、新鮮な生のにんじんやジャガイモをかじると、ジューシーな果汁がジュワーと出てくる、そんな美味しいものを食べて、月夜に歌を唄ってくれる虫たちと暮らせれば、それで十分満足なんです。なんで、みなさんはこんなに忙しいんですか？　なんでこんなににぎやかな毎日なんです？　なんで、誰も他の人のことを気に掛けてあげないんですか？　それどころか、逆に、なんでいつも誰かを警戒して生きていなければならないんです？　なんで自分の食べるものを自分で料理しないんです？　なんで、子育てする気もないのに結婚するんです？　いや結婚すらしないでいるんです？　愛する人はいないんですか？　一人っきりで生きて〻幸せなんですか？　なんで夜の夜中までそんなに遊んでいなけりゃならないほどに欲張りなんですか？　夜には家族が集まって、美味しい食事を囲んで、会話を楽しみ、静かに寝ようって思わないのは、何故なんですか？　僕を田舎に帰してください。僕はなんにも悪いことはしていませんから、このま〻帰してください、僕のふるさとへ」

彼の叫びを聞いた白い猫の目が、ふっと和らいでしまいました。そして、町のねずみに聞きました。

「あんた、このねずみ、どこから連れて来たの?」

町のねずみが答えました。

「そいつは俺の従兄弟なんだ。田舎に住んでいるのさ」

「駄目よ、そういうのを町に引っ張り出しちゃあ」

「そうだったみたい。この華々しい町の生活に憧れると思ったのに」

「駄目。田舎者にはこの派手で、ゴウジャスで、激しくって、新鮮で、魅惑的で、デンジャラスで、それから曖昧で、退廃的《たいはいてき》で、不道徳な、なんにも心に残らない毎日、そんな町の生活は無理よ。こういう純な人にはね」

「そうだね。悪いけど、今夜は見逃してやってくれる?」

「えー、い、わよ。だって……このねずみ食べちゃったら……なんか……私、自己嫌悪に陥《おちい》っちゃうかも、ね」

「あー、俺もなんかこいつの言うこと聞いているうちに、胸が痛くなってきたよ……今夜は静かに寝るワ」

こうして田舎のねずみは解放されて、故郷に帰ることができました。

お客さん、私、思うんですよ。人間には基本的に二つのタイプがあるって。

一方のは、なんでも先物取りができ、それを楽しむことはできる、でも次々新しい物に気移りして、結局なんにも本物にできない人——。

で、もう一方では、マイペースの人生というか、あくせくしないで古くからあるものを受け継いで、新しい物にあまり頓着《とんちゃく》しないで、今の生活リズムを大切に守っていく人――。

さぁて、どっちがい丶のかって言うと、これは難しいことですよ。たゞ言えることは、いずれにせよ、ご本人が主体的にそれと面と向かっているならい丶んですけどね、どうも現代人は、新しいものにたゞ流されてしまっているだけなんじゃあないでしょうかねぇ。

だから、今は社会全体が金属疲労しちまって、休める時と場所を求めているのじゃないかと思いますよ。私はタイプとしては後者の方が好きなんですけど、でもきっと田舎のねずみみたいなのは、これからますます生きていけなくなると思うんですよね。世界中が、二十四時間寝ないで情報交換している時代ですから。と言って、生きてることだけに懸命で、結局なんにも心に残らない日々って、ほんとに楽しいんでしょうかねぇ。

「じゃあ、今のお前は毎日が楽しいか」ですか？　ごらんのとおり、こ丶はなんにもない田舎ですもの、私は、お丶いにのんびりとした生活を楽しんでいますよ。おまけに今じゃこの村も毎日観光客がぞろぞろで、嬉しい悲鳴ですよ。すっかり観光収入でこの村も潤っていますしね。でも、それってこ丶がどんどん都市化しているってことかなぁ……い丶のかなぁ……。

いやあ、どうもありがとうございました。ごゆっくりお楽しみいただけましたか？　では、どうぞお気をつけて。またのお越しをお待ちしています。さようなら。

恋するライオン

おや、お客さん、どちらから？

えっ、「東洋の方から」って？　それは遠いお国からおいでになられましたな。

アジアってのはい、ところでしょうねぇ、エキゾチックで。中でもジャパンって国は世界で一番お金持ちですし……もう駄目だって？　国は借金で火の車？　そう言えばそうですね。でも、国会議員も政府も、ちっとも借金のことは気にしていないっていうじゃありませんか。い、国ですよ、無駄な高速道路にまだお金を注ぎ込もうとしているっていうし、年金がほとんどもらえなくなろうってのに、国民はなんにも政府を追及しないですしね。それどころか、そんな政府がけっこう国民に支持されてるらしいですから、い、国ですよ、みなさんノー天気で。まあお馬鹿さんの国なんでしょうねぇ。

いやあ、イソップ村にお越しくださるなら、ためになるお話を聞かせて差し上げますのに。

「そんなに悪口を言ってくれるな」って？　いやいや、ごめんなさい。おいでくださったお客様にとんでもない失礼なことを言ってしまいました。

「で、どんな話をしてくれるのか？」ですって？　はいはい、さっそく。

お客さんは若いお嬢さんだから、やっぱり恋のお話なんかが一番よろしいんじゃあないかと思いますが、いかがです？

「イソップの話に恋物語があるのか？」って？　え、え、、ありますとも、ありますとも。恋の話もあれば、もっと大人向けの艶話《つやばなし》なんかも。でもね、どうもイソップって奴は色気に欠けている奴でしてね、結局は教訓話になってしまうのが難点なんですけどね。

「イソップの話は、みんな子ども向けだとばかり思ってた」んですか。そうですねえ、ほとんどの人はそう思っていますねぇ。でも、本当は大人とか子どもとかというのではなくて、人間への教訓ですからね。たゞほら、動物の出るのが多いでしょ。だから子ども向けの話だと思われがちなんですよ。

あ、ところでお客さんは何を飲みます？

「どこに行っても何か飲まされるから、もうお腹がいっぱいだ」ってですか。そうですよね、このツアーには村で飲むお茶代も含まれていますから、どこの店でもたゞで飲み物は提供してもらえるんですよ。ま、アルコール類は有料になってしまいますけどね。

食事ですか？　食事はね、東の通りに集中しています。レストラン街がありましてね。でも、ほら、食事中ってのはやっぱりあんまり話を聞きながらってのはねぇ、どうもお行儀良くありませんでしょう。ですから、レストラン街ではお話はしないことになっているんですよ。

で、何をお飲みになります？　いらないんですか？　いや、いゝんですよ。必ず飲まなきゃならない訳じゃありませんし。

「話を聞きたい」

はいはい、じゃあ始めましょう。でも、最初にお断りしておきますけど、この話ってのは、私の叔父貴のことでしてね、なんとも間抜けなことなんですよ。ですから、お恥ずかしいんですけどね。

私の叔父は、それはそれは立派なライオンでした。

「お前はライオンなのか？」って。お客さん、そんなにびっくりしないでくださいよ。そんな逃げ腰にならないで。

私？　もちろん、ライオンですよ。でも、あなた、こ、じゃあ色々な動物が店を出していることはもうとっくにご存じでしょ。それにその動物はみんな『イソップ物語』に登場する者ばかりだってことも。じゃあ、ライオンだからってそんなに驚かないでくださいよ。私だってれっきとしたイソップの登場人物、それもライオンってのはかなり主役級なんですからね。

お客さん、水でも持ってきましょうか？　い、んですか？　……落ち着きました？　大丈夫だよね……まったくライオンって聞いただけでそんなに驚かなくったっていい、じゃあないか。こんなに丁寧《ていねい》な言葉を使って、こっちだって気を遣ってるってのに……。

あ、はいはい、じゃあ、お話ししましょうか。

さて、私の叔父貴は、この町のライオン仲間でもとびきりのハンサムだったようです。イソップのお話の中じゃ、ライオンってのは良きにつけ悪しきにつけ、百獣の王として登場しますけども、その中でも私の叔父はトップクラスのい、男でしたから、若い頃にはそりゃあもう言い寄ってくる雌ライオンも多くって、ま、選り取り見取りで妻を選ぶことができた筈なんですけど、とかく世の中ってものはそんなに簡単にはできていないものですから、叔父貴はそんな雌ライオンなんかてんで相手にしていませんでした。叔父貴にしてみれば、慎ましさのかけらもなく、尻を振り振り寄ってくる雌どもは、いわゆる『尻軽女』でしかなかったんでしょうよ。叔父貴って人はプライドが高かったんですね。

でもね、イソップの話の中ではおおむねこの『プライド』って奴が問題なんですよね。

叔父貴は思っていました。『同じ嫁をもらうなら、世のライオンどもが、誰一人手にできないほどの美しい女性でなくてはならぬ。それがこの美男に課せられた責務というものだ』とね。ですから、叔父貴はこの町の雌ライオンなどには目もくれず、嫁とりの旅に出る決意をしましてね、ある秋の日に旅立ったのです。

きっと彼の頭の中では、『妻《めと》を娶らば、才長《た》けて、見目《みめ》麗しく、情けあり』でなくてはならぬ、という思いがあったのではないかと思われます。まるで、何かの歌の歌詞そのものですよ。ですから、もはや叔父貴は自分の女房となる女性を、ライオンと限定すらしていなかったのでしょう。

「えっ、そんなことができるのか?」ですって? そりゃイソップの世界ですもの、動物も植物も、昆虫だって、風や太陽だって、なんだって人間と同様に生きている世界ですから、ライオンがライオン以外の動物を妻にすることだって、不可能なことではありませんよ。

叔父貴は旅を続け、己の理想とする妻を求めて歩きました。たゞ、彼は気づいていなかったのです、自分のぬぐえない宿命と性《さが》に。

ライオンは百獣の王です。それは今も昔も変わりない公理というものです。しかしながら、それは同時に次のような基本的な性格づけ、位置づけを背負っているのです。

ライオンは強い、ライオンは傲慢、ライオンは暴力的、ライオンは殺し屋、ライオンは怖い、ライオンは嫌い、という風に私たちライオンは、いつしか最も悪い、獰猛な、武器をもってこの世を制する暴力の権化のように思われていたのです。しかも哀しいかな、ゼウス様の右腕となって働かせていただける訳でもなく、神々のペットとしてもおそばに仕えさせていたゞいたこともありませんので、どなたにも本当の意味での畏敬《いけい》をいたゞけない存在なのです。

ライオンを己の権力の象徴として大事にしてくださったのは、古代ローマ帝国のコモドゥス皇帝が初めてではなかったでしょうか。彼は我がライオンの皮を頭にいただき、棍棒を握りしめて、『ローマのヘラクレス』を気取っていましたが、しかしいけませんや、彼はローマ帝国を滅ぼした皇帝と言われ、後の世まで暴君のナンバーワンと評されているのですよ。

「お客さんの国の首相も『ライオン宰相』って呼ばれている」ですって？　そりゃあ、あまり良くありませんなぁ。『ライオン宰相』なんてのは、暴君の代名詞ですよ。そのお方にはできるだけ早くお辞めいたゞかないと、国が滅んでしまいますよ。古代ローマ帝国のように。

私の叔父貴はその辺りの自己認識っていうんですか、つまりライオンは自分が思っているほど世間から畏怖《いふ》されていない、という認識に欠けていたのがまず間違いの元でした。

そしてこっちの方がもっといけなかったんですが、とにかく自惚《うぬぼ》れ屋だったんですな。これは歴代ライオンの持っていた共通の性癖でして、ちょいと煽《おだ》てられるとすぐその気になってしまうんですね。

キツネやカラスなんてのは『よいしょ』の名人ですから、

「よっ、若旦那。憎いねえ！　姿がい、んだから。あなた様のその金色に輝くたてがみの美しいこと。風になびくそのたてがみの前には誰も立つことなんかできませんよ。あなた様のその雄々しき咆哮《ほうこう》の、重厚なる響きといったら、十里四方を睥睨《へいげい》させてしまいます。さらに、その鋭い牙、お日様にキラリと反射するその牙を見た者は、たちまち畏《おそ》れをなすことでありましょう。そして、その黒光りする爪の強さ、これこそ世界最高の武器と呼ばずして、なんといたしましょう」

と、歯の浮くような言葉を平気で並べ立てます。

ところが、我々ライオンはそういう讃辞《さんじ》、お世辞が大好きで、みんなこういうのにころりと騙されるのです。いや、確かにキツネやカラスの言うことはもっともですよ。我々は彼らの言うとおり、地上最高の動物です。ですから決してすべてがお世辞という訳ではないとは思うんです。でも、ちょっと浮かれすぎるんですな。

それと、もう一つ。これは叔父貴だけの性質ですから、どうしようもないんですけどね。あ、人間にも最近はこういう手合いの男が増えたって言いますけど……。

「どういうの?」って? え〜、そのーなんて言うんでしょうかねえ、惚れっぽいっていうのか、何か自分の思っていることに合致したことがあると、その相手にすぐ惚れちゃうんですよね。そして自分に都合良く勝手に夢想しちゃうってのか……。

ほら、いるでしょ、誰かを好きになっても、相手が自分のことを想ってくれないと、「それは全部周囲の所為なんだ。彼女は本当はボクのことを好きなんだけど、周りの奴らがボクの悪口を言って、彼女との間を妨害《ぼうがい》しているんだ」なんて思う、どうもすぐ思い込みだけで行動する男ってのが。あ〜いうのが、いわゆるストーカーになっちゃうんですよね。でも、別に叔父貴がストーカーだったなんて言ってませんよ。私の叔父貴は、とても立派だったんですから。

やがて長い旅の末、我が叔父貴はやっと永久《とわ》の伴侶《はんりょ》となるべき女性を見つけることができました。才色兼備の美しい乙女、それははるか北の国に住まいしておりました。美しい乙女はそのお父っつぁんとの二人暮らしででした。

「どうやって見つけたのか？」ですか？

なんでも、叔父貴は苦しい旅の末に、ユーラシア大陸の西の方、今で言うポーランド辺りの雪の中で腹を空かせて、夕暮れの森の中で身動きの取れない状態になってしまったんだそうです。それでも、ようやく森の奥に見えた光をたよりに歩いて行き、一軒の木こりの家にたどり着きました。そこで、家の裏にある薪置《たきぎお》き場に、雪を避けてうずくまっていたということです。

と、その時、ストーブの火を絶やさないよう、薪を取りに来たその家《や》の若い娘が、叔父貴のうめき声を聞きつけたのです。

なんです？「その乙女は何か？」ですと？　何か？って……あ、あ、、種族ですか。もちろん、人間ですよ。

その娘は北国産まれで、ライオンなどという動物は見たこともありませんから、それほど怖いとも思わなかったようでして、叔父貴の様子を見て、哀れに思ってくれたんでしょうなぁ、すぐ家に戻ると、すっかり体の冷え切った叔父貴に、温かい美味しいスープを持ってきて飲ませてくれたそうです。叔父貴は言っておりました。

「あれほど美味いものは、その前にもそのあとにも喰ったことがない」ってね。そりゃそうでしょうよ、単に空きっ腹にいたゞいた料理というだけじゃありません。心のこもった温かいスープなんですから。

叔父貴はその娘にイチコロでしたよ。惚れちまったんですな。ま、無理もありません。行き倒れ寸前のライオンに温ったかーいスープを、それも手ずから飲ませてくれたんですよ、その娘は。とっても優しい笑顔でね。

ところが娘の父親の方は、いそいそとスープ皿を運ぶ我が娘の様子を訝《いぶか》ったんでしょうなぁ、あとをつけて出て来たって訳です。彼女のお父っつぁんは、物置小屋にうずくまっている者が何者か気づくと、叫んでしまいました。

「娘ーッ、逃げろ！　そいつは狼より怖いライオンだぞー！」

娘はそれでもまだきょとんとしておりました。ライオンの怖さなどまったく知らなかったからです。しかし、我が叔父貴殿はそんな娘の態度にさらに舞い上がってしまったんですな。『なんと純粋な心の娘なんだ。私のことを何も疑わずに見てくれる』とね。

実際は彼女の無知が彼女を怖がらせなかっただけのことなのに、叔父貴は、『この娘は、私がライオンと知っても、このように弱りきっている姿を見て、私を助けようとしてくれているのだ。まるで、天使ではないか』と勝手な思い込みをしてしまったのです。そして、『この娘こそ、私が探していた心の妻なのだ』と決め込んでしまったのです。

しかし、娘の父親はそれどころではありません。娘の腕を掴むと、そのまゝ家に引きずり込みました。スープで少しはお腹が落ち着いた叔父貴は考えました。

『こ、は、ひとつ落ち着いて考えなければならない。あの娘を嫁にするには、なんと言ってもあの父親を説得するのが一番だ。そのためには、従順な、そして紳士的なライオンであることを示さなければならない』

そして彼は、あの美しい娘の顔を毎日見ていたい思いもあって、勝手に薪小屋に居座ることに決めましたが、決して乱暴狼藉《ろうぜき》を働くことなく、おとなしく春を待ちました。

雪深いこの地方のことです。娘は毎日朝夕に薪を取りに小屋にやって来ました。叔父貴は決して娘を襲うような真似はしません。彼女を怖がらせないよう、優しく喉を鳴らして、「お嬢さん、おはよう」、「こんばんは、お嬢さん」と声を掛けました。

娘の方も、「おはよう、ライオンさん。寒くはない?」と言っては、朝にはパンと牛乳を。そして夕方には、「こんばんは、ライオンさん。今夜はシチューよ、召し上がれ」などと、食事まで運んでくれました。

叔父貴はもうすっかり、『彼女も自分のことを好きなんだ』と思うようになりました。彼女がそうしたのは、寒い物置で冬をしのいでいる叔父貴が可哀相だったからです。つまり、単なる親切にすぎなかったのです。そういう彼女の親切な心優しさを叔父貴はますます好きになっていましたが、娘の方はライオンのお嫁さんになることなど、想像だにしてはいなかったんです。

我が叔父貴殿は春になるのを待って、ある晴れた日に木こりの家の母屋を訪ねることにしました。あと四、五日もすれば陽気も良くなり雪も融けて、彼女を連れて故郷に帰れると思ったからです。

「ドンドンドン！」とドアを叩きました。すると、ドアが開き、中から木こりが現れました。木こりはびっくりしてドアを閉めようとしましたが、叔父貴は、しっかりと足でドアを押さえ込み、閉められないようにしました。

仕方なく、木こりは震える声で言いました。

「な、な、な、な、なんの用だ」

叔父貴は言いました。

「木こりの親父さん、今日はお願いがあって来ました」

「だ、だ、だから、なんの用だと聞いている」

木こりはまだ震えています。

「家の中に入れて欲しいんだ。ゆっくり話がしたいんでね」

叔父貴はとても穏やかな言い方で頼みました。しかし、木こりは、

「とんでもない！　どこの誰がお前さんなんぞを家の中に入れるものか。そんなことをしたら、私も娘もたちまちお前の餌食《えじき》になってしまうじゃないか」

と、精一杯の虚勢を張って言いました。

「そんな暴力はふるわないよ。だから、家の中に入れておくれよ」

と叔父貴は頭を下げて頼みましたが、木こりの親父さんはいっかな言うことを聞いてくれません。

「い、か、話はこゝで聞く。お前は外、私は家の中で、だ。今ドアを押さえている足もどけるんだ」

「でも、俺が足をどけたとたん、あんたはドアを閉めてしまうじゃないか」

「もちろん、そうさせてもらうよ。だってそうだろう。お前さんがどんなに優しそうな声を出そうが、ライオンであることに変わりはない。鋭い牙やら長い爪がない訳じゃあない。だから、とても面と向かって話を聞くことなどできるものか。だが、私も男だ。卑怯《ひきょう》な真似はしない。話は、窓ごしにならちゃんと聞いてやる」

「本当に?」

「あゝ、嘘はつかない」

というようなやりとりがあって、やっと話し合いのルールが決まりました。そこで、叔父貴は閉まったドアの窓に向かって言いました。

「お願いがあります」

「なんだね?」

と、変な形の交渉が始まりました。

「私は遠いギリシャの『イソップ村』からやって来たライオンです」

と叔父貴は出身地から始めました。

「なんとまあえらく遠いところからやって来たものだ。いったい、どうした訳だね」

と木こりも少し穏やかなもの言いになりました。

「私は『イソップ村』はおろかギリシャ、いや世界で一番の威風堂々たるライオンと言われております。そして、多くのライオンから慕われているのです。そこで、私はそういう世間の評価に相応しいお嫁さんを探しに世界を歩いてきたのです」

叔父貴は胸を張って言いました。

「しかし、雪深いこの辺りに来て、すっかり体力を失い、息も絶え絶えの状態で、こちらの薪小屋で雪を避けていたのです。私はこゝで死ぬのではないかと思っていたのです。そうしたところ、こちらのお嬢さんに助けられ、世界一のスープをご馳走になりまして、私は死神の魔の手から救われたのであります。こちらのお嬢さんはまさしく私にとりましては天使です。女神です。私はこれこそ天命に他ならないと思いました。どうか、娘さんを私のお嫁さんにいたゞきたいのです。お願いいたします」

叔父貴はそう言って、深く深く頭を下げ、心からのお願いをしたのです。

しかし木こりにとっては、一人娘をライオンの嫁にするなど、およそ考えられない一大事というものです。そんなことはあってはならないことであります。何故なら、夫婦などというものは、一生仲良しなどということはありません、必ず、犬も喰わない夫婦喧嘩ってのがあるものです。それでこそ夫婦というものです。ライオンが亭主の夫婦喧嘩など、そんなものは成り立つ訳がないではないですか。娘が、ほんのちょっとでもこの雄ライオンのお気に召さないことでも言おうものなら、たちまち喰われてしまうのは必定です。そんな恐ろしいことなど考えただけで身の毛がよだつことなのです。そこで木こりは考えました。とにかく無理難題で言を左右して、その間に娘はどこか他へ嫁にやってしまおう、と。

「ライオンさんよ。お前さんの一途な気持ちはよーくわかった。娘もあんたのような素晴らしいライオンに惚れられたとあっちゃあ、大きな誉《ほま》れというものだ」

この返事に叔父貴は有頂天になってしまいました。キツネやカラスのおだてに乗ったのと同じですよ。『この調子なら、あの可愛い乙女は自分のお嫁さんになってくれるのではないか』という期待に胸を膨《ふく》らませました。木こりはなおも続けて言いました。

「しかし、いくらなんでも、肉も骨も切り裂くその鋭い牙と、岩をも砕くような爪があっては、娘も怖くてお前さんのそばに寄れないではないか」

木こりはこう言えば、ライオンが諦めると思ったのでしょう。

「そこでじゃ、あんたのところに娘をやるについちゃあ、その牙と爪をすべて抜いてもらってから、ということではどうじゃな？　それから、ついでと言っちゃあなんだが、そのたてがみも切ってきてもらいたい。ライオンの世界では、その黄金に輝くたてがみは強さの象徴だろうが、わしら人間にとっては、それは怖さの象徴だでな」

こう言えば、ライオンはきっと「そんなことはできない。ライオンの武器を捨て、生きていけるものか！」と怒って、それでこの縁談は壊れるだろうと思ったんです、木こりは。

ところが我が叔父貴殿は、哀れにも『恋は盲目！』のまっただ中にいたんですなぁ。

「木こりのお父っつぁん、その条件を満たせば、娘さんは私にいたゞけるんだね？」

と訊くが早いか、木こりの返事も待たずに走り出しておった。そして、町に着くと、目についた床屋に飛び込んだんですよ。ことの重大さにはまったく気づかず……。

数時間たって、叔父貴は雌ライオンと同様の外見になってしまっていました。あの威厳を誇ったたてがみはものの見事に消え去っていました。四本の足はと言えば、まるでぬいぐるみの足のように爪の跡形まで無くなってしまっていました。

叔父貴は己の姿がいかにみすぼらしくなっているかも気づかず、その足で次には歯医者に乗り込んだんです。歯医者の中が一時騒然とはなりましたが……それは叔父貴の、ものすごい絶叫でした。

歯医者から出てきた叔父貴は、もう世間の人から見れば、ライオンではありませんでした。ちょっと大きめの猫に過ぎません。町の通りのあちこちで、囁《ささや》きと声にならない嘲笑がありました。

「おいおい、あいつはいったいなんだい？」

「なんでライオンがたてがみを切っちまったんだ？」

「牙も抜いたんだってよ」

「それだけじゃない、爪も全部切り落としたって言うぜ」

「長生きできないぞ、それじゃあ」

「まったく、馬鹿じゃねえのか？」

「さてね。なんでも木こりの娘に惚れて、相手から『そうしろ』って言われたらしいぞ」

「へー、恋の病いかい」

まあ、口さがない奴らが好きに言って笑っていましたよ。ほんとに『人の噂は、一夜で千里を走る』って言いますが、この前代未聞《みもん》の話題は、あたかもご本人が歩く前を先導して広まりましたよ。私の可哀相な叔父貴は、帰る途中には花屋に寄って、小さな花束まで買って、その日の夕方、もう一度木こりの家のドアを叩きました。

木こりがドアを開けました。叔父貴はその顔に向かって、『あーん！』と大きく口を開け、

「親父さん、ほら、もう牙はないよ」

と言いました。それから、

「ちょっと持って、ね」

と花束を相手に預けると、両の前足を木こりの目の前に突き出して、

「ほら、ちゃんと爪も切ってきましたよ」

と明るく笑いました。それから叔父貴は木こりの前をぐるりとひと回りしますと、

「たてがみだって、すっぱり切ってきましたよ。これでもう、あんたも娘さんも、私を怖がる必要はないでしょう?」

と言いました。その顔には得意満面の笑みが輝いていました。

木こりのお父っつぁんは、ドアのところで半身に身構え、私の哀しい叔父貴を見ていました。そして、ゆっくりと口を開きました。

「お前さん、あんたは本当に誠実で人の良いライオンさんだよ。そういう意味じゃ、俺はお前さんの

ことを好きになってしまったね。だがね……」

と言うと、木こりは、やおら体の後ろに隠していた棍棒を振りかざして、

「やっぱり、お前さんに娘はやれないね」

と言うが早いか、叔父貴の頭をいやというほど思いっきりぶん殴《なぐ》っていたんです。

多分、叔父貴は木こりの最後の言葉は聞くことはできなかったと思いますよ。だって、気絶してしまってたんですから。

「お前は、たてがみや牙や爪のようなライオンという己の威厳だけじゃなく、その誇りまでも床屋に捨てゝきたんだ。そんな奴に娘をやれるものか。人間の娘なんぞに恋しやがって」

そう言って、木こりは預かった花束を叔父の顔に投げつけると、『バタン!』とドアを閉めてしまいましたとさ。

「あんたの叔父さんは、その後どうしたか?」ってですか?

ま、叔父貴も目が覚めたんでしょうね。すごすごと帰ってきましたよ、この村へ。でも、もう誰も叔父貴のことを「ハンサムだ」、「格好いゝ! ライオンの中のライオンだ」なんて言わなくなりましたし、雌ライオンどもも誰一人近寄って来なくなりました。

私は思うんですよ。叔父貴は確かに馬鹿だと思います。ある意味『ライオンの面汚し』と言えましょう。口には出しませんでしたが、みんなそう思っていました。でも、逆に言えば勇気あるライオンでもありましたよ。惚れた女のためにすっぱりたてがみまでも切ってしまう、そんなことのできる奴、い

ますかねぇ。たぶん誰もいないと思いますよ。威厳や権威ってものは、時と場合によっては、ある種の足かせでもある訳でして、真の自由ってのは、そういうものを全部脱ぎ捨てることから始まるのではないかと思いますよ。そういう意味では、叔父貴は誠実を絵に描いたような人でもあった訳です。私が女なら感激しちゃいますね。

「私のために、地位も財力も誇りも何もかも捨て、くれたんだ」ってね。

叔父貴は一生を独り者で過ごしましたよ。周囲の連中は、

「あれはしようがないわな。雌ライオンにしてみりゃあみんな、あいつのだらしなさは許せないものな。ま、可哀相だけど、世捨て人になるしかないものなぁ」

って言っていましたけども、私はそうじゃないと思います。「何故」ってですか？

叔父貴ってね、帰って来てからも結構明るく生きていたんですよ。普通はこんな話、自分からは絶対他人に話せないものでしょう？　でも、叔父貴は、もちろん自分から吹聴《ふいちょう》するなんてことはしませんが、聞かれ、ばゆっくり楽しそうに話してくれるんですよ。その時、叔父貴はこう言っていたんじゃないかと思います。

「い、かい、人生は自分のものだよ。『本当に幸せになりたい』って思うなら、お金も地位も名誉も関係ないんだよ」

ってね。だって、話があのスープのところにくると、それはそれはい、顔をして言うんですよね。

「あー、あのスープ、美味しかったよ」

ってね。聞く者まで
「あー、もう一度食べたいなぁ」

って思うくらいにね、こっちは食べたことないのにね。私、あの叔父貴のこと、好きだなぁ。

えっ、「叔父さんに惚れられた娘は、その後どうなった」って？

さあ、そんなこと、知らないですよ。知る必要もないでしょう？　まあ、きっとあの木こりは娘さんにはなんにも言っていないと思いますから、娘も自分がそんなに叔父貴に想われていたなんて、まったく知らないでしょうし、叔父貴だって彼女の行く末が幸せだったかそうじゃなかったか、そんなことは知らない方が幸せというもんですよ。

とかく、ワイドショーなんかじゃ、なんでもかでもほじくり返して、かえってい丶話をめちゃくちゃにしてしまっていますがね。あれは、作るテレビ局ももちろん品性下劣だけど、そういう馬鹿な番組を見たがるおばはんどもの品性がもっと愚劣な所為ですよ、のぞき趣味なんて……。お嬢さんもそんな阿呆なおばはんにならないようにね。じゃ、お気をつけて。

北風と太陽

おーい、表行くお嬢さーん！　そう、あんたのことだよー！　白いブラウスの。ねー、うちへも寄って行きなされよー！

はあ？「風が強くって近づけない」だって？　はいはい、ごめんなさいよー！　うちは北風が店の主《あるじ》じゃからなぁ、ちょっと入るにはつらいかなぁ……ちょっと待ってくだされや、すぐそよ風にしてあげるから。

……はぁ、まったく北風が店を出してるなんて、変わった村じゃよねぇ……こ、のレバーを左に回して、っと。それから、こっちのを少し引っ張って……さ、できたできた。

はい、お嬢さん。もう大丈夫じゃよ、風量と風力を落としたからな。ほら、い、風に変わったじゃろう。どうぞお入りなされ。

何をびっくりなさっとる。あ、、風がものを言うってのに驚いていなさるのかナ？　なぁに、この村ではイソップ物語に登場するものなら、誰でもお話ができるんじゃよ。

えっ、「わしのことがあまりよく見えない」って？　あ、そうなんじゃよ。何しろ、わしは北風じゃからなぁ。だから、あんまりお客さんには、よう見えないことになっているんじゃよ。まあ、陽炎《かげろう》っちゅうか、幻みたいなものですからのぅ、仕方がないんじゃよ。日頃みなさんがごらんになっておるのは、わしじゃあなくて、わしが起こす現象の方なんじゃからねぇ。

例えば、風にはためく旗とか、柳の枝の揺れるのとか、それから「ヒューッ！」って鳴るのは、私が電線などをふるわせているのじゃけど、他人様はそれを音で感じてじゃな。もっとはっきりして見えるのは竜巻じゃがね。あれはものを巻き上げてますんで、よくわかるじゃろ？

世の中の人は、あんまりわしのことを歓迎してはくれないんじゃけど、実はわしがいないと、本当に世の中は困るんじゃよ。第一、風がないということは空気が無くなるということじゃから、生き物はすべて死んでしまうってことなんじゃよ。風は空気の流れなんじゃ。と、あまり理科のお勉強ばかりお話してもしようがないね。本来のお話にもどらなけりゃ。

でもこの店、わしが店主じゃからい、んだよ。もし、経営者が太陽だったりしたら、あんた大変だと思いませんかのぅ？　だって、太陽がお前さんの目の前にいた日にゃあ、暑くってしようがないじゃないかね？　あんた、裸にでもなりますかのぅ？　あ、ごめんなさい、お客さんは女の人じゃった。ごめんなさいよ。

でもね、悔しいのは、わしはさっきも言ったようにどっちかというと悪者にされているんじゃよ。太陽の奴ぁいつも善人面してね。これって不平等というもんじゃ。

あの争いだって、わしはあんまり納得していないんじゃよ。どうもあれはわしが仕掛けた喧嘩のように思われておるけれど、そんなことはありゃあせんのです。いきがかりであ、なっちまったんじゃよ。

は？「なんの争いだ？」ですと？　ほら、みなさんよくご存じの『北風と太陽』のお話じゃよ。

そもそもこのお話にはそうなる以前の、きっかけがあったんじゃな。こともあろうにお日様を、我が娘の婿《むこ》殿にしようっていう心得違いがおったためにな。その話も貴女ならよーくご存じだと思うんじゃがねぇ。貴女のお国の昔噺《ばなし》のはずじゃから。ま、一つお聞かせしよう。

あるねずみの夫婦が、可愛い一人娘の婿殿は、世界で一番強いお相手でなければならぬ、などという不遜《ふそん》なことを考えて、いきなり太陽の下《もと》に出かけたのですよ。太陽はもちろんねずみなんぞの婿になる気はさらさらありゃぁせんから、なんとか理由をつけて断らにゃあならぬ。

そこで、

「いやあ、賢明なるねずみどん。確かにお前さんの言うとおり、私は世界で一番強い太陽ではあるが、ただ、ギリシャの勇者アキレスにアキレス腱があったように、またあの弁慶にも向こう脛《ずね》という弱みがあったように、私にも一つだけ苦手なものがあるんじゃよ」

と答えおったのですぞ。

「いったいそれはどなたです？」とねずみに訊かれ、太陽はこう言った。「それは、ほれ、あの雲じゃ」と、指差す方《かた》に黒雲がもくもくと現れたものじゃから、太陽の奴は柄《がら》にもない声で、「ひゃー、ねずみどん！　わしはこいつらが現れると、その影に隠されるのじゃあ」と消えて行きおった。

それを聞いたねずみの夫婦は、すぐさま雲に向かって頼み込んだのじゃ。

「雲さん、雲さん。あなたもお聞きのとおりです。お日様よりお強い貴方様こそ、私の娘に相応しい。どうか娘を嫁にもらってやってくださいな」

しかし雲だとて、ねずみなんぞを嫁にもらうつもりはあるものか。そこで奴もすぐさま思案して、こゝはなんとか言い逃れしなければと、

「いやいや、ねずみのご両親。お気持ちは重々嬉しいけれど、わしとて世界一とは言えぬ。恥ずかしながらこのわしも、風の力にゃ勝てぬわい」

と言いおった。まあ確かに、雲なんぞはわしらが「フイッ!」と一吹きで、空の彼方に飛ばせてみせる。上手いことを言いおったわ。

さて、間の悪いことにわしはうっかりしていつもの習慣どおり、雲を吹き飛ばしてしまったんじゃなぁ。どうもわしには、そこいら辺りに何かがあると、ちょいと吹き飛ばしてみたくなるという悪い癖があってな。若い娘っこなどいると、つい、そのう、着物の裾なんぞにプーッと風を吹き付けたくなるんじゃなぁ。あの、「キャー!」という黄色い声が好きでなぁ……。

えっ、「そりゃセクシャルハラスメントだ」って? いやいや、面目ない。

で、わしが雲どもを吹き飛ばすと、ねずみどもが大声で言いおった。

「風さん、風さん。あなたはこの世で一番の偉い方とお見受けいたしました。どうか、私の娘を嫁にもらってはくださいませぬか」

わしも、もちろんねずみの奥さんを娶る気などさらさらないもんじゃから、困ってしまってのう。

「わしが世界で一番偉いだって? そんなこと、誰が言うた?」

って訊いたのサ。すると、ねずみ曰く、

「はい。最初、私どもはお日様こそ一番強くて偉いものだと思いました」

そこで私も、

「そうじゃ、そうじゃ。この世界で一番偉いのは、なんと言ってもあの太陽だ。あいつがいなければ、朝だって来ないものな。あいつの嫁さんにしてもらいなされ」

って言ってやったんだ。

するとと、ねずみの夫婦は、

「いえいえ、私どももお日様にそう申しましたが、あのお方は、『いやいや、わしにも苦手がある。わしの苦手は雲じゃ。雲はわしをかくしてしまう』とおっしゃったんです」

と言いおったわい。わしはつくづく上手いこと言うものじゃと、感心してしまった。

「なるほど、なるほど。それじゃあ、あんたの娘は雲にやれば良いではないか」

と言うと、ねずみのおっ母さんはこう言うんじゃな。

「はい、私どももそのように思いまして、早速、雲さんにお願いいたしました。ところが、雲さんが言うには、『いやぁ、そりゃあ残念だなぁ。お前さんの娘さんなら、さぞ別嬪《べっぴん》さんのことじゃろうが、わしはお前たちの希望には添えんのだ』ということです。『どうしてなんですか？』と訊きますと、『いやぁ、わしはとてもじゃないが、世界一強い者と、胸を張って言えないんじゃ。実は、太陽ですら簡単に覆い隠すわしじゃが、あの風には勝てんのじゃよ。あいつの一吹きで、わしは吹っ飛ばされてしまうのだからなぁ』と言うのです」

まったく太陽も雲も上手いことを言って、縁談を逃げたものじゃわい。

さぁ、わしはいよいよ言葉に窮《きゅう》した。そんなにすぐに言い訳なんか思いつくものじゃないわいな。

『さーて、困った』と思ってふいっと見るとな、向こうの方に壁が見えたものじゃから、思わず、

「ねずみどん、ねずみどん。誠に申し訳ないが、その話は受けられぬ。ほれ、あそこにわしより強ーい者が立っておるわい」

と言ってな、その壁を指差してやった。

「えっ、何故なんですか？」

と当然ねずみは聞きかえすわいな。そこで、わしは懇々と言ってやった。

「え、かえ、ねずみどん。わしはもちろん、太陽より強いというあの雲よりも強い。じゃがなぁ、わしが無敵かと言えば、そうも言えんのじゃなぁ」

「えっ？　どうしてですか？」

ねずみ夫婦は驚いて訊いた。

「あゝ、この世に無敵な者などいはしない。誰でも苦手はいるものじゃ。このわしとて、あの壁という奴には勝てんのじゃ。あいつはどんなにわしが強風を吹き付けても、びくともせんのじゃ。堂々と立っておるではないか。だから、お前さんがどうしても世界で一番強いお方に娘を嫁がせると言うのなら、今度はあの壁に申し込んでみなされ。あいつが、他に強い奴がいないといったら、お前さんの可愛い娘は、あの壁どんに上げればい、んじゃよ」

そう言ってやるとな、ねずみ夫婦は喜んで壁のところへ行きよった。これでねずみとの縁談話は終わったのじゃがな、そこで大きな問題が残ってしまったのじゃ。

「それは、何か?」だって。おわかりにならんかな? そうか、わからないか……。

実はじゃな。さて、この私と、雲とそして太陽が、お互いに誰が一番強いか、そのことで争いになってしまったのじゃ。あのねずみが余計なことを考えたばかりにな。さて、お前さんはどう思う? イソップどんは、太陽に軍配を上げなさったんじゃが、私にはやっぱり納得がいかんのじゃよ。まず、ねずみが太陽に、「お日様、世界で一番強いのはあなただ」と言ったのに、太陽の奴は、「いやいや、わしより強い雲がおる」と言ったんじゃよ。それは太陽が自ら一番強い者ではないことを認めたということではないじゃろうか。次に雲の奴は、「いやいや、わしより強いのは、風だ」と、わしが一番強いことを認めたではないか。

と、するとじゃな、順番はどうなる? そうじゃよ、そうじゃよ。わしが一番強いというのが道理だろう? ところが、太陽はどうしても立場を譲らないのじゃ。その時、ちょうど来かかった旅人がおった。肩にコートをかけ、荷物を背負った旅人はのんびりとした顔で歩いておったのじゃ。

すると太陽どんが旅人を指差して提案しよった。

「よし! それなら勝負しよう。あそこを歩いておる旅人の着ている上着を、脱がせた者を勝ちとしよう」

「おう、そうしよう」

わしはあまり深く考えないでその提案を受けてしまった。これが間違いだったのじゃな。あとになって気がついたが、わしは太陽どんの提案にうかうかと乗ってしまって、旅人の上着を脱がすことになったのじゃ。

まずわしが旅人にとりかゝることになった。わしは、必死で旅人の体に寒い、強い北風を吹き付けてやった。旅人の上着は風をはらんで背中が太鼓腹のように膨らんで、そのまゝなら旅人を空に吹き上げるくらいの勢いじゃったよ。ところが、旅人は、「うわー！　寒い寒い」などと言いおって、上着の上に重いコートを着込みおった。そして、コートの襟を立て、両の手でしっかりと前を掴んで、着ているものが吹き飛ばされないよう守りおったのじゃ。

こうなると、なまなかのことでは上着を剥ぎ取ることなどできやせん。そりゃ竜巻なんかを連れてくれば、あの人間ごと何もかも空に巻き上げてしまうことだってできたのじゃがな、それじゃあ旅人の命があぶない。そんな非情なことはとてもできなかったので、わしは旅人の服を脱がすことは諦めたのじゃ。

今度は太陽どんの番――。ところが、太陽の奴め、なーんにもしないんじゃよ。ただ、のんびりと旅人に光をぽかぽか当て、いるだけでな。太陽どんは穏やかな顔で旅人を包みこむように、ひたすら暖《あった》かい光を投げかけておるだけなんじゃなぁ、これが。するとな、旅人の方はあれほどしっかりコートの前を握りしめておったのに、「暑いなぁ」などと言いながら、コートを脱いでしまいおった。太陽はそれでもなおぽかりぽかりと光を投げかけるものじゃから、やがて旅人は額に汗をかきよって、「いやぁ、これはたまらない」と、とうとう上着まで脱いでしまったのじゃよ。

太陽の奴、カラカラっと笑いおってな。

「ほら、見たことか。お前さんなんぞより、私の方が強いじゃないか。それにどうやらわしの方が知恵者でもあるな。やっぱり偉いのはこのわしだ！」

などと言って、胸を張ったのじゃ。

わしは悔しくってなぁ。あのねずみには、「わしより強い雲がいる」などと言っておって、雲を指名し、そしてその雲よりも強いわしには、「俺様が一番強い」とうそぶきおった。「じゃあ、わしより強い壁と太陽で決戦させたら？」だって。

駄目駄目駄目。それが駄目なんじゃよ。わしもその手を考えた。わし自身が、このわしより強いと認めておる壁どんと太陽どんを争わせて、もし壁が強かったら太陽めを笑ってやれると思ったんじゃがなぁ。それが駄目なんじゃよ。

何故なら、あの壁の阿呆は、やっぱりねずみの婿殿になんぞなる気はなかった、いや、そんな恐ろしいことなどできる訳がないんじゃもの。お前さん、考えてもごらんなさい。壁の一番の苦手はねずみじゃよ。ねずみにかじられては、とても壁はやっていけないんじゃからなぁ。そのねずみの婿さんになんぞなる訳がない。それで壁は、

「何を言うんだ、ねずみさん。私が一番強いなんて何かの間違いですよ。一番強いのはあなた方ではありませんか。とんでもないことを言わないでくださいよ」

って震えておったという。結局ねずみの夫婦は、同じねずみを婿に選んだと言う話じゃ。

ねずみにぶるぶる震えておる壁なんぞ、誰がこの世で一番強いなどと思うものか。太陽は壁なんぞ

笑って相手にはしないサ。壁の奴が馬鹿なことを言ったばっかりに。わしは、そんな奴を「わしより強い」と言ったのじゃから、やはり太陽に馬鹿にされることになった。

けどなぁ、じゃあ雲はどうなる？　雲だってそんなわしのことを、「風どんの方が強い」と言ったのじゃぞ。そして、それより弱いと宣言した太陽が、なんで一番強いのじゃ。一番強いのは、ねずみじゃあないのか？　ねずみはちゃんとねずみを嫁さんにしたじゃないか。

わしはあのことから学んだんじゃ。つまらない言い訳はしてはならんということをな。ねずみの婿なんぞになるつもりがないのなら、はっきりとその意思のないことを伝えるべきで、つまらぬ言い訳で逃げてはいけなかったのじゃ。

それは、太陽も雲も壁もみんな同罪じゃ。ま、壁は現実にねずみの婿なんぞになっては自分をかじられるのだから、「ねずみの方が強い」と言ってもい丶けどもな。

とにかく、わしには「太陽どんが一番強い」なんてことは認められんのじゃ。この世で一番強いのは、ねずみなのじゃよ。

それに、わしにはもう一つ言い分がある。

確かに、無理矢理旅人の上着を脱がそうとしたわしは、馬鹿じゃった。しかし、太陽どんのやり方はフェアーと言えるじゃろうか。奴はなんの努力もしないで、たゞいつものように照っておっただけじゃないか。つまりじゃな、太陽はいつもと同じことをしておっただけで、あの旅人の上着を脱がすための努力はなんにもしていないんじゃないじゃろうか。

あの競争は最初からわしにとって不利な条件だったのじゃ。そんな提案にうかうか乗ってしまったわしも馬鹿じゃが、太陽どんは卑怯というものじゃ。もしわしが、「それなら、海の上に浮かんでおる帆船を、早く目的地まで走らせた方が勝ちだ」と言っておったなら、わしの勝ちに決まっておる。この競争は、もっとお互いにとって平等な条件でやるべきだったと、わしは思うんじゃよ。

とかくこの世の政《まつりごと》ってのはそういうもんだわなぁ。政治家どもは自分の都合の良い論法と有利な方法で政治を行い、庶民はその欺瞞《ぎまん》に気づかないものじゃ。だから、わしは政治そのものを信じないし、政治家どもも信用せんことにしておる。自分の支持者だけを相手に政治を行っているのが現実で、国民すべての福祉やら安全保障などまったく考えておらんのが政治なんだ。

ま、わしはそこまで気づいたが、しかし、それ以上太陽どんと争うことは止めにしたよ。今さら何を言ったところで、しょせんは『引かれ者の小唄』というもんじゃ。それに太陽どんが雲どんに弱いことは今だって同じじゃし、わしがその雲どんに強いことも、これまた昔から変わらぬことじゃからな。

そんな訳で、わしはイソップ話の中じゃあ大馬鹿者ということになっておるが、い、勉強をさせてもらったと思っておるよ。今じゃあ特別気負いこんで風を吹かすこともなくなってしまった。ただ、時折、思い上がった人間どもを戒《いまし》めるために、強い風を吹かせたり、いたずらに突風を吹かせたりしておるがな。

お嬢さん、表を歩く時は気をつけなさいよ。風はいつだって、あんた方可愛い女の子のスカートを狙っておるからな。ははははは。

二羽のおんどりと鷲

もしもし、そこを歩いておられるお嬢さん。どうだい、ちょっと寄ってかないかい、すっかり暑くなってきただろ？　午後になると、本当にこの村は暑くなってくるんだよ。日傘もささず、帽子もかぶらないで歩いていては、日に焼けてしまうよ、さあ、こちらにいらっしゃい。さ、どうぞどうぞ。お昼は食べたかい？　いえいえ、うちはさわやかな飲み物専門店で、レストランは、東の通りに行ってもらわなきゃあ。……食べた。じゃあ、食後のお茶にでもしようよね、お客さん。面白いお話もさせていたゞきますんで。

もちろん、貴女のような若いお嬢さんには、なんと言ったって恋物語が一番い、だろうね、ちょっと哀しいお話なんだけどね。お聞きいたゞける？　はいはい、お飲物のご注文は、コーヒーね。は？「お前は何か」って？　と言うと……？　あ、、そういうことか、はいはい、私も動物だよ。私は雄鶏《おんどり》なんだ。そう、ニワトリさんのね。

じゃあ、早速お話にしようか。このお話は私の姪《めい》から聞いたんだけどな。あ、そうそう、私の姪のおばあちゃんのお話なんだ。おばあちゃんったって、そんなしわくちゃの老人をイメージしないでもらいたいね。これからお話しするのは、そのおばあちゃんのずいぶんと若い頃、一番女性が輝く頃にあったお話なんだから。しかも、彼女はしわくちゃになるずーっと以前に死んでしまったらしいしね。

彼女は、由緒正しい貴族の娘で、しかもそれはそれは美しい雌鶏《めんどり》だったということだ。彼女の美しさといったら、それはもう、数え上げればきりがないと言われてた。

全身を包む雪のように真っ白く光沢のある羽根。頭を美しく飾った小作りの鶏冠《とさか》——。その鶏冠は真紅に輝いていたが、光の加減では黄金色にも見えたって言うから、それはきっととても美しかったことだろう。それに、嘴のなんと小さいこと。ニワトリはね、嘴の小さいのが一番の美人なんだよ。そしてまた、きらりと光沢があって黄色く光っていたって言うから、その妖しさったらなかったろうね。若い雄鶏たちはみんな彼女を見ただけで、体がぞくぞくって震えたって言うから。それでもって、喉から胸にかけては、真っ白い羽根にほんの数枚、ちょっと紫に輝く小羽根が混じっていて、それがまたお日さまの光を受けて輝いたって言うから、雄の鶏どもはもうそれで彼女の虜《とりこ》サ。それになんと言っても、彼女の目は、ふっとした仕草で男心をとろかせる、魔性の瞳を持っていたと言うんだ。そりゃあ、鶏の中のクレオパトラ、いや小野小町、いやいや鶏の楊貴妃《ようきひ》だったと語り伝えられるのも無理からぬところだよね。こゝでは、彼女のことはクレオパトラとでも呼ぼうかね。

そうそう、言っておくけど、これからの話に登場する人物の名前はぜーんぶ、いわゆる仮りの名前だからね。

さて、クレオパトラ嬢《じょう》の歩き方は、一歩一歩が実にゆっくりとそして優雅だったそうで、首を前後にするのだって、他の雌鶏のように引きつった動きじゃあなく、ゆっくりとした実に美しいものだったようだよ。そんな時、長い尾羽根がプルルっと震えて、それが人目を誘うんだなぁ。若い雄鶏連中なんざぁ、その歩く姿を見ても、体をブルッと震わせてしまうんだ。

そんな彼女だから、言い寄る雄鶏は、それこそ列をなしたと言うよ。しかし、なんたって貴族の名門だからね、花婿候補に立候補するなら、その資格審査だって大変だ。毎日三十羽を超える雄鶏たちが彼女の家のベルを押したけれど、彼女に面会できる資格を得られたのは、せいぜい五羽もいただろうかねぇ。残りの雄どもは、書類審査だけでふるい落とされたって言うから、そりゃあすごいもんだよ。

しかも、残った五羽だって、彼女にすぐ会わせてもらって、デートに誘えるってんじゃありませんワ。お目もじ願えるのが、十日後やら二十日かかるものやら、毎日通い詰めでもしなければ、その僥《ぎょう》倖《こう》に恵まれることもないいんだから。普通の雄鶏は一週間もすればあきらめてしまい、その半数は世をはかなんで自殺したと伝えられているんだよ、まったく哀しいことではあるけれども、男ってものは、いつの時代でも美しい花を手折るのが最大の願望だからねぇ、その性が哀しいね。

結局そういうことが一年も続きゃあ、たいていの者は、「所詮クレオパトラ嬢は高嶺《たかね》の花。あれは魔性の女だ。近づかない方がいゝ」などと、自分で理由をつけて見切りをつけますわな。しかし、それが彼女の罪と言っては、クレオパトラが可哀相と言うもの。持って生まれた美貌《びぼう》の責任は、本人にありはしないよね。彼女をかくも美しく創造された神様の罪、というものじゃないかね。

さて、お定まりのことではあるけれど、、こういう状況では、彼女を取り巻く雄どもから、最終的には二人のライバルが、ともに「我こそは！」ってんで、火花を散らす局面が展開される——これが恋物語の常道というもの。そしてそれはこのお話でもその典型的な展開へと進むのでありますな。

でも、何故こうした場合には、お定まりのように、一方が大金持ちなら他方は貧乏人、傲慢極まりない者と謙虚《けんきょ》を絵に描いたような人、悪意の塊対そのまゝの善意、馬鹿力と知恵者というような対極にあるのだろうねぇ。今回もまるっきりそれが当てはまる二人——そしてこうした場合、惚れられるのはおおむね後者、つまり貧乏で謙虚で善意の知恵者、という筋書きなんだけど、今回はそこのところだけは図式どおりとはいかなかったんだよ。

「逆なのか」って？　いやいや、彼女の場合は優柔不断というか、付和雷同というか、両天秤をかけているというか、とにかくどちらに対しても好きの嫌いのという態度を見せないものだから、ことが面倒になっていくんだわなぁ。まあ、自分をちゃんと表現できないお嬢さんというのは、絶世の美女であるだけに、世の悩みの種となるんだよ。若い雄鶏たちはみんな、『ひょっとしたら、俺でもニワトリ界の女王様を、我がものにできるのでは』と思っちゃうんだよなぁ。私の思うには、彼女にはどうやら故意に態度を表明しなかった節がないではないですけどね。

さて、ライバル二名は——あとの連中は有象無象《うぞうむぞう》と申しておきましょうか——と申せば、彼女のハートを射止めんがために、日々これ奮闘努力の毎日だったたな。

村の商工会長のご子息であるお金持ちのボンボン、お名前は……そうだなぁ……ブルート・ブルータスとでもしておこうかね。彼は、クレオパトラの噂に接したとたん、「この俺の他に、誰がクレオパトラの夫たる資格などあろうものか。金と力に勝る敵なし」と、物量と権力にものを言わせて、花婿候補のトップに躍《おど》り出た。とかくこの世は、東西南北いずれを問わず、金持ちは常に圧倒的に優位！というものだ。今日で申せば、毎日のようにドライブに誘うは、宝石から着るものにいたるまで、連日ブランド品のプレゼント攻勢はするは、二人のための専用電話回線まで作るは、ってなものですな、ひと時たりとも彼女の意識を自分から他に向けさせない作戦に出たという訳だ。しかしながら、どのように金と力を揮《ふる》おうとも、哀しいかな、知恵のない者は相手の心まではとらえられない。車で暴走はできても、相手を思いやれない。山のようなプレゼントはするが、彼女の求めるものがわかっていない。電話はあっても相手を喜ばせる会話ができない。……ではすべては空回りというものだ。お客さん、そうでしょう？ そんな阿呆は手玉にとって、上手に付き合うのが一番。事実彼女はそのようにしたのだから、『やっぱり女は怖い』だ。

さてさて、もう一方の貧乏な青年雄鶏――パリス君とでもしておこうかね――とクレオパトラ嬢の出会いは、本当にひょんな間違いからのこと。庶民の、しかもかなり低い生活レベルに属する貧乏青年が、貴族のクレオパトラ嬢などと出会うチャンスがあったことそのものが奇跡とでも申すべきことだ。

えっ、「何があったのか」って？

なんと、彼は彼女宛のラヴレターを運ぶ郵便局員だったのだ。しかし、彼女への手紙などは郵便受けに入れてしまえば、ポストマンなどに彼女と出会う機会などあり得ようがないはずだ。ところがこれも神様のいたずらだったんだろうか……。ある日、クレオパトラ嬢の外出と郵便配達が鉢合わせしてしまった。これ、本当に鉢合わせしたんだよ。言葉のあやじゃなくって、クレオパトラ嬢がドアを開けたまさしくその時に、かの郵便配達パリス君がドアの外に立っていたという次第。

「ゴツーン！」という音がクレオパトラ嬢に聞こえ、何やら手応えを感じて、ドアをさらにゆっくり開いたそこには、辺り一面、その日も百通になんなんとする手紙の花が咲き、その真ん中に大きなたんこぶを作った若者が倒れていた。

彼はそうやって、他の雄鶏どもが懸命の努力をして、彼女のお目にとまる日をお待ち申し上げているのを尻目に、それから十分後にはお屋敷の中で、頭の衝撃よりも、美しいお嬢様の顔にポーっとなって、クレオパトラ様御自らの温かい看病を受けていた、ってんですから、パリス君にとっては、『人生には三度のチャンスが訪れる』の一度目が、この日、天から舞い降りて来た訳だ。

かくして、彼も激しい恋の底なし沼に落ちてしまい、神のご加護に恵まれたこの男は、クレオパトラの家への『出入り自由』の身となった訳だ。

さて、この雄鶏には金はなくても知恵がある。パリス君の武器は、会話の妙と詩の創作、おまけに作曲ができて、楽器ならなんでもござれ、とりわけヴァイオリンの名手ときている。文才と作曲、そこへもってきてなんでも楽器なら弾きこなせる能力なんてのは、ほんに恋にとってはお金以上に大きな財産と言わなければならない。『ペンは剣より強し』と言うだろう？『もしもピアノが弾けたなら』なんて歌もあったよなぁ。あのお金の音をジャラジャラさせる騒々しい男とやっと別れた夜半《よわ》、寝室の窓辺に漂うパリス君の詩とヴァイオリンの響きは、もうそれだけで恋のシチュエーションというものではあーりませんか。

しかし、恋の詩を朗詠《ろうえい》し、それを美しいメロディーに包んでおったところで、たゞそれだけで人生はやっていけるものでないのも事実。やはり生活基盤を明示して、相手に安心感を与えなければならんというものだ。しかも、愛する女性が貴族ともなれば、郵便配達にはちと荷が重い。彼の弱点はまさにこゝで、彼女の美貌と生活水準を維持する財政力に乏しいというのは致命傷に近い。彼はどうしても『結婚』の二文字を恋の詩に挿入《そうにゅう》できないのであったのだ。

もう一つ、今では、私だけが知っていることなんだけどもね、パリス君が愛の言葉を奏でる夜には、お屋敷の裏通りに一台の馬車がよく止まっていたという証言が、ご近所から漏れ聞こえておったことを、恋敵の二人はおろか、ほとんど誰も知らなかった、というのは興味深い。

「それは、誰の馬車」って？　まあまあ、そのことについちゃあ、もう少し話が進むのを待ってくだされ。

そんな三角関係に終止符が打たれたのは四月のある晴れた午後だった。時はまさしく春爛漫《らんまん》の候、野山に小鳥がさえずり、草木すべてが芽吹きの時となりますと、まさにそれに合わせたように、人も動物もそして鳥類も、いやが上にも恋心を燃え立たせるのでござろうねぇ。そりゃあ雄鶏なんざぁ、誰にも負けないもりもりむくむくの盛りつきだ。あ、お客さん、ご、ご、ご、ごめんなさい。うら若き乙女にこのようなはしたない表現をば、いたしまして……。

ウォッホン！　……で、ついにブルート君の堪忍袋《かんにんぶくろ》も緒が切れちまった。

「何があったのか」って？　奴はいかにもブルータスという家名に相応しい暴挙に出たんですな。奴らしい、極めて単純明快な方法でことの決着を図ろうとしたのだよ……殺人というな。

その日、ブルートの奴はまず郵便配達を始末した。とにもかくにも、まずあの目障りなパリスを片づけることにしたのだな。いつもの配達コースに待ち伏せし、腕力にものを言わせて、「俺の女に二度と近づけなくしてやる」と、めちゃくちゃに殴ったのだよ。ブルートに最初から殺意があったのか、殴っているうちに心のブレーキが切れちゃったのか、そこんところはちとわかりかねるが、哀れパリス君は、野原に咲いた一面のレンゲに包まれて、天国に旅立っていったのだよ。身分不相応な恋の結末は、時としてこのように理不尽な結果を生むのかもしれないねぇ。

目を血走らせたブルート君は、その足でクレオパトラ嬢の家に押し入った。クレオパトラ嬢の召使いや両親の静止を振り切り、彼は彼女の部屋のドアを蹴破って、「クレオパトラ、迎えに来たよ！」と叫んだんだ。恋敵を殴り殺した興奮が理性を剥ぎ取り、己が本能の赴《おもむ》くまゝ、クレオパトラ嬢に襲いかゝらせたんだな。しかし、やはり理性が欠如しているというのは、失敗のもとでもある。ブルート君は、お屋敷に彼女が居るかどうかも調べずに行動していたんだ。

なんと、目指す雌鶏はそこにはいなかったんだ。クレオパトラ嬢はお出かけの最中だったのだよ。「どこへ」って？　それが、まことに言いにくいことではあるけれども、まさしくその日の彼女も萌え立つ春の心に誘われて、初めて想いを寄せていたお方を訪ねていたんだよ。誰も知らず誰にも知られないよう、本当に秘密にしていた彼女の恋のお相手とは――。

クレオパトラ嬢は本当に見事という他ない方法で、ユリウス君との恋を隠し続けていたんだよ。あの郵便配達氏をカモフラージュにして。そりゃそうだろう、そもそもあの美貌のクレオパトラ嬢が、ブルート君やパリス君を相手になんぞする訳がないじゃないか。のらりくらりとブルートの誘いをかわしていたのも、郵便配達との浮き名を巷に流したのも、すべて彼女の深謀遠慮《しんぼうえんりょ》だったんだから。

では、本命はいったい誰だったのか、それは、同じ名門貴族カエサル家の若君、ユリウス君、これまたこの村では一番のハンサムと言われていた青年雄鶏だったんだよ。二人の恋を知る者は本当に、まったく両家の家族と召使いの他には誰もいなかったのだ。

しかし、所詮貴族というものは権力はあっても、金儲《もう》けには疎い人種、勢力隆盛なブルータス家に対抗することなど、至難の業というもので、ニワトリ族の長にさえ影響力を行使できるブルータス家と、真っ向勝負で恋の闘いを挑めるカエサル家ではない。そこで二人が考え出した作戦が、金力は浪費してもらうもの、恋は他に視線をそらせるもの、という軍略家も真っ青という見事な計略を練ったのでありまーす。

さて、もうすべての血液が脳細胞に集まったブルート君でも、まさかクレオパトラ嬢に別の愛人がいたなんて、そんなことは知る由もない。彼女のいないことを知るや、ブルート君は再び表通りに飛び出して、彼女の行き先を尋ねて歩く。今日こそ彼女をなんとしても我が手にかき抱き、想いのたけをぶっつけたいのだから。しかし、恋する相手はいったいどこに行ったやら……で、無い知恵を絞ったブルート君の思いついた次なるアイディアは……これまた奇想天外というものだったんだよ。

彼は何を思ったか、突然村の一番高い塔に登った。そして、そこでもう誰にも彼女に手出しさせないとばかり、一つの宣言を発表したんだよ。まあ、興奮が興奮を呼んだっていうんだろうかね。何しろ、殺人までして成就させようという恋なんだから、もう理性はどこかへ吹っ飛んで、頭の中じゃあ夢とうつつが同居しているようなもの、そこへもってきて恐怖と妄想と嫉妬と欲情までが駆けめぐっているとあっちゃあ、常人のさたではありえない。

この村の一番高い塔というと、ほら、見えるでしょ？　あの塔なんだよ。

えっ、「キリスト教会か？」って？　なんだい、そのキリストってのは？　え、、もちろん知らないよ。あ、そうか、お客さん。私らイソップの時代ってのは、その、キリスト教ってんですか、それのできるずーっと以前なんだよね。だから、私の時代で教会に当たるのは、そうだねぇ……あ、そうだ、神殿、神殿のことですよ。だから、あの塔は今でいえば火の見櫓《やぐら》みたいなもんで、村の非常事態には村役場の者が登る所なんだ。

で、ブルート・ブルータス君はその塔に登ると、

「村の者どもよ。こゝに私、イソップ村商工会長の息子、ブルート・ブルータスは宣言する。本日夕、私はアフロディテ女神の神殿において、クレオパトラ嬢と結婚式を執《と》り行う。そして、今夕、村人はこぞって我がブルータス家に来られるべし。挙行される披露宴において、私とクレオパトラ嬢の結婚を心より祝ってもらいたい」

と叫んだのだよ。しかし、彼の唐突なる宣言を見上げた村人たちが、そこで見たものは……。

はるか上空に一羽の鷲が旋回をしておった。この母親鷲には産まれたばかりの三羽の子どもがいて、巣の中で、旺盛な食欲を満たしてくれと叫んでおった。そこで母鷲は、朝も早うから餌を求めて、村の上空を飛び回っていたんだよ。ついさっきには、村はずれの野原で、今、魂の抜けたばっかりの雄鶏を見つけ、それはもうすでに可愛い子どもたちのお腹の中に収めてしまった。しかし、成長盛りの

子どもたちがそれで、「もうお腹はいっぱいよ」などとは言ってくれん。「もっと、もっと」とせがんでいる。

そこで母親の鷲は、さらに新鮮な肉を求めて、高い空から地上を見下ろしていたのだが、そこに見えたのが、常軌《じょうき》を逸《いっ》して、鷲の存在など目に入っていないブルート・ブルータス君だった。村一番の高い塔に登り、地上に向かって何やら叫んでいるその姿は、鷲の母親からは、まるで「どうぞ、私を召し上がれ！」と言っている、これ幸いな獲物だったわなぁ。彼女は、戦闘態勢を整えるために一層高く空に舞い上がってから、躊躇《ちゅうちょ》なく真っ直ぐに急降下をして見せた。きっと映画でこの場面を表現していたならば、この急降下シーンのバックはまさしくジェット戦闘機の音を使っただろうね。

地上からブルート君を見上げた人たちは、最初は、『あの雄鶏は何をわめいておるんだ？』といった表情だった。しかし、春霞《がすみ》の空に現れた黒い点に気がつくと、人々は雄鶏よりそちらに関心を集めてしまった。

そしてそれがドンドン大きな姿になって、雄鶏めがけて突進しているのを知った時、人々は『あっ、危ない。あれは鷲だ！』と思ったし、そう叫んだ者だっていたと思うよ。しかしブルート君には、彼らの表情は、『おお！　みんな、俺の宣言に感動してくれている』としか思えないものだった。

ブルート君は、死が彼の喉笛を押しつぶすまで、そう信じていただろう。そういう意味では彼はとても幸せな死を迎えたとも言えるよね。しかしいずれにせよ、彼は己の犯した罪をその日のうちに精算したのだよ。それでもブルート君は、クレオパトラ嬢に対する熱い想いを抱きしめたま、死ねたのだから、郵便配達の青年よりはよほど幸せだったと言えるだろうね。村人全員が、「ブルート・ブルータス君は、気の毒にも、愛するクレオパトラ嬢との結婚直前にして、哀れな生涯を閉じられた」と信じてくれたのだから……たぶん、信じてくれたと思うよ、村人は……全員とはいえなくても、何人かは……。

しかし、パリス君の場合はまったく無情にも、愛する女性から何一つ本当の愛の言葉をもらったこともないというのに、ブルートの恋のライバルにされ、彼に撲殺されてしまった。しかも、その死の責任を問われるべき金持ちのぼんぼんは、殺人者として告発されることもなく、他人から羨まれる死を遂げたのだ。しかもさらには、自分はまだ冷え切らない死体を鷲の親子に供せられ、撲殺されたことの証拠すら残すこともなく、黄泉《よみ》の世界に連れ去られてしまったのだから、本当に不運な死と言うしかない。

これでお話はおしまいだ。

私は思うんだがね、神様はこの二羽の鶏に関しては、通常よくある恋物語の結末を与えてはくれませなんだが、正直に申せば、私はこの結末は当然のように思っているんだよ。

えっ、「何故か？」って？　それは、クレオパトラ嬢のその後を想像して思っているんだ。

えっ、「その後のクレオパトラはどうなったか？」って？　あんたもやっぱり気になるだろ。彼女は、いつしかこの村から消えてしまったということだ。

「ユリウス君と結婚したのじゃなかったのか？」って？　さぁ、どうだろうか……ついぞそういう話は聞いたことないがねぇ。ま、あまり気にしなくてもいい、のじゃないかな、そのことは。

「じゃあ、ユリウス君はどうなったのか？」だって？　彼のことはまったくわかりませんな。実在したのは実在した貴族だから、その後も、しばらくはクレオパトラ嬢とのお付き合いも続いたんだろうけどね……いつまで続いたのか……。

私が思うのはね、ブルート君とパリス君が生きていた頃、その頃にはユリウス君とクレオパトラ嬢の恋は真実だったとは思う。つまり彼ら、クレオパトラ嬢を取り巻く三人の恋は、本当のところは、こういうことだったんだろうと思っているんだよ。

クレオパトラ嬢は、パリス君が玄関ドアにぶつかった頃、きっとすでにユリウス君とどこかで出会いがあったのだろうねぇ。貴族同士ならば、庶民など立ち入ることの許されない、夜会だってあったことだろうし、そんなパーティーで出会った二人が恋に落ちることだって、容易に想像できるだろ。

しかし、すでに彼女に言い寄る男どもの中には、あのブルート・ブルータス君がいた。彼はこの村一番のお金持ち、一方貴族のカエサル家は借金に苦しんでいる。名門ほどそういうことは多いんだよ。ブルータス家に借金しているカエサル家の御曹司《おんぞうし》が、クレオパトラ嬢と相思相愛の中なんて、あのブルート君の耳に入ったらどうなるか。

「カエサルさん、貸した金を即刻返済してくださるか、お宅のぼんくら息子がクレオパトラ嬢に横恋慕しているのを止めさせるか、いずれかを選んでもらいましょう」

なんて言って脅されるのがオチだよ。

それを考えた二人は、決して自分たちの恋が世間にばれるようなことだけはあってはならないと考えた。そこで、二人の逢い引きは、絶対人目につかない所でするということになった。それが彼女のお屋敷なんだよ。

「逢い引きなら、カエサル家でだって良かったじゃないか」って？

それは駄目だよ。彼女の方なら忍んで来る者がいたって、世間は、「きっと、あのブルータス家のドラ息子だよ」とか、「あ、、それなら夜ごと窓辺で歌っているパリスのことでしょう」と考えてくれる。あの二人に関しては、ご当人と世間の間では公認の花婿候補で、二人もそれを隠さないし、他に入り込む余地などないと、クレオパトラ嬢だって世間にそう思わせていたのだもの。けれども、もう一方のカエサル家に夜ごと忍んでくる女性がいるなんてことになると、世間はたちまち、「ユリウス様のお相手はどちらのお嬢様？」と詮索《せんさく》し始め、彼はパパラッチの標的になっちまう。

きっと、ユリウス君が通ってくる夜は、パリス君が窓辺でヴァイオリンを奏でる日だったのではなかったかな。ほら、彼女の家の裏通りに、よく馬車が止まっていたって言っただろ。あれはきっと、カエサル家の馬車だよ。

パリス君は、クレオパトラ嬢に囁かれたのではないだろうか。

「詩の上手なパリスさん、素敵なヴァイオリンを弾いてくださるパリスさん、私のために、毎晩、貴方の歌声とヴァイオリンを、私のために演奏してくださらない？　そうすれば、私はきっと貴方を夢見て眠れるわ」

パリス君は、すっかり舞い上がったと思うよ。貧乏な彼にとっては一番お金のか、らない要求だしね。彼は自分が邪魔者の見張り役にすぎないのに、せっせとお屋敷の窓辺に通ったという訳だ。いつの日か、

「パリスさん、蔦《つた》をつたって上がっていらして」

と言ってもらえる日を祈って。

じゃあ嫉妬深いあのブルートが何故、パリスの演奏を止めさせられなかったのかという疑問が浮かぶだろ？　しかし、ブルート君はパリスの邪魔はしなかった。何故だろう？　きっとそれも、クレオパトラ嬢にこう言われたからなのだろうよ。

「ブルート、私は貴方のことを夢見て眠りたい。だから、あのヴァイオリンと歌の名手、パリスさんにお願いしようと思っているの。貴方のことを想いながら、夢を見て眠るために、パリスさんには毎夜、私の部屋の窓辺で演奏をしてもらいますわ。どうか、邪推などしないでください。決してパリスさんを愛しているのではないわ、私が好きなのは貴方だけなのよ」

そう言われれば、ブルートだってパリスの邪魔はできない訳だ。きっとブルートは歯ぎしりしたことだろうよ。自分に詩を作る力、音楽を創作する能力、そしてなんでもい、から楽器を操れたならば、パリスごときにそんな美味しい役などさせるものか、とね。奴があの日にパリスを襲った理由には、きっと彼の悶々とした気持ちもあったからだろう。

いくら愛する女性に、「貴方のことを夢見ていたいから」なんて言われたって、演奏しているパリス

への嫉妬と疑いは日増しに高まってきたのだよ。あの午後の事件は、彼女をものにしたいなどという願望より、そっちの妄想の方が高じた結果なのさ。だから、まずパリスをやっつけたんじゃないのかねぇ。パリス君の演奏がある夜、二人の想いをよそに、クレオパトラ嬢はユリウス君と、本当に夢のような恋を語り合っていたというのにねぇ。

クレオパトラ嬢は、外見では何も自分で積極的な意思をもってやっていない、つまり誰にでもなびくような女と思われていたが、彼女こそこのドラマの主役、それも自分でドラマを脚色・演出までする作家だったのではないだろうか。二人の雄鶏を手の平で転がし、しかも自分には別の男がちゃんといる、なんてのは女としちゃあ一番の快感じゃないかね。でもね、お客さんがさっき質問したけど、その後彼女がユリウス君と結婚したという噂はついぞ聞かなかった。何故だろう？　それはこういうことじゃないかな。

あの娘は絶世の美女だった。だから、彼女は思っていた。意識してか、無意識にかはわからないがね。

「周りの男はいつでも私を女王様扱いしてくれる」

そして、彼女はだんだんその楽しさに溺《おぼ》れていくんだ。『何も自分で手を下さなくとも、ちょっとそれらしい仕草をしただけで男どもは私の思いどおりに動いてくれる』と思うようになる。だから、クレオパトラ嬢にとってはユリウス君もその取り巻きの一人に過ぎなかったんだろうと私は見ているんだよ。そして、ブルート・ブルータス君とパリス君が消え去ったあとは、ユリウス君一人を相手にするのにも飽きてしまって、彼女は彼も遠ざけてしまったのじゃないだろうか。

しかしこの世の中では、どんな美女にも免れないものが一つある。

「それは、なんだ」って？　ははは、貴女にだって恐怖でしょ、年齢は。

そう、必ず一年ごとに年齢を重ねるのが生きとし生けるものの宿命だ。どんな絶世の美しい女性《ひと》でも、寄る年波には勝てないんだよ。そして必ず神様は、それに変わる新しい乙女を用意しなさるから、彼女はトップスターの座を新しい美女に譲らなければならなくなるんだ。これもまた、神様が美女に与える残酷な罪だとは思わないかい？

クレオパトラ嬢が、本当に結婚しなければならない、と気づいた時には、お相手になりそうな年齢の男はみんな既婚者になってしまっていた。だからといって、彼女のプライドは、後妻さんや日陰の身などというものでは、とても我慢がならなかった。こうして世間は、いつしか彼女のことなど忘れてしまい、誰の話題にも上らなくなったクレオパトラ嬢は、人知れず社交界から消えてしまったのではないだろうか。

いったいどこへ行ったのかねぇ。彼女も、どこかをさまよっているうちに鷲の餌食にでもなったとしたら、むしろそれが一番良かったのかもしれないね。

お客さん、どうなさった。なんだかしょげてしまったね。

えっ、「同じ女性として、なんだか淋しくなった」って？　まあまあ、そんなに淋しい顔をしなさんな。大事なことは、もし貴女に恋人ができたなら、手練手管《てれんてくだ》で相手を手玉に取ろうなんて思わないことだよ。いつも真っ正直に男性を愛していくことだよ。それから、貴女がどんなに美しいからって、それを鼻にかけるような真似はしなさんな。アッシー君やミツグ君なんて、変なボーイフレンドを作らないことさ。

じゃ、お気をつけて。そうそう、お疲れなら、コウモリの館に行きなさい。今の時間はまだ店開きしていないけど、昼寝させてくれるよ。あそこは夕方からの営業だから。

鳥と獣の戦争

おいおい、誰だね、入り口でごそごそやってるのは？　そんなにドアを叩くなよ、今、開けてやるから……まったく、ほんとに誰なんだ？　俺ん所じゃまだ店を開けてないってのに、うるさいなぁ……。

ほいよ、どちらさん？　おや、若いお嬢さんじゃないか、どうしたんだ？

「ちょっと休ませてくれ」って？　俺んちはまだ店を開けていないんだけどなぁ。

えっ、「雄鶏んところで、こゝなら休ませてくれるって言われた」ってか。そうかい、まあ、それなら休んでいってもいゝよ。

えっ、「雄鶏んところの話で疲れちまった」って……まあなぁ、あいつのところの話は、女性にはちょっと悲しいかもしれねーなぁ、最後がサ。

ま、奥のソファーででも横になってなよ。あとで起こしてやるからサ。そうそう、そうしたら、俺んところのうまいカクテルでもいっぱい飲ませてやるよ。なーに、無料でいゝよ、若いお嬢さんなんだから。ついでに俺の話も聞かせてやるからよ。今夜はこのイソップ村に泊まるんだろ？　なら、俺の話を聞いてからだって、ホテルのディナーに間に合うサ。

おっ、起きたかい？　ちょうど店を開ける時間だ。こっちにおいでよ、カウンターの方がいゝだろう？　お前さん、何を飲む？　甘いのがいい？　辛口がいいのか？　「まかせる」って？　じゃあ、そうだなぁ、まあ無難な奴にするか。ピンクレディーとかサ。　何？　「甘すぎる」って？　じゃあ、ジントニックでも飲むかい？

俺んところじゃ、あんまり面白い話はないよ。だって、しゃべる俺がむかつくんだからサ、自分の話に。

あんた、知ってるかい？　昔、こゝじゃあそりゃあ大きな戦争があったことを。あれは、それよりちょっと前にあった事件が原因なんだけどよ。けど、俺に言わせりゃあ、つまんないことだよ。誰が王様になろうが、大したことじゃないのに、ほんとにどうして生きてる奴ってのは自分が一番偉いって思いたがるんだろうねぇ。どうしてみんなを支配したがるんだろうねぇ。

「なんの話だ」って？　戦争。戦争の話だよ。

そもそもの原因はな、昔この辺りじゃあうさぎの奴が王様を名乗った時期がほんの少しあったんだけどな、そいつを鳥どもが玉座から引きずり降ろそうと企んだんだ。で、うさぎはまんまと罠にかかって、王の椅子から転がり落ちちゃった。

と、今度は狡賢いキツネの奴が、「鳥の王様を決めてやる」などと言いおって、まんまと鳥たちを騙しやがった。そんなこんなで、すったもんだのあげく、鷹の奴が玉座に座ったんだけどね、そうしたら、野郎め、こんなことを宣言しやがったのさ。

「うさぎの王は身分不相応、キツネの奴は鳥の王の席を餌に、わしら鳥を騙しおった。ことほど左様に、獣というものはろくでもない輩《やから》ばかりである。今後、地上に這いつくばり、素晴らしい青空に飛揚することもできぬ者どもは、我ら鳥族の僕《しもべ》となるべし！　悔しいなら、我らの如く、空を飛んで見せるべし！」

ってな。うさぎなんぞが王様を名乗った腹いせさ。おまけにキツネも詐欺で鳥の獲物を取り上げたんだからね。

けれども、これには獣どもが怒ったねぇ。そもそもうさぎを王座から追い落として、鷹を玉座に上らせたのは、キツネとカラス、つまり鳥と獣が共同戦線を張って実現したことなんだ。キツネが鳥を騙したのは、他の獣の責任でもないしな。それなのに、色々理由をつけて、鳥だけの天下にしようってんだから、そりゃ獣族が怒るのも当然だ。おまけに、うさぎを王様から失脚させるについちゃあ、どうも、裏工作があったという話もある。まさしく陰謀渦巻く状況だったんだな。

とにかく獣どもはライオンを頭目にして、鳥たちを攻めることにした。鳥どもも鷹を大将に獣を迎え討つ。これはもう、世界を二分する大戦争だ。

だがな、この戦争は鳥対獣だけに終わらなかった。やがて、昆虫やら魚までも巻き込む世界大戦になっちまったんだな。空を飛べない獣はその不利を解消しようと、羽根を持つ昆虫に呼びかけた。

「バッタどん、いなごどん。あんたらは羽根を持つ生き物じゃが、お前さんたちの天敵は、なんと言っても鳥どもだ。雀やウグイスのような小鳥どもにいつも狙われておるだろう？　どうだ、この際わしらに味方して、一緒に鳥と戦わんか」

「羽根はあっても、ばったばた。飛んでいるやら跳ねてるのやら。お前たちがどんなに気取っても、とうてい鳥にはなれないぞ」

などと馬鹿にされていた昆虫は、こぞって獣側についたんだ。

獣は魚のところにも出かけて、言った。

「魚どん、魚どん。あんたらはカワセミやカモメ、海猫どもやらペリカンやらと、あらゆる鳥に狙われておる。どうだ、わしらの側につかんかね」

と誘ったところ、鮭《さけ》や鱒《ます》がこう言った。

「けれども、獣どん。熊はいつもわしらを狙う。鳥たちだけじゃないぞ、獣だってわしらにとっちゃあ天敵だ」

とね。

そこでライオンがこう言った。

「わかった。それなら熊には約束させよう。この戦争が終わっても、百年の間はお前さんたちを獲って喰わないように」

すると、今度は鰊《にしん》や鯵《あじ》がこう言った。

「熊だけじゃないぞ。アザラシやセイウチ、鯨《くじら》だってみんな獣の仲間。あいつらだって俺たちを喰っているじゃないか」

とな。

ライオンはしびれを切らすようにどなった。

「そんなことを言っておったらきりはない。わしらはお互いに喰うか喰われるかの動物同士でも、一致団結して鳥と戦おうとしているんじゃ。陸地に住んでおる者同士は、その間で考え合うのだから、海に住むものだってその中で話し合え。我ら動物に味方するのかしないのか」

魚たちは話し合ったあげく、トビウオが獣側につきたいと言うものだから、空を飛べない他の魚も獣側に仲間することに決まった。

鳥対獣・昆虫・魚連合軍、これは一見圧倒的に獣側に有利と見られたけれど、鳥の側は獣の思わぬ味方をつけたんだ。それは草木だった。

「松どん、杉どん、檜《ひのき》どん。花も草もよく聞いてくれ。もし、この戦争で獣どもが勝利してしまったら、獣は今よりもっと傍若無人《ぼうじゃくぶじん》になって、お前さんたちを踏みにじるぞ。お前さんたちを食べ尽くすぞ。柔らかい若い芽、土の中の新しい根、咲いたばかりのきれいな花、熟した甘い木の実だって、みんな食べ尽くしてしまうんだぞ。俺たちならば、ほんの少しの木の実を食べて、はるか遠くに種を運ぶ。さあ、お前さんたちはどっちを選ぶ？」

この呼びかけに草も花も木々も、みんな鳥の側に立ってしまった。

こうしていよいよ戦闘はギリシャの広い平原で始まってしまったんだが、これが一向埒《らち》のあかない闘いでね。鳥どもは空から動物どもの頭に石を落とそうとする、動物は鳥どもには飛びつきようもないので、巣に登っていってまだ飛び立てない卵や子鳥を狙う、鳥の味方になった茨《いばら》が鹿や熊の行く手を阻む、昆虫は、十万、百万の群塊になって小鳥を襲う、魚たちは戦場にまでは行けないが、食事に来たカモメどもをシャチやサメがやっつける、とそりゃあ一進一退の戦況だった。

まったく俺に言わせれば馬鹿なことだ。誰が王様になったところで、ゼウスの神々より上位に立てる訳もなし、そんな権力が永遠に続くなんてありっこない。コップの中の嵐に過ぎないんだものな。けれども、生き物ってのはどういう訳か争いごとが好きにできている。ちょいと相手が気にくわないと、何か言いがかりをつけて、無理矢理戦争に持ち込むんだ。

歴史上の戦争はすべて当事国にとっては防衛のためのもので、相手が侵略してきたことになっているけど、俺に言わせれば、どっちもどっちという奴だ。いつも市民の意思は無視されて、権力者たちの勝手な考えで始められているだけサ。何故奴らが己の始める戦争を「これは国を守る防衛戦争だ」なんて言うか、それは国を守るんじゃなくって、己が権力を守るための意味での防衛に過ぎないんだ。実際はすべて侵略戦争なんだ。

さてさて、鳥と獣の戦争はやがて膠着《こうちゃく》状態に陥った。鳥は昼間しか戦争ができない。何故なら、奴らは夜目が利かないんだからな。一方、獣はどうあがいたって、空の上まで攻め登れない。だから卵と子どもの鳥を殺して、敵の戦力を増やさない方法しか取れないときている。

そんなある日のことだった。鳥も獣もあることに気がついたんだ。

「この戦争に、まだ参戦していない者がいる」

そう、俺たちコウモリがこの馬鹿げた紛争と無関係でいたのに気づいたのサ。

「何故参戦していなかった」ってか？

それはな、我々は平和主義者だったから——と言えば聞こえはいいが、実際のところは、俺たちは要するに臆病者だったんだ。だけどな、空威張《からいば》りやら偉そうな思い上がりで戦争なんかおっぱじめるより、臆病で喧嘩しない方がよっぽど賢明なる選択ってもんだ。それができないのが奴らの悲しい性なんだな。それに俺たちが奴らのどちらについたって、そしてどんなに頑張ったところで、出世が望める訳じゃなかったしね。

お客さん、あんた、俺をこの世の王にしようって……思う？　思わないよね。俺自身コウモリの王様なんて、なんかドラキュラ伯爵を仰ぐみたいで気色が悪いし、第一、俺が王様になれるなんて考えられないぜ。

人はね、己の利益を考えずに喧嘩なんかしないものだよ。一見、喧嘩はもののはずみで起きるみたいだけど、それが金がらみだろうが、女を挟んでの三角関係だろうが、プライドをかけたものだろうが、いずれにせよ、何かしら勝って利益を得ようとおっぱじめるんだ。なあに、それは具体的な金銭とばかり限っちゃあいないよ。精神的なものでもいいのさ、とにかく損得勘定なんだ。ましてや戦争は、世の東西を問わず、まさしく終わったあとにどれだけの恩賞をいただけるか、これが大事の一番なのサ。ヤルタとポツダムで行われた、第二次世界大戦後の復興協議だって、会議という名の、分け前争奪戦だったじゃないか、米・英・ソの。

あんたの国があのヤンキーども一辺倒なんだって、なんの道理もないことだ。自分の国にとってどれだけの利益になるか、世界一野蛮な西部男の国の利益をどれだけおすそ分けしてもらえるか、ただそれにかゝっているんだ。今、ユーフラテス川の辺りでやっている戦争だって、「独裁者の圧政から救う」とか、「テロとの戦いだ」なんて大義名分を声高に叫んでいるが、そんなのは、全部嘘っぱちだ。

真実はあの国の地下に眠っている、質のい、石油だよ。その利権なんだよ。そのために殺されている市民のなんと気の毒なことか。戦争が終わったら、あの国の石油は参戦した国々に持っていかれ、ほんの一握りのおこぼれで大もうけする権力者以外の多くの市民は、相変わらず家も食料もない貧しい生活を続けるだけさ、きっと。

俺たちは、あんたの国の権力者とは違うよ。イソップは俺たちのことをどっちにもつかない小ずるい奴というけれど、俺はお前さんの国の政府の方が、よっぽどずるいと思ってるぜ。

「何故」ってか？　そりゃあそうだろう。あんた、なんでもかでもヤンキーどもの言いなりになる政府が、あんたら国民のことを心配してくれてると思っているとしたら、あんたも国民も、みんな大間抜けのお人好しだ。信じているのかい？　自分の国民より、物事を武力で解決することしか知らない国の方が大事なんて言っている政府を。

こういう国は、普通、独立国とは言わないんだぜ。あんたの国ははっきり言えば、あの西部劇男どもの国の五十一番目の州さ。情けないことには、大統領選挙に投票する権利も持っていない州ということだ。そういうのは、植民地っていうのが一番正しい言い方じゃないのかね。

さてさて、俺たちの仲間は一万や二万じゃない、一千万はいるだろう、ギリシャとその周りの洞窟に住んでいるのだけでもね。そりゃ大きな戦力だ。噛み付いた奴の血を吸って、そいつをやがて奴隷にしてしまうんだからな。コウモリを敵に回した時には、これほどの脅威はないさ。

まず、鳥の使者がやってきた。こういう仕事は何故かカラスがやるんだよね。まあ、確かに黒い衣装のあいつらは、秘密外交には最も適しているのかもしれないけれど、カラスってのは本当に胡散臭《うさん》いと思わないか？

カラスの奴は言いおったよ。

「コウモリさん、どうか我々鳥の一族として、この戦争に参加してくだされ。貴方たちが参戦してくだされば、たちまち戦果は我々のものとなるでしょう。戦勝の暁には、貴方はきっと玉座の一番お近くに座っておられることでしょう」

ってね。

なんというおためごかし、なんというおべっか、騙《かた》りってのはこういうのを言うんだよ。俺は言ってやったね。

「真っ黒なカラスよ。お前はきっと嘴の裏も、腹の中も真っ黒な詐欺師だろうよ。お前を使者にするなんて、鳥の王様も人を見る目のないことよ。とっとと帰って言うがい丶。今日の今日まで、お前らは一度だって俺のことを鳥の仲間だと思ったこともなければ、そんな扱いをしてもらった覚えもない。今さら何を言うんだ。俺の羽根は羽根じゃない。これは幕というものだ。だから俺は断じて鳥なんかじゃない」

とね。

カラスの野郎、きっと顔を真っ赤にして怒ったんだろうが、なにしろ真っ黒顔ではそれもわからない。目を血走らせて悪態をついた。

「やいやいやい、お前は一体何様のつもりでいやがる。お前の羽根が小汚い幕だなんてことは、こちとらぁ、先刻ご承知だい。それでも鳥の仲間に入れてやろうって、それは鷹大王様のお慈悲じゃねえか。それを偉そうに、鳥じゃないって？　一つ忠告しておくが、お前、ほんとにそれでい丶と思っておいでか。この機会を逃したら、二度と我ら空の王者とお付き合いさせてもらえなくなるんだぜ。さぁ、俺がご機嫌を直している今のうちに、『謹《つつし》んで鳥のお仲間に入れていたゞきます』って言いやがれ！」

と抜かしおった。俺は、

「おい！　所詮、鷹やら鷲やら鳶やら、猛禽《もうきん》鳥の尻にくっついている腰巾着に過ぎないカラスのカー公め、偉そうな口を利いているんじゃない。俺はお前らのくだらん戦争に荷担するのだけはお断りだ。さっさと奴らの臭いケツの下に帰りやがれ！」

と言ってやった。

俺の勢いに気後れしたのか、カラスはあの間抜けた「カァー、カァー」という鳴き声を張り上げると、大空目指して飛んで行ったぜ。

その翌日、今度はキツネが尋ねてやって来た。どうしてキツネなんかが来るのかね。これじゃあカラスと変わらない。つまり、獣の頭領も大した奴じゃあないってことだ。カラスもキツネも、時の権力におもねる、いわばあんたの国の政府のようなものサ。お前さんの国が国際的な場で評価してもらったことなど、一度もないのは、みんなにちゃんとわかっているからだ。

「あ〻、そのご提案は貴方のご主人の国、アメリカのご意志ですね」

ってね。

「コウモリどん、コウモリどん」

キツネの奴め、甲高い声で叫びおる。

「獣と鳥の戦争についちゃあ、もうお前さんもたっぷりお聞きおよびだろ？　そこで今日は、ライオン将軍の命令で、おいらが使者となってやって来た。ご用の向きは、我らと一緒に鳥どもを懲《こ》らしめて欲しいということだ」

まるで、俺が断る筈がない、というようなつもりで話すのだ。

「お前は当然獣の仲間、今まで参戦していない方がむしろ問題だったんだ。早く参加しないと、裏切り者の疑いをもたれるぞ」

と、次にはカラスと同じような脅しだ。

「お前さんたちが来てくれりゃあ、この戦いもすぐに決着がつくことだろう。そうすりゃコウモリは一躍《いちやく》、獣の勇者だ。さ、行こう」

最後に『よいしょ』とおだてるところも、カラスとまったく同じよ。

「ほゝう、面白いことを言ってくれるじゃないか、キツネどん。俺が参戦すれば、この戦争はすぐ片が付くっていうのか？　そして俺はライオンどんの横に居並ぶ大将軍にでもしてくれるってのか？」

俺はいかにも脈のありそうな態度で言ってやった。するとキツネの奴は、上目使いと揉《も》み手で、い

かにも卑屈になって、

「もちろん、あんたの望みは思いのまゝよ。いくさの恩賞は戦功次第っていうじゃないか、これは昔からの常道よ。お前さんならきっと勲功《くんこう》第一で、賞金だって地位だって、欲しいだけ要求できるにちがいない」

と宣《のたも》うた。

「それで、お前は俺がもらった賞金目当てに言うのかい？『お前がもらった勲章や金は、半分は俺の口利きだから、俺にも分け前を少しはよこせ』とでも。ふざけるんじゃねえぞ、このピンハネ野郎。お前の魂胆なんぞ見え見えよ。戦争をやるのはお前らの勝手だが、俺は鳥だ、獣なんかじゃない。ほれよく見ろ！　俺のこの羽根を。俺たちゃ空を飛べるんだぞ」

こう言ってやると、キツネは身をよじらせて怒ったね。

「なんだと、下手《したて》に出ればつけ上がりやがって！　おとなしく俺についてくるなら良し、『嫌だ！』なんぞとほざきおったら、鳥より先にお前ら一族を攻め滅ぼすぞ！」

俺は笑ってやった。

「へー、今やっている戦争に勝てもしないのに、さらに敵を増やすつもりかね？　俺は鳥に仲間入りもごめんだが、もし、獣が俺たちと一戦交えようってのなら、きっとお相手して進ぜようぜ。鳥とコウモリ、お前たちに、器用な二正面戦争ができるってのならな」

「何！　今の言葉、そのま、ライオン将軍に伝えてもい、のか！」

「ハハハハ。良いも悪いもあるものか。お前なんぞに何を言ったところで、正直に他の人に伝える訳がない。なんでも自分の都合の良いように言うだけだろうサ。とっとと帰って、俺の悪口をさんざ言えばい、のさ」

と追い返してやったサ。また言っちゃうけど、あんたの国の政府も、国民にはいつも聞こえのい、ことしか言わないという点では、キツネと同じだね。

なんだって？ あんたの国の首相も、「ライオン宰相って呼ばれている」だって！ いくらなんでもそれじゃあライオンが可哀相だ。あんたんところの首相は、せいぜい『虎の威を借る狐』がい、ところだろうよ。

鳥と獣の戦争は、三ヶ月も続いたろうか、秋が深くなって、獣の中には冬眠しなければならないのが出てくるし、鳥も渡りで南に帰る者も出る、というので、結局この戦争は和解となった。鳥は獣と平等であることを認め、王様も交互に出すということで話し合いはついたんだ。

ところが、この席上で本人欠席のま、、一つの裁判が行われたのだ。本人欠席と言ったって、出頭を命じた通知もありゃしない。つまり、被告に弁明することすら認めない、いわゆるつるし上げだ。検事役はカラスとキツネ、弁護士はなし、裁判長は鷹とライオンという、まあ、軍事法廷だな。

「被告コウモリは、このたびの戦争において、たとえ心ならずといえども、それぞれの立場で他のあらゆる生き物が参戦したにもか、わらず、彼一人洞《ほら》ヶ峠を決め込みおった。不肖、このカラスめが鳥の側につくよう懇願いたしましたのに対し、奴はなんと、『俺様は鳥なんかじゃない。羽根に見えるのは幕だ』と申して、拒否をいたしましたのです」

「次に私め、キツネが参りまして、理路整然ものの道理を説き、獣の一員として共に立ち上がるよう説得いたしました。しかるに、コウモリはこう申したのであります。『俺様は獣なんかじゃない。この素晴らしい羽根を見よ。空を自由に飛ぶ鳥だ』と言って、私を放り出したのでございます」

「本法廷にご列席の皆さま、陪審《ばいしん》の方々、そして裁判長様。コウモリの言いざまをなんと思《おぼ》し召す。きゃつは、私に向かっては『獣だ』と申し、獣の使者キツネどのには『鳥だ』と申したのです」

「これこそ二枚舌。いゝのがれ、兵役忌避《きひ》。そのような者を我らの同士、仲間と呼べましょうや、この先我らと同じ権利を有する市民と認められましょうや」

カラスとキツネの奴め、交互にさんざん俺を罵倒したあげく、

「我らカラスとキツネの両検事は、あの卑劣漢《ひれつかん》で臆病なコウモリに、次の罰を要求するものであります。一つ、コウモリは今後、鳥にも、また獣にも非ず。一つ、よって我ら鳥と獣が、共通にして平等なる権利を有するにあれども、コウモリはそれらの権利は、すべからく得るに能《あた》わず。一つ、よって鳥も獣も、何人《なんびと》と雖《いえど》もコウモリと交渉を持つこと一切かなわず。一つ、この後《のち》、コウモリは太陽の東《ひんがし》の空より全《まっと》う出でし時より、傾《かたぶ》き没するにかゝる刻《こく》まで、世の中に現るゝを禁ず。以上、求刑いたすものなり」

と罰を与えることを求めたんだ。

えっ、「どういうことなのか?」って? わからんか?

つまりはだな、こういうことだ。一つには、コウモリは鳥でも獣でもない。二つは、だから鳥と獣が両者ともに保持している権利は俺には何も持てない。三つ目は、鳥も獣もコウモリを一切相手にしてはならない。そして四つ目に、コウモリは日の出の時、お日様が完全に姿を現わし、日の入りの時には、お日様が少しでも水平線や地平線にかゝるまで、現れてはならん。以上が二人の検事が願った求刑だったのさ。そしてそれはそのとおりに判決されてゼウス様に報告されたのだよ。だから俺は、昼間は一切表に出られないことになった。もし外に出たりすると、お日様の光に焼かれてしまう、ってことになっちまったんだ。

「えーっ、それは耐えられないほどの苦痛でしょ」って?

いやいや、そんなことはまったくないよ。これは負け惜しみじゃないぜ。本当にそう思っている。馬鹿なカラスやキツネどもと付き合わなくったって、人生になんの苦痛などあるものか。むしろ神々に感謝したいくらいだ。王様になろうなんて思っている奴らを相手にしなくってい丶のだから、気楽なことこの上ない日々だ。もちろん、友達が一人もいないってのは苦しいことサ。だけど、仲間なら同じコウモリで十分だ。

コウモリってのは、みんな独立独歩なんだよ。夕方の空を飛んだり洞窟で眠る時、みんな固まっているものだから、集団生活を送っているように見えるけど、あれは天敵に襲われた時に、ほんの数匹を犠牲にすれば、他の者は逃げ切ることができるからさ。俺たちは決して集団で猟をすることもないし、蜂《はち》や蟻《あり》のように役割を決めて社会を形成している訳でもないんでね。きわめて自由なのさ。

今、ヤンキーどもが勝ったと言っている戦争でも同じことが行われようとしている。フランスやドイツ、ロシアなどは戦争に反対して、兵士を送らなかった。すると、アメリカはあのカラスやキツネのように、「お前たちには、石油開発に参加する権利はない」などと言っている。アメリカはあの国を自分の領土だと思っているのかね。よその国の政権に言いがかりをつけてぶっ潰しておいて、自分の都合のいゝ政権を作ろうとしている。その昔、あんたの国が満州国という傀儡《かいらい》政権を作ったのと同じだ。

平和な社会を作って維持していくのにはとても時間とお金がかかるんだ。貧困をなくし、水や電気、通信などといった社会資本を整え、きちんとした政府を作って、民主主義を定着させるには、膨大な金と時間が必要なんだ。馬鹿な戦争で、大量の武器と弾薬を消費してすべての社会資本を壊してしまっておきながら、アメリカ製のアメリカ流の平和を無理矢理押しつけたって、そんなものは借り物だ。自分の国は自分で作り、守るものなんだ。そうでないと、その国にあった文化まで捨てゝしまうことになるのだからな、お前さんの国のように。

お客さん、俺の話はあまり面白くなかっただろう？　あんたの国のことを悪く言うしサ。

ほとんどの客が帰りに言うんだ。

「お前は一人で悟ったようなことを言っていやがる。理屈っぽくっていけねえや」

ってね。

そういう客って、みんなお金持ちなんだ。いや、大金持ちって訳ではない。小金持ち、つまり中流意識でいる奴らのことサ。ま、現代で一番のお馬鹿さんたちだね、あいつらは。毎日が面白可笑しけりゃあそれでいゝって奴らで、政治のことも経済のことも、文化のことも、みーんなどうでもいゝと思っていやがる、自分さえよけりゃあサ。最近はそんな奴らが観光に来るものだから、村がどんどん汚くなってくる。

あ、またまたつまらないこと言っちゃった。さ、お客さん、そろそろホテルにお帰りなさい。そうそう、今夜寝る時は、窓を開けておいてくれると嬉しいんだがね。えっ、「何故?」って? へへへへ、それは言わぬが花だよ。はい、お休みなさい。また、あとで……。

あのお客さん、首を傾げて行っちまった。なんにも知らないのかね。そういうところが可愛いんだよな。久しぶりに今夜は新鮮な……楽しみだなぁ……。

金のたまごを産むめんどり

おはようございます。お客さん、どこのホテルに泊まった人？『イソップ・グランドホテル』だったの？　じゃあ、ホテルで事件があったの知ってるでしょ？　えっ、お客さんは知らなかったの？そう……。

いいえね、なんでも真夜中過ぎに、若いお嬢さんの部屋に、誰かしのび込んで、襲われたって言ってましたよ。最近は、この辺りも物騒《ぶっそう》になりましてね。昔は本当に住み良い村だったんですがねぇ。今は世界のどこに行っても安心して住めるところがなくなりました。何故だと思います？　私が思うには、どうも情報ってものが、無用に世界中に垂《た》れ流されるようになったのが原因ではないかと思うんですがねぇ。あのインターネットという奴がね、どうも原因のような気がするんですがねぇ。自殺願望から殺人の請負いまで、ありとあらゆる犯罪が野放しになった感あり、ですからね。

そんな話より、どうぞお茶でも召し上がっていってくださいな。朝の紅茶はいかがですかな？　それとも熱いコーヒーなんか。はいはい、どうぞお入りになって。

お客さんはご夫婦なんですか。あ、やっぱり。いやぁ、お仲の良さそうな……。

えっ、「これでも、昔はよく夫婦喧嘩した」ですって？

いやいや、そりゃどちら様だってそうですよ。元々は違う家のものが、一緒に暮らそうってんですから、習慣の違いやら食べ物の味やら、そりゃあ若い頃には色々と夫婦喧嘩の種はありますもの。でも、だからこそお互い惚れてもいるんですよ。私もいゝ連れ合いに恵まれていたんですがね、ちょっとした欲のために死ぬはめになったんですけどね、不憫《ふびん》なことをしました。

「どういうことだ？」って？　じゃあ、そのお話をしましょうかね。

そもそも私の女房が金の卵を産むようになったのは、ちょいとしたきっかけなんですよ。元々私らが住んでいたのは、ゼウス様の宮殿の庭だったんですがね。このゼウス様とおっしゃるお方が、困ったことにすこぶるつきの女好きなんですよ。およそ神様を名乗っている色々なお方の中で、あのお方ほど浮き名を流したお方もありませんな。キリストだとか、モハメッド、仏教のブッダなんてお方は、みんな禁欲主義の権化みたいなお方ばかりですが、どういう訳かギリシャの神様だけは、どいつもこいつも助平ばっかりなんですよ。でも、私ゃそっちの方が好きですけどね。

だって考えてもごらんなさい。

「あれも駄目！」「これも、しちゃあいけない」なんて神様は窮屈でいけないやね。人間がキリストとかモハメッドとかブッダとかを信心するのは、よほど自分に自信がないからなんですよ。自分がしっかりしてれば、あんな戒律のうるさい宗教にがんじがらめになんかなるものですか。ま、あれはマゾヒストの宗教ですね。その点、古代ギリシャや古代ローマの神々は偉いもんですよ。決して人間にあれこれ言いません。いや、言えないんですよ、だって自分がずいぶんいい加減なんですから。でも、その方が楽しいでしょ？　そう思いませんか、お客さん。

さて、話を戻しますが、私ら夫婦はゼウス様の宮殿で、朝の訪れをお知らせするのが役割でした。東の空にお日様が昇る頃、私たち夫婦は「コケコッコー！」と叫んで、神々に一日の始まりを知らせるのです。もちろん、時を告げるのは私の役目でして、女房は卵を一つ産み落とすのが仕事でした。この卵は毎朝ゼウス様のお食事のために産むのでして、私たちには子どもを産むことはできません。

でも、お間違いなきように。私たちには別に子どもは必要ない訳でして。何故なら、私ども二人は、永遠の命と若さをいただいておりましたから、その必要がまったくなかったんです。

「何故?」って、ですか?

お客さん、そもそも生き物が卵を産んだり、子どもを作るってのはなんのためだと思います?

「子どもは可愛いし、大きくなったら親の面倒を見てくれる」からですって? それはちょっと違うんじゃないでしょうか。

子どもが可愛いなんてのは、親の都合ですし、親孝行させようなんてのは、まさしく人間という動物のエゴ以外の何ものでもないんじゃありませんか? 卵や子どもを産む目的はただ一つですよ。生きとし生けるものがその子孫を残して種《しゅ》を守るためだけですよ、目的は。それにお客さんの言うような理屈をつけて、子どもに責任をおっかぶせているのは人間だけですよ。

例えば、鮭の生涯を見ていますと、あわれだと思いませんか? 私なんか本当に感動してしまいますよ。

北国の奥深い、川の源流みたいなところで卵から孵《かえ》って、長い長い川下りをしますでしょ。そして、巨大な天敵が待ち受ける大海に船出するのですよ。まあ、若者は鮭に限らずどんな動物でも、大海に乗り出すものですよ。それが若者の特権という奴ですね。そして四年の月日、わずか数センチメートルだった百万匹の子どもの中から、体長一メートルをゆうに超えた数匹が、やっと生き延びて、いよいよ鮭どもの恋の季節がやってきます。奴らは川に帰ってきて、生まれ故郷の源流に上っていくんですよ。そうして、自分の体より浅い水かさの源流にたどり着くと、そこでさらに人世最期のバトルが待っているんです。一匹のメスをとりあって、オスどもは争奪戦を闘わなければ恋が成就しないのですな。やっと勝った一匹がメスの卵に精子をかける権利を得ます。メスだって、長旅ですっかり傷つき痩《や》せ細った体にむち打って、産卵する川底を整地します。そうしてペアはやっとこさ百万個の卵を産みます。そのあとに待っているのは、死だけだというのに。我が子の顔も知らずに死ぬんですぜ。子どもは可愛いなんて、彼らには言うことすらできないんです。だって、稚魚の姿も見られないんだもの。

動物はみんな子育てをします。でも、誰も親孝行などしてもらいません。子どもたちは、獲物を手に入れる方法やら、敵から身を隠す方法などを親から学ぶと、みんな親から離れていくんです。親の最期を看《み》とるなんてことは、誰もしません。親は子孫を残し、そして子どもに知られず死んでいくのです。

人間だけが偉そうに、「お前を育て、やったんだぞ」などと、馬鹿なことを言って、子どもを己の奴隷にしてしまうんだ。

あ、お客さん、ごめん。あんたら、まさしく親孝行してもらいたい世代だったんだ。いやー、悪いこと言ったね。「気にしなくてもいい、。自分たちには子どもはいない」ってか。あ、そう。でも……悪いこと言っちゃったなぁ。

ま、話を戻しましょう。でね、我々夫婦の鶏は、あ、今まで言うの忘れていたけど、私はれっきとした由緒正しい鶏です。もう、ツアーも二日目だから、お客さんも驚かなくなったね。あ、それよりお話お話――。

大きな声では言えないんだけど、ゼウス様が助平な一方、彼の奥さん、ヘラって言うんですがね、これがまた絶世の美女ではあるんですけど、大の大の焼餅やきなんですよ。もう、全身これ嫉妬の神様ですからね、夫の行状にいつも目を光らせているんですな。

しかし、浮気男ってものはどんなことをしたって、女房の目を盗んで他の女のところへ通うものですよ。しかも、ゼウス様は神様の中でも一番偉いお方ですから、なんにでも化けられるは、透明人間みたいに見えなくなることだってできますから、そりゃあどんなにヘラ様が頑張ったって、ゼウス様には勝てませぬ。

ある夕方のことでした。突然ゼウス様が、私ども夫婦の元へやっていらしたのですよ。しかしながら、全知全能の神様が、私どものような下賤《げせん》のもののところに、おん自らお運びくださるなどということは、滅多なことではあり得ません。これはきっと、私ども夫婦がゼウス様のご勘気《かんき》にふれるようなことをしでかしたために相違ない、と覚悟を決めまして、二人は地べたに頭をすりつけておりました。

すると、ゼウス様は、なんとも優しいお声でこうおっしゃったのですよ。

「これ、いつも宮殿の庭で、正しい時を告げておる夫婦の鶏よ。汝《なんじ》らのまことに殊勝《しゅしょう》なる働き、褒めてとらす」

私たちはびっくり仰天でした。わざわざ神様の大王が、召使いを通してではなく、ご自身で私どもふぜいに、お褒めのお声をかけてくださるなどという光栄に、天にも昇る心地でした。

でもね、お客さん、ゼウス様がこのようなことをなさる時には、必ず何か企みをお持ちなんですよ。だって、考えてもごらんなさい、特別何かがあった訳でもないのに、神様の王とも言うべきお方が、鶏なんかに声をかけてくださるなんてのは、気まぐれにだってある訳がありませんよ。案の定、ゼウス様は、お付きの人々に、

「その方らは、しばらく席をはずせ。今宵は、ちと鶏夫婦だけに話さねばならぬことがある」

と言って、お人払いをしたんですよ。侍従たちは「ははーっ」と仰せに従って、どこかへ行ってしまいました。すると、ゼウス様はそれでもなお周りをきょろきょろと見て、人のいないのを確かめますと、

「鶏夫婦よ、黙ってよーっく聞け！　今宵、わしはその方どもにたっての頼みがあって参ったのじゃ」

と宣《のたま》うじゃあありませんか。我々夫婦は、ゼウス様のそのご様子から、これはよほどの重大事と考えて、

「ははーっ。なんなりと」

と答えました。すると、ゼウス様はさらに声を潜めて言いました。

「よいか。これから申すことは一切他言無用じゃ。ことにヘラの耳に入るようなことがあってはなら

ぬ。しかと心得よ」

「は、はい」

私ら夫婦は顔を見合わせて答えました。ゼウス様がヘラ様に知られたくないことを頼むということは、きっと何やら怪しげな話と、察しがつきましたのでね。

「その方どもは、明朝より向こう三日間、時の声を上げてはならぬ」

これには驚きました。私ども鶏は、宮殿の方々に時をお知らせするのが、唯一と申してもよい仕事なのであります。それを止《や》めるということは、私らの存在そのものに関わる重大事です。私は申し上げました。

「ゼウス様、そればかりはご容赦願いたく存じます。私めが朝の時を告げなければ、人々は一日の始まりを知ることができませぬ。それは私の重大なる責めとなりましょう」

すると、ゼウス様は顔を真っ赤にして、仰せになりました。

「えーい、たかが鶏の分際で、このゼウスに刃向かうのか！　そのような奴、たった今、この場において、雷の力もて、丸焼きにしてくれるぞ！」

私ら夫婦はゼウス様のお怒りに驚き、頭を地に伏せて懇願いたしました。

「お許しをどうかお許しを。ゼウス様の仰せとあらば、なんなりと従いまするゆえーっ！」

ゼウス様はすぐにお怒りを静められ、

「ならば、良いな。明朝は時の声を休むようにいたせ。たゞでとは申さぬ。なんなりと望みのものを与えよう。申してみよ」

とおっしゃるのです。そんなことを言われても、急に望みのものなんか浮かんできません。

私は『うーん』と考え込んでいたのですが、女房の奴め、なんでそんなことを思いついたのでしょうかねぇ、

「ゼウス様、ご褒美《ほうび》は、私めの産む卵を、今後は金色に輝く美しいものにしてくださいませ」

と叫びおったのですよ。

私が「お前……」と言うより早く、ゼウス様は大声で言いました。

「よかろう。その望み、明朝より叶えてやろう。明日よりそなたの妻が産む卵は、すべて黄金の卵になるであろうぞ」

という訳で、私の家内は金の卵を産む身になったのです。

私としてはもっと他に良いお願いがあったような気がしたのですが、その時には何にも思い浮かばなかったのです。あとで思ったのは、望むのならば、人間にでもしていただくのが一番良かったような気がしないでもないんですが、でも人間になんぞなってしまったら、即刻天上界から追い出されたかもしれませんね。人間は時を告げるために鳴いたりしませんものね。いずれにせよ、丸焼きになんかなるのはごめんですので、私ども夫婦は、ゼウス様と約束いたしましたとおり、翌朝は東の空にお天道様が出ても、知らぬふりをしておりました。

そうして三日目のことです。今度は突然ヘラ様がお越しになったのですよ。午睡の時間だとて、私

ら夫婦は、宮殿の日向《ひなた》でのんびりと昼寝をしておったのですが、なんとそこへゼウス様の奥様であるヘラ様がお付きのお女中を連れて庭に出ていらしたのです。しかも、私たちを探しておいでででした。私と家内はヘラ様のおん前に召し出され、いきなり訊かれたのです。

「これ、鶏の夫婦よ。ちと尋ねたき儀がある」

とおっしゃると、私たちの目の前に、割れた金色の卵の殻を指し示しました。

「これは、なんじゃ？」

ヘラ様は少し眉をつり上げてお聞きになりました。私は、

「はゝ。それは、我が女房の産みし卵のかけらかと存じます」

と答えました。すると、女神様は、

「ほゝぅ、この金色の殻はそなたの妻《さい》が産みしものなのか」

とお訊きになりました。また、眉毛がピクリっと動きました。

私ども、オリンポスの宮殿に住まいしておる者は、みんな承知していることですが、ヘラ様がお話なさる時、眉を動かすのは、かなり怒っている時なんです。ですから、私はお答えしながら、『こりゃまずい。ゼウス様に頼まれたことが関係しているぞ』とすぐに察しをつけましたが、ゼウス様とのお約束のあることですから、こゝはしらばっくれるしかありません。

「御意《ぎょい》」と私は答えました。すると、ヘラ様はまるで真綿で首をしめるように、じわじわと質問をしてきます。

郵便はがき

恐縮ですが
切手を貼っ
てお出しく
ださい

1600022

東京都新宿区
新宿 1－10－1

(株) 文芸社

ご愛読者カード係行

書　名					
お買上 書店名	都道 府県　　市区 郡　　書店				
ふりがな お名前			大正 昭和 平成　年生　歳		
ふりがな ご住所	□□□-□□□□			性別 男・女	
お電話 番　号	（書籍ご注文の際に必要です）	ご職業			
お買い求めの動機 1．書店店頭で見て　2．小社の目録を見て　3．人にすすめられて 4．新聞広告、雑誌記事、書評を見て（新聞、雑誌名　）					
上の質問に1．と答えられた方の直接的な動機 1．タイトル　2．著者　3．目次　4．カバーデザイン　5．帯　6．その他（　）					
ご購読新聞　新聞		ご購読雑誌			

文芸社の本をお買い求めいただき誠にありがとうございます。
この愛読者カードは今後の小社出版の企画およびイベント等の資料として役立たせていただきます。

本書についてのご意見、ご感想をお聞かせください。 ① 内容について
② カバー、タイトルについて
今後、とりあげてほしいテーマを掲げてください。
最近読んでおもしろかった本と、その理由をお聞かせください。
ご自分の研究成果やお考えを出版してみたいというお気持ちはありますか。 ある　　ない　　内容・テーマ（　　　　　　　　）
「ある」場合、小社から出版のご案内を希望されますか。 する　　しない

ご協力ありがとうございました。

〈ブックサービスのご案内〉

「ほー、その方の妻はいつからそのような芸当ができる身になった。ほんの三日前までは、卵と申せば、白と決まっておったではないか」

「は、そ、そ、そ、それは……」

と私が答えに窮しますと、

「では、ちと異なることを訊くが、素直に答えるのじゃぞ」

と質問を変えます。

「二日前より、そなたは朝の刻限を告げなくなったというが、それは真実か？」

『さあ、大変だ。質問が本論に入ってきたぞ』私はそう思いました。腋《わき》の下に汗がにじみ出てきたのを感じました。でも、なんとか言い逃れを考えつきましたので、

「は、ぁ。こ、三日ばかりは、太陽の上がるのが黒雲に遮《さえぎ》られ、よく見えませなんだ故に」

と答えました。するとヘラ様は「ほー、そうであったかのぅ」とおっしゃいますと、控えていたお女中の一人に、「あ奴を呼べ」と申されました。お女中が手を「ポン！」と一つ叩きますと、茂みの陰から一羽のカラスが召し出されてきました。カラスという奴は、夜明け前に起き出して、「ぎゃあぎゃあ」と集団になって騒ぐ奴らで、人間には嫌われ者で通っています。ヘラ様は召し出されたカラスの奴に訊きました。

「これ、カラス。そなた、今鶏の申したこと、聞きやったか？」

カラスは、「ははーっ！」と馬鹿丁寧におじぎをします。

「ならばその方、この三日、朝は鶏の申すごとく、東の空は黒雲に覆われておったか？　申してみよ」

と、ヘラ様はさっきよりもっと眉をつり上げて、カラスをきつくにらんで訊きました。カラスは、仰々しく答えました。

「身命《しんめい》賭けて申し上げます。私めの承知いたしております限り、この三日は、お天道様はいつにも増して鮮やかにきらめいておりました。黒雲など、ただの一切れも空を染めてはおりませなんだ」

「ほゝう、されば毎朝、東の空はさぞ青く美しかったであったろうのぅ」

ヘラ様は口元に微笑を浮かべておっしゃいました。カラスは「御意！」と頭を下げました。

ヘラ様が、首を傾げるようにして私ら夫婦をにらみ付けた時、私はゼウス様より、ヘラ様の方が数倍怖いことを悟りました。

「フフフ、鶏よ。そなた、何か申し開きすることはないか？」

ヘラ様はとても優しい声でそうおしゃいましたが、それはとても冷たい声でありました。

「は、は、は、はい」

私は、そう言っただけでした。

「どうやら、この金色の卵の殻と、この頃の朝、そなたが時を告げなかったことには、何やら関わりがありそうじゃのう」

ヘラ様はにっこりと笑いながら言いました。

「さて、それでは、その辺りの事情を、ゆっくり聞かせてたもれ」

さぁ、もう我々二人は絶体絶命です。なんと言い逃れすればいい、のか、そんなことは考えられませんし、頭の中は恐怖でいっぱいですから、うっかり口を開くこともできません。二人は俯いたまゝ、立っていました。

すると、ヘラ様は次のように言われました。

「その方ら、答えられぬと申すのか?」

私たち夫婦はガタガタ震えている他ありませんでした。

と、突然、ヘラ様の怒りが頂点に達したのか、これまで聞いたことのない憎々しげな声が、頭の上に落ちて参りました。

「もうよい! 白状せずともおゝよその察しはついておるわい! そなたらに時を告げさせなかったのは、我が夫、ゼウス様に相違なかろうが! あの浮気者め、またどこぞの女ギツネと乳くりあうための時間欲しさに、そなたらに命じたのであろう。『時を告げるな』とな。えーい! 腹立たしや」

そして、一転口調を和らげると、ヘラ様は最後にこうおっしゃって宮殿に帰って行かれました。

「ご苦労じゃった。よくぞ我が夫殿に忠実に従ってくれた。私からも礼を申す。しかれども、そなたらを、もはやこの宮殿に留め置くことはできぬ。時を告げぬ鶏では、なんの役にも立たぬ故にな。そなたらは、これより先は人間界で時を知らせ、卵を産むが良い。また、もはや神々の世界に住まうことのかなわぬそなたらは、これより先、命の無限なるも不要なれば、そは能わず、と知るが良い」

こうして私らは雲上人の世界から追放され、どこともわからない家の鶏小屋に落ちてしまいました。

えっ、「ゼウス様は、何故お前さんたちに『朝の時を知らせるな』なんて言ったのか?」だって?ゼウス様はあの頃、浮気の虫が頭をもたげて、一人の美しいニンフに心を奪われていたんですよ。そして、毎夜毎夜ニンフの元へ通ったのですが、彼女は、ゼウス様が朝の鶏の鳴き声より早く帰って行くのが許せなかったのです。

「ゼウス様、私との恋をつらぬいてくださるお気持ちがあるのならば、朝の声を聞いてもこゝに居てくださりませ。ヘラ様のお怒りに心を奪われ、私との寝間に落ち着くこともできぬのならば、二度とおでましくださるな」

ニンフはこのように申して、ゼウス様を夜明けまで帰さないとごねたのです。

ゼウス様は困ってしまわれた。彼女とは別れたくないが、あの怖いヘラ様にこの恋が知れては、彼女の身にどのような厄災が降りかゝるやもしれず、いや、それよりも己がどのような仕返しをされるかにおびえておりました。ゼウス様はそこで一計を案じたのでありますな。つまり、朝が来るからいけないのであって、朝を来させなければいゝ、と思ったのです。そこでまず最初には、太陽を出させないようにと企んだのですが、これぱかりは自然の摂理を作った己を否定することになりますから、到底できないことです。そこで、鶏の時の声を止めて、たとえヘラ様が目覚めて、朝の寝床から出てこない自分をなじったとて、「鶏が鳴かぬものは、起きられぬ」と言い訳し、ニンフとは、鶏が鳴かない以上、ずっと一緒に居られる、という実に手前勝手な理屈を考えたのであります。

しかしながら、男の浮気など、女の執念に比べますとたわいないもの、ヘラ様はすでに夫の浮気に気づいており、ゼウス様の言い訳を看破《かんぱ》してしまいました。夫婦なんてものはとにかく犬も喰わない喧嘩の日々ですから、こんなことがあったところで、一夜のベッドを共にすれば、「そんなこと、あったっけ?」で済みます。しかしヘラ様の怖いところは、夫は許せても、そのお相手とか、夫の振るまいを手助けした者を容赦しないことです。あわれ、美しいニンフは遙か東のロードス島に流されてしまいました。そして、私たち夫婦はオリンポス山から追放の身となった次第です。

私たちの落ち着き先は、名もない寡婦《かふ》の家の鶏小屋でした。

「おや? いつの間にか、小屋の中の鶏が増えているじゃないか。どういう訳だい?」

おかみさんはしきりに首を傾げました。しかし、道端とか庭で拾った鶏ならば、そうは言っても村長のところに届けなければなりませんでしょうが、最初《はな》っから自分ん家の鶏小屋に入った鶏をわざわざ「余所さまの鶏が混じっている」などと余計なことを言うつもりはありませんでしたから、そのまま飼うことにしました。

どうやら、このおかみさんはけちん坊のようで、

「けど、餌が余分に入り用になったじゃないか。お前たち、ちゃんと卵を産まないと、すぐに首を締めて喰っちまうから、覚悟おし」

などと私たちを脅すと、いかにも仕方なさそうに餌を少しくれました。

「い、かい! 明日の朝には、ちゃんと卵を産むんだよ」

最後にそう言うと、おかみさんは母屋の方に帰って行きました。

そんなことを言われても、私はオスですから、卵を産むことなんかできっこありません。今夜はいいが明日の朝になったら、身の破滅が待っているだけ、と思いますと気が気じゃありません。そこで、私は鶏小屋の中にいるすべての雌鶏たちに頼みました。

「みなさん、お願いだ。私があのおかみさんに絞め殺されないように守っておくれ。どなたか、一個の卵を産んでくれませんか。同じ鶏同士じゃないか、助けておくれ」

でも幸いなことに、十羽の雌鶏たちは私に大層関心を持ってくださいまして、色々尋ねてきました。

「お前さん、いったいどこから来たの?」

「お年は?」

「一緒に来たあの雌鶏は、あんたのなんなの?」

「今夜は私の隣に寝たら」

などと、何やら怪しい様子です。私はどぎまきしてしまいましたが、明日の命のことを考えますと、どうしても家内のことを「俺の女房だ」とは言えません。そんなことを言ってしまおうものなら、今すぐにでもおかみさんを呼んで、「こいつはオスだよ。こんな奴、追い出してよ」と叫びかねません。そこで、私は心ならずも、「あ、あれは俺の妹だ」って言ってしまったのです。その時の家内の顔は怒りに燃えていました。

でも、彼女も一つだけはちゃんと理解していました。こゝで自分が、「何言ってるの! あんたと私は夫婦じゃないか」などと言ったりしたら、たちまち自分が十羽の雌鶏の除け者にされ、いやそれですむならまだいゝが、ひょっとしたら十の嘴で羽根をむしり取られることだってあり得る、と思ったことでした。

　そこで、家内も他の鶏たちに、

「そうなんです。そこにいるのは私の兄なんです」

と言いました。たゞし、彼女は心の中で密かに思っていました。

『今に見てごらん。明日の朝になったら、あんた方は私の産む卵にびっくりして、私が天上にいたことを知るわ。私が神様にお仕えし、ゼウス様から黄金の卵を産むご褒美をいたゞいた、気高い雌鶏であることを知るのよ』と。

　その夜は一睡もできませんでした。十羽の雌鶏たちが次々私の傍に来ちゃあ、「ねぇ、仲良くしましょうよ」とか、「あんた、私たちとこれからもずっと仲良くやっていこうってんなら、ちゃんと私たちのお相手をしてくれなきゃ駄目よ」とか言い寄ってくるのです。

　私は、「旅の疲れが残っておりますんで、今夜のところはゆっくり休ませてください」と頼むしかありませんでした。女房の方もきっと不安で一睡もせず、聞き耳を立てゝいたのではないでしょうか。

　翌朝、おかみさんが鶏小屋にやって来た時、もちろん、私はなんにも卵なんか産めない身ですから、鶏小屋の一番奥の隅で小さくなっていました。おかみさんはそんなことにはおかまいなく、一羽一羽、雌鶏の腹の下を探って、産み立ての卵を獲っていました。そして、女房の腹の下にも手を突っ込むと、他の卵と同様に籠の中に入れようとしましたが、黄金に輝く色に気づくと、悲鳴のような声を上げました。

「ひゃー！　こ、こ、こ、こ、こりゃなんだい？」

　おかみさんが金の卵を高く差し上げたものですから、他の鶏もみんなびっくりしてその手を見ました。

「金の卵だわ！」

「誰が産んだの？」

「昨日来たばかりのあの人よ」

「なんで金色なの？」

「そんなこと、わかりっこないわ」

「なんて奇麗なんでしょう」

　雌鶏たちは色々なことを言って騒ぎ始めました。おかみさんは、

「なんて見事な卵だい。こんなの、私ゃ生まれて初めてだよ、こんな素晴らしい卵を見たのは」

と言って、手の中の卵をしみじみと見ると、家内に向かって
「お前、い、鶏だね。きっと大事にしてあげるよ」

と言って、頭を撫でてくれました。それから、今度は私の方を見て、にっこり笑いました。

「へへへへへへへ。あんたも金の卵を産んでくれるのかい？」

と言いながら近づいてきます。私は首を横に振って叫びました。

「と、と、と、とんでもない。俺は雌鶏じゃないんだ。卵なんか産める訳ないだろう」

でも、おかみさんは、

「あの雌鶏が金の卵を産んだんだ。あんただって、何か産み落としてくれないと限ったもんじゃあるまい。さぁ、寝床をどいておくれ」

と言います。仕方なく私は自分の座っていた場所を空けてやりました。そこになんにもないのは勿論のことです。

「なんだい！　お前はなんにも産んではくれないのかい。私ん家じゃ、ただの大飯喰いは置いとけないんだよ」

おかみさんは大声で怒鳴りました。

「しょうがないね、お前は今夜にでも肉になってもらうしかないね」

すると、私の家内が私の隣りに飛んできました。家内は大きく首を横にふって、

「そんなことしてごらんなさい。私はもう金輪際金の卵を産みませんからね。この人は私の大事な夫なんですから！」

と叫びました。

これには、おかみさんだけじゃなく、十羽の雌鶏たちも驚いて目をみはりました。

「なんだって！　この雄鶏はお前の亭主なのかい？」

おかみさんが叫びました。

「え〻、そうよ。私たちは昨日まで神様がお住まいのオリンポスにいたのよ」

家内はそう言って胸を張りました。

「そうかい、そうかい。お前たちはそんな立派な鶏なのかい。わかったよ。お前さんたちはつがいでこゝにいればいいさ。その代わり、毎日ちゃんと金の卵を産むんだよ」

そう言っておかみさんは鶏小屋から出て行きました。私はほっとしました。

でも、今度は十羽の雌鶏たちが騒ぎ始めたのです。

「へー、あんたは昨日、あっちの雌鶏のことを、『妹だ』って言ってたのに、なんだい！　お前さんたちは夫婦ものだったのかい」

「夕べはご挨拶だったね。『疲れているから休ませろ』だなんて、他人を馬鹿にするんじゃないよ」

「なんだい、金の卵だって？　そんなものを産むなんて、あんたはどういう鶏なんだね？　気持ちが悪いねぇ」

と私たち二人を取り囲んで、雌鶏たちは今にも嘴で突っつかんばかりです。私は叫びました。

「うるさーい！　私たちはゼウス様にお仕えしていた鶏だぞ。お前たちなんかとは身分が違うんだ。もし私たちに指一本触れてみろ。ゼウス様のお怒りで、ひどい目に遭うぞ」

この言葉は十分に効果があったようでして、雌鶏たちは少しひるんでしまいました。でも、私と家内は、小屋の一番奥の隅で暮らすしかなくなってしまいました。他の十羽は、日当たりの良い小屋の中央に座り込み、私たちを無視していました。

そうして私たちの地上での生活が一週間ほど過ぎました。雌鶏たちは時々私に流し目をしたりして、誘惑しましたが、私は家内のそばから離れませんでした。私にはわかっていました。うっかり彼女を裏切るようなことをすれば、たちまち家内はおかみさんに告げ口するに決まっています。

「おかみさん、うちのあの人とはもう別れましたから、肉にしても構いませんよ」

ってね。浮気なんかしたらどうなるか、それはゼウス様とヘラ様で十分わかっているのですから。女房ってのは本当に怖いものなんです。けれども、私たちが居付いて二週間目のある日、家内の不幸はやってきました。

その日も早朝から、この家のおかみさんは、日課の卵集めにやって来ました。おかみさんは、他の雌鶏からさっさと卵を取り上げると、最後に家内のところにやって来て、

「さ、お前も寝床からどくんだよ。今日もちゃんと卵を産んでくれたろうね」

と言って、卵を獲ろうとしました。

おかみさんのお望みどおり、その日も金の卵が一つだけ、ちょこんとわらの上に光っていました。おかみさんはそれを取り上げると、目の高さにかかげ、

「でも不思議だねぇ。この卵は殻だけが金色で、中身は他のと変わらないんだよねぇ。私ゃ、これ全部が金の固まりであって欲しいのに……だって、殻だけじゃあ大したお金にならないものねぇ」

と言って卵を太陽の方に向けて透かしました。卵の中がうっすらと透けて見えました。卵黄が見えました。

「ふーん。これも昨日のと同じだ。中身は他のと変わりゃしない」

おかみさんは不服そうに言いました。そして少しの間、黙って何かを考えていましたが、突然、

「そうだ！　いいことを考えた」

と言うと、鶏小屋を飛び出して行きました。

しばらくして戻ってきたおかみさんの手には、長くて鋭い包丁が握られているではありませんか。おかみさんは鶏小屋に入ってくると、家内の首を掴んで言いました。

「さあ、お前。私ゃちょっとものいりでね、今お金が欲しいんだよ。それにゃあ、あんたの黄金が沢山必要なのさ。毎日ちびちび金の卵を産んでもらっても、ちっとも助けにゃならないんでね。ちょいとあんたのお腹をさばいて、金の卵の大元をいたゞきたいんだ。なあに、心配いらないよ。ちょっと、チクリッとするだけのこった」

私はびっくりしてしまいました。なんとおかみさんは、私の家内を殺して、お腹の中から金の卵の元を取ろうとしているのです。私は、

「おかみさん、そんな惨《むご》いことは止してくれ。家内が死んじゃうじゃないか。もう卵を産んでもらえなくなってもいいのか！」

と叫びました。

家内も言いました。

「おかみさん、許してください。私、もっと努力して明日から二個の卵を産むようにします。いえ、三

個だって産んでみせます」

しかし、おかみさんは聞く耳を持っていませんでした。

「はいはい。わかりました。でもね、お前が産むのは、金の殻の卵でしかないんだよ。でも、今、私が入り用なのはね、金の塊の方なんだよ」

家内は叫びました。

「おかみさん、そんなこと、無理ですよ。私のお腹の中に金の塊なんかありっこないじゃありませんか」

「何を言っているんだね。金の卵を産むってことは、お腹の中にその元となるものがなくっちゃあならないでしょ。きっとお前さんのお腹の中には大きな金塊があるに違いない。だから、それをいただこうって寸法さ。悪く思わないでおくれね」

そう言うと、おかみさんは、家内の首を高く差し上げて、鶏小屋を出て行きました。家内の叫び声が続いていました。

「助けてー！　あなた、助けて！」

でも私には何もできませんでした。

家内は腹を割かれて死んでしまいました。でも、強欲なあのおかみさんは、結局何も手に入れることはできませんでした。家内のお腹の中には、金のひとかけらだってありはしませんでした。これで私の話はおしまいです。

私は、つくづく女というものの業《ごう》を考えてしまいますよ。まず何より怖いのは、女の嫉妬です。ヘラ様はゼウス様の浮気に対して、ゼウス様の相手と浮気に協力した者を責めても、ゼウス様とは決してお別れにはならないお方でした。まあ、それはそうでしょう、神様の頂点におられるのですからね、あのお方の夫は。ですから、犠牲者はゼウス様のお相手になってしまうんです。

これって、ヘラ様だけの特質ではないんですよね。日本って国でも、源頼朝の奥方で、後には尼将軍と言われた北条政子ってお方も、まったく同じようなことをしたんですよ。浮気した夫のお相手の女性を、その家もろとも攻め滅ぼしたって言いますし、中国でも西太后《せいたいごう》というお方は自分の権力を守るため、ずいぶんひどいことをなされたと聞いています。

次に思いますのは、私の家内のことです。

あいつは何故「金の卵」を望んだりしたのでしょうか。金の卵なんて、私どもにとりまして、いったい何ほどの価値があったと申せましょう。金色の卵を産もうが、銀色のを産もうが、所詮産んだばかりのものをすべてゼウス様が割って食べておしまいになるのですから。私は、ゼウス様がお立ち去りなされたあとになって、家内に訊きました。

「お前はなんで、『金色の卵を産みたい』なんぞと思ったんだ」

ってね。そうしたら、あいつは

「あなた、私は一生——と言ってもいつ尽き果てることもない一生、毎朝卵を産み続けるんですよ。せめて他の鶏と違う、美しく高貴なものを産みたいじゃありませんか」

と言うんです。私はなんとなく納得しました。なるほど、女というものは、なんだって飾り立てることが好きなんだ。虚栄心を満足させるために、他の雌鶏には決して産めない黄金の卵が欲しかったのだってね。

そして、私が心底恐ろしいと思ったのは、ヘラ様が私ら夫婦をオリンポスから追い出す時、何故あんなことを言ったのかがわかった時です。ヘラ様はこうおっしゃられましたのです。

「最後に、もう一つ申しおくが、その方の妻が産む卵は、これからのちも金色に輝く美しいものであることを差し許す。ゼウス様のお決めになったことなれば、な。但し、毎日一つと限る。きっと人間どもは、そなたらを大事にしてくれることじゃろうて、もし、心美しき者どもならば。そう期待して地上に降りるがよい。オホホホホホホ」

あのお方は、家内が人間界で金の卵を産んだら、その後どうなるかをちゃんとお見通しだったのです。人間というものは欲深く、毎日一個しか産まない卵では決して満足はしない。必ず、腹の中には黄金の塊がある、と考えるであろうことまで、ヘラ様は見抜いておられたのです。ですから、あのお方はわざわざあのようなことをおっしゃったのです。

「今は、どうしてる」って？　はい、私はなんとかあの恐ろしい雌鶏の小屋から逃れることができました。

私の家内が死んだその夜から、十羽の雌鶏どものうるさいこと、うるさいこと。私を自分のものにしようと、仲間内の言い争いが夜中まで続きましてね。ある夜、とうとうおかみさんがやって来て、

「この尻軽雌鶏ども！　静かにしないかい。この私だって、亭主に先立たれて三年、男なしで頑張って生きているってのに、お前たちはまだ喪《も》もあけない雄鶏を取り合うってのかい。なんという恥知らずだ」

と叫びました。そして、

「おい、お前！　こんな小屋にいるのはごめんだろ。さ、外に出してやるから、自由に生きるんだ」

と言って、私を鶏小屋から出してくれました。その上ありがたいことに、おかみさんの家の庭で自由に居させてくれました。私の家内を殺したことを少しは悔やんでくれたのでしょうか。

まあ、そんなことで今はのんびりと一人で暮らしております。

「再婚？」ととと、とんでもない。もう二度とカミさんを持とうなんて思いません。こうして、旅のお方と話をしている方がどんなに気楽か。

「淋しくないかい？」ってですか。まあね、そんなことも考えないじゃありませんけど、でも、あの女房が帰ってくる訳じゃなし、今さら別の雌鶏なんかと生活を始めたって、また色々な行き違いのたびに喧嘩して、それからだんだん夫婦らしくなる、っていうその長ーい時間が面倒でね。

夫婦なんてのは、そんなにしょっちゅうとっかえひっかえするもんじゃありませんよ。離婚しちゃあ新しい女と一緒になるって人がいますが、私には理解いたしかねますな。単なる女に対する欲望なら、それはそれでどこかで片づければいい、のに、と思います。ちょっといい女に出会うたんびに、欲しくなって、前のを追い出しては次のと寝るってのは、お馬鹿さんのやることですよ。ゼウス様だって、決してヘラ様とお別れになろうなんて思ったことありませんですよ。あれほどの浮気者でもね。

はいはい、お出かけですか？　じゃあ、これで失礼しますよ。なあに、私はこれで結構安穏《あんのん》とした生き方しております。では、はい、さようなら。

金のオノ銀のオノ

おや、いらっしゃい。

は？「人間の店主は珍しい」って？　はい、そうですねぇ、この村じゃあ動物どもの方が幅を利かせているんですよ。だって、イソップの旦那は、圧倒的に動物の話をしましたからね。でも、いくつかは私のような、人間が主人公のお話もあるんですよ。ま、休んでいってくださいな。

なんですか、『グランドホテル』に泊まっていたお嬢さんが、暴漢に襲われたっていいますけど、どうも怪しい話なんですよね。

「真夜中にふと目が覚めたら、見も知らない男がベッドの横に立っていた」ってんですがね。なんですか、金縛りにあったように身動きが取れなくって、「きゃー！」って叫んだんだそうですよ。お嬢さんが言うには、その男の顔は、やけに口が大きくって、二本の牙があったそうですが、「いきなり首筋に喰らい付いてきた」んだそうですよ。でも、彼女の声に、隣の部屋の人が気づいて、壁をドンドン叩いてくれて、それでその男も逃げ出したそうでしてね。

たゞ、言うことがおかしいんですよ。「男は、部屋の窓から外へ飛び出して行った」ってんですからね。そのお嬢さんの部屋は、十二階ですよ。そんな高い窓から飛び出したりしたら、即死ですよね。でも、窓の下には誰もいなかったって言うんですよ。お客さん、どう思います？

えっ、「そんな話を聞きに来たんじゃない」って？　あ、そうでした、そうでした。まあ、私としたことが、とんでもない噂話なんかしちゃって……。

いえね、毎日観光客に私の亭主の話をしてますとね、たまには、別な話もしたくなりましてね……。

すみませんね。じゃあ、本筋のお話をしましょうかね。あ、その前にお飲物のご注文は？　はいはい、旦那様は紅茶ですか？　で、奥様がオレンジジュースですね？　はいはい、今すぐに。

あんたー！　ご注文聞いたろう？　紅茶とオレンジジュースだよ。頼んだよー。さ、それじゃあ、早速。

今、厨房にいるのが、うちの旦那、私の亭主なんですがね。これからお話するのは、あの人のことなんですよ。まあ、お恥ずかしい話なんですけどね。

いつの時代にも欲張りってのがいるのは、お客さんもご存じでしょうが、本当に欲深いってのは、情けないことですよ。まあ古今東西、昔話には必ずそういう人物が登場するもんでして、お客さんたちはきっと日本のお方でしょ？　ほら、図星だ。あなた方のお国でも、昔話の半分以上がそういう話でしょ？

『花咲か爺』だって『舌切り雀』だって『おむすびころりん』だって、善いじいさんと欲深な悪いじいさんやばあさんという対比のお話でしょう？

こりゃあね、実に単純明快なことですが、人間というものがこの地上に登場したその日から背負っている業、キリスト教で言いますと『原罪』って奴なんでしょうねぇ。人間が喧嘩や戦争を始めるのだって、すべてこの欲が始まりですからね。

でもね、これも比較論なんですけど、不思議なことに、「無い者」ほどねだらない、「有る奴」ほどもっと欲しがる、これが欲なんだそうでしてね、吝嗇《りんしょく》なのは圧倒的にお金持ちなんだそうですよ。ほら、今だって、世界で一番お金持ちの国が、ユーフラテス川にある石油を自分のものにしようって、戦争をおっぱじめてるでしょ。私はそこんところがどうにも理解できないんですねぇ。

ところで、生活ってものを考えますとね、金持ちは裕福か？　という問《とい》にぶち当たるんですよね。だって、王侯貴族の生活は、それはそれは庶民から見れば贅沢《ぜいたく》の極みですけど、あの生活レベルを守っていくには、そこはそれ、それに見合うだけの収入が無ければ継続できない訳ですから、やっぱりこれも大変なことですよ。私ら庶民は「金がない、金がない」って言ってますけど、お金がないからこそ安穏に生きていられもするのじゃないでしょうかね。それなのにうちの亭主ときたら、馬鹿な真似をしたもんですよ。

「何をしたんだ」って？　まあ、お聞き下さいな。

今でこそ、この村の周りは、どっちを向いても殺風景な荒れ地になってしまっていますが、昔は緑に取り囲まれたとてもい丶ところでした。ほら、こ丶からだってよく見えるでしょ、北の山。あの山の麓には大きな森が広がっていまして、うちの亭主も毎日木を切りに出かけていたものです。

木こりの仕事ってのは、大きな材木を切り出すのから、薪のような木を取ってくるのまで、広い範囲のものがありまして、家を建てたりするための木こりは一人では出かけません。十人、二十人のグループになることだってあります。大きな木を切り倒した時は、村中の木こりが総出で、木を運びます。時には森の中で製材をすることもあります。そんな大きな仕事は親方の下でやる訳です。

いえいえ、うちの亭主は親方なんぞじゃありません。親方に使われている方ですよ。でも、大きな仕事がそう一年中あるのでもありませんから、一人で木を切りに出かける時もあります。一年の中ではそういう日の方が多いくらいです。家具を作るための木材なんかを探したり、森の木々を守るために間伐に出かけたりと、仕事はいくらでもあります。

うちのお隣さんも木こりをしていましたが、その旦那がとんでもない目にあったんです。とんでもないったって、悪いことじゃあないんですよ。幸運なことに出会ったんです……でも、本当に幸運なことだったかは、以後のことを考えますとねぇ……。ま、お客さんも一緒に考えてみてくださいな。

お隣さんは、それはそれは仲が良くって、誰にも優しい、人の良い若夫婦でした。この村の生まれって人じゃなかったんですけど、いつの頃からかお隣に住んでいましてね。

木こりの仕事ってのは、それ専業じゃないんです。多くの場合は猟師を兼ねてまして、まあ、森に入ったら、うさぎや雉を捕るためにちょいとした仕掛けをしたりする人もいます。うちの亭主も、暇な時には猟師の真似事もしていました。でも、お隣の旦那は決して動物を捕まえるなどということはしない人でした。せいぜい、野草を取ったり、野いちごのようなものを集めて帰る、くらいのことしかしない人でしたね。ですからあちらの夫婦は、木こり専業といった方がいゝのではないかと思いますよ。

ある日、お隣の旦那が、いつものように森の中で木を切っていた時のこと、そこは、森の中の泉のそばだったということですが、どういう拍子でそうなったのかはわかりませんが、振り上げた斧《おの》が手をすべって、泉に「ドボン！」っと落ちてしまったというのです。

木こりにとっちゃあ斧は命のようなものです。親子二代の木こりなんかの場合には、先代から受け継いだ斧を使っている人だっています。また、木こりというものは、長年の間に自分の手になじんだ斧を作り上げ、それは後生大事にしております。それを泉に落としてしまったのですから、お隣の旦那さんの嘆きはひとしおです。

ところで、斧を落とした泉というのも、実は木こりたちがとても大事にしている泉でして、どんなに暑い夏の盛りでも、決して誰もその泉に飛び込んだりはしません。木こりたちはいつも、仕事の途中で喉が渇いた時、その泉の水を飲ませてもらっていますから、その水だけは決して汚さないよう、守っているんですよ。それはそれは冷たくって美味しい水で、飲むと力が湧いてくるような気がします。また、ちょっとした切り傷を作ったりした時には、その傷口にこの水をかけてやると、たちまち傷が癒《い》えるのです。

そんな泉に斧を落としたのですから、お隣の旦那さんは、とても悪いことをした気持ちにもなっていたのです。お隣の旦那さんは、一生懸命神様に祈りました。

「神様、お許しください。私はとんでもないことをしでかしました。こともあろうに大切な斧を泉に落としてしまいました。しかも、我々木こりが大切にいたしております泉に。これは、決してわざと行った悪さではありません、私の不注意によるものでございます。どうか、お許しください」

と、その時。彼の肩を叩く者がいます。お隣の旦那さんは、びっくりして振り向きました。そこには真っ白い衣装を身にまとったヘルメス神さまがお立ちだったんですよ。

「そなたは、こんなところで何を祈っておる」

ヘルメス神さまは優しくお尋ねになりました。そこでお隣の旦那さんは、ことのいきさつを丁寧にお話いたしました。ヘルメス神さまは、「そうか、しからば、しばらく待っておれ」とおっしゃると、泉の中に入って行きました。不思議なことにヘルメス神さまは、まったく波一つ立てずに泉の中にもぐってしまわれたということです。

そして、すぐにまた泉から出てこられましたが、その御手には立派な金の斧が載っておりました。

「木こりよ。そなたが落とした斧はこれか?」

とヘルメス神さまは、キラキラ光る金の斧を差し出しましたが、もちろん、木こり風情の持ち物ではありません。

お隣の旦那さんは首を横にふって言いました。

「いえいえ、私の斧はそんな立派なものではありません。もっとみすぼらしい、普通のものです」

すると、ヘルメス神さまは、

「そうか。違ったか」

とおっしゃられて、再び水の中にもぐっていかれました。そして、またすぐに出てこられますと、今度は銀色に輝く斧を持っておられました。

「木こり。これであろう?」

ヘルメス神さまは銀の斧を突き出しました。もちろん、これもお隣の旦那さんのものではありません。

旦那さんは激しく首を横にふり、

「いいえ、とんでもございません。私のはもっと粗末な斧でございます。こんな立派なものではありません」

と言いました。

ヘルメス神さまは、

「なんじゃ、これも違うのか」

と言って、三度水中に消えておしまいになりました。そして、今度こそ、お隣の旦那さんが落とした鉄の斧を持ってお戻りになりました。

「それでは、これか?」

とヘルメス神さまはお訊きになりました。お隣の旦那さんは大きく首を縦にふり、

「はいはい。それです、それです。それが私の斧です」

と申し上げますと、ヘルメス神さまは、

「そなた、なかなかの正直ものじゃのう。うむ、気に入った。その誠実な人となりに鑑《かんが》み、金の斧も銀の斧もそなたにさずけよう」

とおっしゃいますと、四度水の中にお隠れになり、金と銀の斧も持って出てこられたのです。そしてそのすべてをお隣の旦那さんにくだしおかれたのです。

お隣の旦那さんは、びっくりするやら喜ぶやら、もう木を切るどころではありません。三つの斧を持って、大急ぎで我が家に帰りました。若いおかみさんも大層喜び、金の斧と銀の斧は家の宝とすることにし、ご近所にもご披露することとしました。そして、うちの馬鹿な亭主もお呼ばれに行ったのです。

私んところの亭主は、お隣のご主人の話を聞くと、羨ましくて羨ましくって仕方がありません。家に帰ってきても、その日の夜はぶつぶつぶつぶつ言っていました。

「ちきしょうめ、あいつばかりいい目にあいやがって。自分の不注意で泉に斧を落としたっていうのに、金の斧や銀の斧を手に入れやがった。こんなことってあるかい。わしだって、あいつと同じように一生懸命働いてきたんだぞ。なのに、なんであいつにはこんな僥倖があって、俺にはなんにもないんだ？　おかしいじゃあねえか」

と、まるで神様の不平等をなじるが如くに不平を言っていました。

私は、

「なんだねぇ、あんた。そんなことを言ったって仕方のないことだろう。お隣の旦那は、日頃から殺生もしない、いい人なんだから。神様があの人のことを見てくださっていたんだろうよ。お前さんも他人様に優しくするこったね。手始めに、まず、私にね」

と言ってやりましたよ。

何しろうちの亭主といったら、朝から晩まで私のことをこき使ってばかり。やれ「わしのタオルはどこいった」、「俺の帽子をどこにやった」、「俺の飯はまだできていないのか」、「おい、早く弁当をこさえないか」ってのから始まって、「俺が帰ってくるまでに、俺様の部屋を掃除しておけ」だの「俺のベッドをきちんとしろ」、「晩飯には必ずワインを用意しておけ」などと文句ばっかりの人ですからね。女房を小間使いだと思っていやがるんですよ。

だいたい、夫婦ってのはどうして男が優位に立っているんですかね？　そんなことになっちまったのは、いったいいつからでしょうか？　昔の昔、人は大地から産まれた、というのが世界でほゞ共通の考え方だったっていうじゃありませんか。ですから、大地は女って言われていたんですよ。それが、人間が増えてくると、男が女を奪い合うってんで戦争なんてものが起きるようになって、何故か女は男が守るもので、男が外から獲物を狩ってくるということになってきたんですよ。男は何かというと、戦争でものを解決しようっていう、野蛮《やばん》な動物ですからねぇ……ま、そんなことは、また別なお話ということで、私の話の続きをしましょうかね。

うちの亭主はどうしてもお隣さんが羨ましくってしようがない。そこでとうとう、あんちきしょうも、お隣の旦那と同様のことをしようって考えたんですね。私ゃそんなこととは露知らず、一週間ほどしたある朝、亭主が、「おい、ちょっと森に行ってくらぁ」というのを送り出しましたのさ。知ってればちゃんとアドバイスしたんですけどねぇ。

「止しなさい。お前さんと隣の旦那じゃあ、勝負にならない」ってね。

うちの亭主は、一目散に泉へと向かいました。もちろん、お目当ては木を切ることではなくって、金の斧や銀の斧ですから、泉に着くや否や、周りを一渡り見回して、誰もいないのを確かめると、「それ！」とばかり斧を水ん中へ抛《ほう》り込んだんですよ。

あとは、「さあ、早く来い！ ヘルメス神」と待っているだけです。しかし、どういう訳か待てど暮らせどヘルメス神さまはおろか、人っ子一人やって来ません。待つこと一時間、うちの亭主も、「おおい、こりゃ駄目か。だとしたら、俺の斧はどうなっちまうんだ」と心細くなった頃、森の入り口の方向から誰かやって来るのが見えるじゃぁありませんか。

亭主は、「今だ！」と思って、泉のそばに跪《ひざまず》きますと、一心にお祈りのふりをしているのでした。時々、片目をうっすらと開けて、その人の来る方をちらちら見ながら……。

すると、どうやらそれは一人ではありません。二人のようです。何やら話しながら近づいて来ます。お隣の旦那の話じゃあ、やって来た神様は一人の筈でしたから、「こりゃ、どうもおかしいな」と思って、亭主は大急ぎで草むらに隠れて様子を見ることにしたんですよ。

案の定、やって来たのは、同じこの村の木こり仲間でした。二人はうちの亭主が隠れているのも知らないで、大声で話をしながら歩いてきました。

「しかし、あいつはいい思いをしたなぁ」

「まったくだ。自分の斧が返ってきた上に、金の斧と銀の斧も手に入れたんだから」

「俺たちにはそんな幸運は巡ってこないかなぁ」

「まあ、無理だろうね」

「でもよ、試しに俺もこの斧を泉に抛り込んでみようか」

「馬鹿なことはよしな。そんなことはもう、他の奴がやってるさ」

「え？」

「俺もあいつにあやかろう、なんてのがきっといるさ」

「でも、あれから一週間、村の誰も金の斧をもらったって奴はいないぜ」

「そりゃそうさ、誰ももらっていないからさ」

「えーっ？」

「つまり、もらった奴がいりゃあ、とっくに騒ぎになってらぁな。『俺ももらったぞー！』ってな。でも、誰も言っていないところを見ると、誰も成功していないってことだろう？」

「なるほど」

「だから無駄なことは考えず、真面目に働くことさ」

二人の木こりはそう言って、ずんずん森の奥に消えていってしまいました。うちの亭主は草むらから出てくると、そっと二人を見送って考え込みました。

「今の話は本当かね？　他にも誰かが、この泉に自分の斧を抛り込んだってのは……まさかー。でも、待てよ。そりゃあ誰だって、金の斧や銀の斧が欲しいに決まっている。現に、この俺だってこうして自分の斧を抛り込んだんだ。他の奴もやったかもしれないよな……で、誰も金の斧をもらった奴がいない、ってことは……おいおい、冗談じゃねえぞ。俺の斧も返ってこないってことか?」

そう考えた亭主はもう、金の斧どころじゃあありません。自分の斧だけでも戻ってこないことには、仕事にならないばかりか、恥ずかしいことに、新しい斧を買わなければならない羽目になってしまうのです。

私の亭主は、今度こそ真剣にお祈りを始めました。

「神様、お願いだ。欲の皮の突っ張ったことは言いません。どうか、私の斧をお返しください。あれがないと、カカァにだって笑われてしまいますんで」

と、その時、お願いが通じたのか、誰かが亭主の肩を「ポン」と叩きました。わが亭主殿は、「おっ、神様だ!」と思って振り向きました。確かにそこには真っ白な聖衣をまとっておられるヘルメス神さまがお立ちです。

「これこれ、お前はこんなところで何を祈っておるのじゃ?」

とヘルメス神さまはお尋ねになりました。亭主は天にも昇る心地で、

「はい。私は自分の斧を泉に落としてしまいまして、困っております。あれがなければ、仕事になりません」

と、しおらしく答えました。ヘルメス神さまは、

「そうか、ではわしが探してきてやろう」

と言って、お隣の旦那が斧を落とした時と同様、泉の中に入って行かれました。もううちの亭主は有

頂天でした。

「やったぞー！　これで金の斧も銀の斧も俺のもの！」

と叫びたいほどでした。

ところが、ヘルメス神さまがなかなか出ておいでになりません。五分、十分、十五分……。

「あれ、どうしたんだ？　確か、隣の旦那の時にゃあ、金の斧を持ってすぐ出てきたんじゃあなかったっけ？」

私の亭主は、なんだかとても不安になってきました。それで、もう一度お祈りでもした方がいい、のではないかと思って、泉の前に跪き、

「ヘルメス様、どうか私にも金の斧と銀の斧をお授けくださいませ」

と祈り始めました。

「ポンポン」

またもや誰かが肩を叩きます。亭主は、「やったー！　神様が金の斧を持って出てきたのだ」と思って、満面の笑みをたたえた顔で振り返りました。そこには確かにヘルメス神さまがおられました。しかし、手には何も持っておりません。ヘルメス神さまはとても難しい顔をしてお尋ねになりました。

「この泉はいったいどうなっておるのじゃ？」

亭主はなんのことかわからず、

「は？　……と、言いますと？」

と聞き返しました。ヘルメス様は指差して言いました。

「この泉の中には、ほれ、あんなに多くの斧が落ちておる。いったいどれがお前のものかわからないので、全部引き上げたが、お前たち木こりどもはいったい何をしておるのじゃ？　自分の商売道具を泉に抛り込んで。何か、新しいまじないか？」

私の亭主はヘルメス神さまが指差す先を見て、びっくりしたのです。なんとそこにはうず高く積み上げられた、五十本を越える斧が水に濡れて山となっているのです。しかし、金の斧はおろか、銀の斧もサファイアの斧もありませんでした。それは見慣れた仲間の木こりが使っていた斧ばかりでした。

ヘルメス神さまが言いました。

「お前たちは何か心得違いをしているようじゃのぅ。この泉は特別な神気のある泉ではないぞ。何を祈ったところで、神の恵みがあるものではない。そもそも、神様の恵みと申すものは、場所にあるのではなく、人に付くものじゃ。お前たちがこの泉を、神の気が宿っているところ、と思うのは勝手じゃが、このようなものを抛り込むとは何事か。鉄器を水に入れては、錆《さ》びるだけのこと、清らかなる水が汚れるではないか。以後、厳に慎むよう申しつけるぞよ！」

そう申されますと、ヘルメス神さまは霧のようになって消えておしまいになりました。

我が亭主は「へ、へーっ！」と頭を下げて見送りましたが、その後、一人して森中に響くような大きな声で笑い始めました。さっき何やらもっともらしいことを言って森の奥に行った仲間も、この一週間のうちに、自ら斧を泉に投げ込んでいたのは明白ですし、ほとんど全員が自分と同じことをしていたのです。うちの亭主が笑ったのは、自分を含む村中の木こりをあざ笑っていたのです。

しばらく大笑いしていた亭主は、村に戻ってくると、ロバに牽かせた荷車でもう一度森に行き、五十本余りの斧を持って帰りますと、一軒ずつそれを返しに行きました。その作業は、なるべく人目につかない夜中にすませました。渡す方も、受け取る方も、なんとなく気まずい気持ち、悪さが見つかってしまった後ろめたさを感じながら……。でも、私にとってありがたかったのは、あの一件以来、うちの亭主が、少しそれまでよりも真面目で、私にも親切になってくれたことですよ。それはどうやらうちだけでなく、他の木こりの家でもご同様のようでした。

しかしねぇ、まったくお恥ずかしいことですよ。私も、まさか村中の木こりみんなが、あの泉に斧を投げるなどとは考えたこともありませんでした。あれは、男の欲深さを表しているんでしょうかね。でも、私はそうとばかり言えないと思うんですよ。金や銀の斧を欲しいという欲だけではないと思います。

仲間内に一人飛び抜けた奴ができるってのは、その内容がなんであれ、同業者としては嫉妬するものではないでしょうか。金や銀は結果として欲しいのでしょうが、村中の木こりが、揃いも揃って同じレベルの欲張りとは思えません。彼らにとって、もっと重要だったのは、欲ではなくって、「あいつ一人に、そんな幸運が巡ってくる」ことに対する嫉妬だと思いますがねぇ。まあ、うちの亭主の場合は、欲の方が勝っていたかもしれませんが、村中の木こり全員がそうであったとはとても思えないのです。

お隣の旦那は、日頃から村の長老始め、どなたからも「良い旦那さんだ。できた人だ」って褒められる人格者です。夫婦仲も、ご近所付合いも、そして性格も、みんな褒められるお人で、それこそ非のつけどころがないお方ですよ。

そこへ持ってきて、神様にまでそれを「ゼウスの神々が、そなたの良き人であることを認める」とされたのじゃあ、他の旦那衆にはちょっと、「なんで、あいつ一人がい、目にあうんだ？　俺にだって、ちっとは良いところがあるだろう」って焼餅も焼きたくなろうってもんじゃありませんかねぇ。

ですから、森へ仕事に行った木こり仲間の衆は、あの泉を通りかかった時に、ふと「俺にも、神様が認めてくださる、何か良いところがあるはずだ」と思い、「一つ試しに」という気持ちになって、それで斧を投げ込む気になったんじゃないでしょうかね。あれほどの斧が泉に沈んでいたってことは、結局、木こりたちは誰も、神様からお認めいただけなかった訳ですけどね。でも、そんな結果は他人様に知られたくないものだから、他の木こりたちは知らんふりをしたんでしょうが、ヘルメス神さまから返された斧を持って戻ったうちの亭主のせいで、すべては露見《ろけん》してしまいました。村中の人たちから木こり連中は笑い者になってしまいましたよ。

「で、その後どうなったか」ですか？　それがねぇ、この村に居づらくなったのは、馬鹿な木こりどもではなくって、あの金と銀の斧を手に入れた夫婦の方でした。ある日、あの若夫婦は、誰にも挨拶なしで、村を出て行ってしまいましたのさ。

「何故？」って？

ヘルメス神さまは罪なことをなさったと、私は思っています。人間世界というものは、みんなが一緒であることが一番安心なんです。何か飛び抜けたことのあった人ってのは、良きにつけ悪しきにつけ目立つ存在ですから、常に周りの目を意識しなければなりません。おまけに何かにかこつけちゃあ、そのおこぼれに与ろうという、良からぬ心根の連中だってつきまといます。それでも、その人が、それに見合う生き方をすれば、他人もそれを認めるのですけど、ご本人が、本当は普通の人、路傍《ろぼう》の人でいたいのに、何かに祭り上げられたりしますと、それは苦痛以外の何ものでもありません。周囲の期待に押しつぶされ、却《かえ》って不幸になっていくんです。

あのご夫婦も気の毒に、みんなの中の一人の木こりでいたかったのに、いつの間にか頭領に祭り上げられてしまいましてね。親方になるってのは、自分が木を一本切るのとは訳がちがいます。実際には一本も木を切る作業はしないで、百本の木を切る差配をしなければならないんです。親方ってのは、そういう意味では、あの旦那のように真面目で優しいお人では、通用しなかったんですよ。法螺《ほら》も吹ければ、酒も浴びるほど呑めるし、嘘を方便にできるって人でなけりゃあ、十人、二十人をまとめて仕事をするってのは、なかなかできゃしませんよ。

でもね、風の便りじゃあ、今もあの夫婦は、仲良く木こりで生きているって聞いていますよ。遠くの森でね。なんですか、金の斧と銀の斧はこの村を出る時に、あの泉にお返ししたそうですよ。夫婦が何不自由なく生きていくには邪魔だってね。その話を知った時には、うちの亭主がもの欲しそうな顔をしてましたっけ。まったくあの人ったらお恥ずかしい人ですよ。

お客さん、人ってのはお金持ちになりたがりますし、お金持ちになればなったで、無い者の知らない苦労があるものなんでしょうね。どちらがい、か、って言うと、さぁ、どっちなんでしょう。金持ちになって持っている者の苦労もしてみたいもんですけど、その苦労は、今の私らの苦労より大変なような気がしますね。

じゃ、私の話はこれで終わらせていただきますよ。ジュースはいかがでしたかね、奥さん。旦那さん、紅茶のお代わりはい、んですか？　じゃあ、お気をつけてね。はい、さようなら。

それにしても、襲われたお嬢さんってのはどうしたんだろうかねぇ。人の話によると、今朝は、「やたら太陽の光が痛い、痛い！」って部屋に籠もったきりだそうだけど……。

百姓と二人の息子

いらっしゃいませ。お二人さんですか？　ご夫婦？　まあ、結構ですな。銀婚を祝って、お子さんたちがこのツアーに参加させてくれたんですか。それはそれは、お幸せですねぇ。

どうです？　ワインでも召し上がりませんか？　あ、うちは無料ですよ。こゝでは、アルコール飲料だけは有料になっているんですが、私のところは、特別なんですよ。代々葡萄《ぶどう》を作っておりましてね。ですから、ワインも自家製で、特別にお客様に一杯ずつ無料でご提供しているんですよ。

さ、どうぞどうぞ。この通路を通って裏に出てくださると、葡萄畑なんです。で、青い葡萄棚の下でお休みください。はい、クッキーも無料です。さ、どうぞ。

どちらから？　あ、、東洋の方からお越しなんで……日本？　さぁ、私なんかそんな遠くに旅行なんぞしたことありませんから、あんまりよく存じませんが、なんですか、そのう、西洋とはまったく違う文化だそうで……お侍が一番偉くって……。

「もうそんな時代じゃない」って？　あらら、ごめんなさい。やっぱり駄目ですね、無学な者は。私なんか、そのお侍ってのは、国民の税金で、ノーパンしゃぶしゃぶやら、官官接待やら、天下りやら、色々な手法でずいぶん私腹を肥やしている人たちだって聞きましたけど、そういうのはもう……。

「それなら今のことだ」って？　あ、、今はお侍とは言わないんですか。国家公務員っていうんですか。そうなんですか。ところで、そのノーパンしゃぶしゃぶってのはいったいなんなんですか？　あ、いや、こちらがお客さんにお話を聞くんじゃなかったですね。

まあ、そんなお話はどうでもい、ですね。さ、この席にどうぞ。こ、は最上席ですよ。日陰があって、風がさわやかで。じゃあ、赤ワインにしますね。

あ、ワインが参りました。さゝ、お呑みいたゞきながら、お話させていたゞきましょうかね。

この葡萄畑はもう代々受け継がれた、非常に由緒正しい畑なんですよ。それはずーっと昔のご先祖様が、とても大切なことをしてくださったお陰でございます。そのご先祖様がお亡くなりになる日からお話は始まります。

大先祖様はこの畑を一代でお作りになったのですが、お亡くなりになる時には、すでにこの村では一、二を争うおいしいワインのできる葡萄園でして、お金も大層お持ちだと噂される家でした。大先祖様には、息子がお二人おられましてな。けれども、この二人が、まー、なんと言いますか、生来の遊び好きと申しますか、ちっとも親の助けにならないぼんくらでして、親が亡くなるって日も、どこかの女郎宿に転がり込んでいたとい、ますから、もうどうしようもない息子どもです。

でも、大先祖様にはもう一人、とっても気だての良いお嬢様がおりましてね、このお嬢様は、ほんに良い娘さんでしたよ、兄貴どもとは違って。でも、お父上が亡くなる時には、家の財産というものは、通常、すべて男兄弟に配られるものでして、娘には何にも与えられない、というのが当時のしきたりでした。

そこで、いよいよお父上がご臨終《りんじゅう》という席で、親族一同がお集まりの中、大先祖様は、苦しい息でこう申されました。

「息子たちよ、娘よ」

そうそう、息子どもはなんとか臨終の席には間に合いましてな、立ち会っておったんですよ。それも奴隷の召使いがあっちこっち、恥ずかしい店を探し回ったあげくのことでした。まったく、お恥ずかしいことです。ですから、大先祖様のご遺言はみなさん全員でお聞きになったんですな。

「息子たちよ、娘よ。今から言うことをよくお聞き。私は、お前たちに平等に財産を分け与えるであろう」

そう申されました。財産分けのことと聞けば、誰しも身を乗り出します。

でも、お嬢様だけは、

「いいえいいえ、お父様。そのようなお気の弱いことを申されてはなりませぬ。遺言などを言ってしまえば、人はみな、お父様の死を待ち望んでしまいます」

と、お父上を励ましたのです。でも、大先祖様は、急に声もしっかりとして命令するように、

「娘よ、そなたの言い上《じょう》は嬉しいが、もはや私の命は、神々の御手に委《ゆだ》ねられようとしておる。この上は、後顧《こうこ》の憂い無きよう、このことは申しておかねばならぬのじゃ」

と言われまして、お嬢様も涙を流しながら、お父上のお話を聞くことにいたしました。

「まず、この家屋敷と家財のことじゃが、これはすべて、お前たちの母君のものとする。なんとなれば、我が息子や娘の連れ合いから、冷たい仕打ちを受けたる時は、母がその者をこの家より追い出すことができるようにするためじゃ。そなたら息子や娘どもは、他に移っても生きられようが、わが妻なるそなたらの母は、この家より他に行くところとて無き身だからじゃ」

なんという慈悲深き大先祖様でございましょう。家屋敷と家財をご自身の奥様に譲り、そして子どもたちが母君を大切にするよう、申し渡されたのです。

「次に、わが所有する葡萄畑はすべて、末の子である娘に譲り渡すものとする」

とおっしゃられました。これには集まった一同の者は思わず、「おう」と声を上げられました。

この「おう」は、決して大先祖様のお言葉に感激したとか同意したからではございませぬ。まず、娘に財産を譲るなどということは、当時にはあり得ないことでありましたので、そのことに驚いたのです。よしんば女子が財産を相続することがあったとしても、娘に与えられるのはせいぜい形見の装飾品ぐらいであった時代なのです。二つめには、特に土地というものは、男子に与えられるのが通常でありまして、女に土地を与えることが信じられなかったからであります。そして、三つめには、たとえ葡萄畑を譲り受けたとて、女の身たるお嬢様には、とうていその畑を立派に実らせられないのではないか、という危惧《きぐ》でした。しかしながら、主の遺言は絶対であります。ですから、この遺言はそのように実行しなければならなかったのです。

さて、大先祖様は、次にこう申されました。

「長子と次子の両名には、家屋敷及び葡萄畑を除く、すべてのわが所有地を、正しく二等分してこれを与える。土地はすべてで十ヵ所の畑だ。まだどこも未開ではあるが、地味の良いところばかりじゃ。その土地を自分で開拓して、新しい葡萄畑を作るのじゃ。二人が競って畑を耕すことができるよう、どの畑、どの土地も一つの区画ごとにまったく半分にして与えるものじゃによって、それぞれの土地をすべて測量し、二分せよ。二分した土地のどっちを取るかは、現場で金貨の表裏をもって決定いたせ」

実は、ご長男とご次男のお二人は、お嬢様に葡萄畑を与えるというご遺言を聞かされた刹那《せつな》には、今にもお怒りの言葉を吐かんばかりのお顔をしておられたのですが、そのお話を聞いて、思わず白い歯の見えるほど頬をゆるめられました。これは、極めて不謹慎なことであります。今にも、お命の火が消えようとしておられるお父上の、そのご遺言に一喜一憂するなどというのは、親不幸の極みでございます。

二人のご子息の不届きな顔は、お父上である大先祖様も、しかとごらんになったようでした。私などは、『これは大変なことだ、きっと大先祖様は幽霊になってでも、あのお二人の前に現れ、親不孝へのご返答の仕打ちをなさるに違いない』と思ったほどです。しかしながら、不思議なことに、大先祖様はお二人の顔を見ると、どうも少し目を細めて、笑ったような気がしてならないのです。他のお方に、どのように見えたかはわかりませぬが、私にはそのように見えたのであります。

さて、ご遺言はまだ続きがありました。家屋敷や土地のことは終わったのですが、もう一つ、きっとあったであろう財宝のことであります。大先祖様はこう申されました。

「さて、我が家の金銀についてじゃが、これはすべて葡萄畑の中に埋めておる。場所はこの財宝を相続する権利のある、長子とその弟によって探すべきものとする。なお、財宝は、十の箱に分けてあるが、息子たちよ、先に見つけたる者にすべて譲る故、急ぎ探し出すのじゃ。均等とは限らぬぞ。一人が十箱全部を見つけたれば、それはそれすべて、その者の所有物じゃ。早い者勝ちじゃによって、相手を恨むでないぞ」

ご長男とご次男の放蕩《ほうとう》息子は顔色を変えました。今すぐにでも葡萄畑に駆け出さん姿勢です。大先祖様はさらに言いました。

「しかし、もし、葡萄畑にそれを探し求めることができぬ時は、それはゼウス様の思し召しと思い、すべて諦めるのじゃ。たとえ、それが隣の土地から出てきても。それが隣の土地から掘り出されたということは、ゼウス様が、その者にお与えになったということだからじゃ。わしが何故このような小難しいことをするかと申せば、そなたら両名の日頃の行いを、神々に問うためじゃ。家の仕事に精出さず、夜ごと遊び惚《ほう》けておるそなたらに、真に我が財宝を譲り受ける権利の、有りや無きや、それを神々の裁断に委ねるためにこのようなことをするのじゃ。よって、もし、そなたらが財宝を見つけることができない時は、それは、神々が、他の相応しき者にそれを与え賜うたものと諦めるのじゃ」

私は召使いとして、大先祖様のおっしゃることが本当によくわかりました。まったくもっともなことと思いました。お二人の男子が心を入れ替え、家の繁栄のためお働きになるお気持ちがあれば、きっと金銀は見つかるでありましょうし、もし、見つからなければ、それはすべてお嬢様のものになると思ったからです。何故なら葡萄畑は、お嬢様のものなのですから。

ところが、大先祖様はさらに不思議なご遺言を申されました。

「娘よ、そなた、もしあの葡萄畑を手放す時は、我が家の宝じゃによって、他人に譲ること能わず。必ず、兄弟二人に分け与えよ。その時は、兄弟二人が相続せしすべての土地と交換せよ。すべての土地じゃぞ。それを忘れるな。それ以外の方法をもって、あの土地を手放すことは許さぬ。兄たちよ、妹の土地を欲するならば、その方たちが我より譲り受けしすべての土地をもって、交換すべし。他の何をもってしても、交換は許さぬものと心得よ」

私には、どうもよくわからない遺言でした。そんなことを言えば、ご兄弟は今すぐにでも、お嬢様に「土地を譲れ」と言って、金銀の埋まっている方の葡萄畑を奪ってしまうではありませんか。確かに、ご兄弟の持っている土地は、葡萄畑より数倍広くはございますし、葡萄を栽培すれば、きっと良い実のなる、地味豊かなところではありましょうが、ほとんどまだ耕していない土地です。そんな土地より財宝付きの、すでに豊かな葡萄をたわわに実らせる土地の方が、お嬢様には必要ではないでしょうか。

しかし、これも大先祖様のご遺言であります以上、逆らうことはかないません。大先祖様は、まもなく息を引き取られました。私には、まるで大木が倒れたような悲しみと空虚な気持ちが残りました。お嬢様はお母様と一緒に暮らし、二人のご子息たちは、それぞれ町の中心部に家を買われました。担保は、あの葡萄畑にすると約束したようです。何しろ金銀が埋まっているという土地ですから、十分な担保価値はありますもの。

葬儀もそこそこに、お二人は早速お嬢様のところにやって参りました。そして、まずお兄さまが申されました。

「妹や、お父上が申されたとおり、お前が譲り受けたあの葡萄畑を、我々二人に譲ってもらいたい。もちろん、お前には我らが相続したすべての土地を譲ってやる」

次には、下のお兄さまが言いました。

「わしらが譲り受けた土地は、面倒なことに、一つ一つ二分しなければならない。そんな手間のかかることをするより、お前に全部譲って、代わりにお前の土地をこっちにもらう。そうすれば、わしらはとても助かるし、お前も、お父上の仰せになったとおり、自分のもらった葡萄畑を、俺たちにほじくり返されるのは業腹《ごうはら》だろうが、わしらに譲ったら、もうお前にとっては、どうなってもいい土地ということだ。さあ、そうしようではないか」

お嬢様は、もとより、お二人の言うことに逆らう気持ちはありませんでしたから、この交渉は、その日のうちにまとまりました。

翌日から、お二人は葡萄畑を懸命に掘り始めました。それぞれ二十人もの下男を雇って、一日中畑を掘り返しています。それはたちまち村じゅうに噂を広げ、今にも財宝が出てくるのではないかと、見物人が畑を幾重にも取り囲んで見ています。

しかしながら、一日目は何にも出てきませんでした。お二人は、畑のそばに見張り小屋を建てました。相手が夜中にこっそり作業をやって、財宝を掘り出しやしないかと心配でしたし、ましてやよそ者が侵入してきて畑を掘ったりしては、大変です。

作業は毎日繰り広げられました。しかし、三日たっても、五日たっても、一週間が過ぎても、畑から出てくるのは、木の幹や何かのガラクタの他には、なんにも金目のものはありませんでした。十日目には、もう掘るところがなくなり、一度掘ったところをさらに深く掘ることになりました。最初は黒山だった見物人も半月後には、一番暇な子どもや隠居の爺さんたちだけになりました。やがて、

「どうも、駄目みたいだなぁ」

「あんな極道息子どもじゃあ、出るお宝だって、首を引っ込めるんじゃないか」

「そうだよ。なんでも、宝を持つに相応しくない息子どもだったら、ゼウス様がお隠しになるってことだぜ」

「あいつらじゃあ、ゼウス様が宝をお隠しになるよ」

「いったいどれほどの財宝だったんだろうねぇ」

などと言う言葉が、村の酒場などでも囁かれるようになりました。

するとまず最初に、雇った下男たちから不満が出始めました。

「俺たちの給金はどうなるんだ」

「もう二十日も働いたんだ。そろそろお手当をいたゞかなければ、働いてはいられないぞ」

こうして兄弟のところに下男たちが集まってきましたが、もちろん、お二人にはそんなお金はありません。

「なんだと！　お宝が出たら払うだって？　冗談じゃねえや。お宝の出る保証がどこにある」

「お父っつぁんが遺言でそう言っただと。けれども、あれだけ掘ったってなーんにも出てきやしないじゃあねえか」

「お手当がもらえないんなら、もう一センチメートルだって、掘ることはできないぞ」

「さぁ、お給金を払え！」

という騒ぎになりました。そして、とうとう穴掘りはできなくなってしまいました。人夫たちへのお給金は、お母上が立て替えするしかありませんでした。

次には、お二人がお住まいになっているそれぞれの家の家主が押しかけてきて、やいのやいのと言いました。

「お前さんたち、家の代金はいったいいついただけるんです？」

「財宝を掘り出してから、なんて言っていますが、聞いたところじゃあ、もう人夫たちに逃げられ、掘ることもできないって言うじゃぁありませんか」

「おまけに、お父上さまのご遺言によると、ひょっとすると金銀は出ないかもしれないということだそうじゃないですか」

「お前さんたちの日頃の行いによっちゃあ、ゼウス様が全部取り上げるって言うじゃあないですか」

「どうやら、財宝は、ゼウス様に隠されてしまったように思いますがねぇ。こうなったら、あんた方ご自身のお金で払ってもらうしかありませんね」

「お金がないのなら、今すぐ家屋敷はお返し願いますよ」

こうして買った筈の家から追い出され、二人は行き場を失ってしまいました。お二人は仕方なくお母上を頼って、こちらの家にやって参りました。

お母上は、

「お前たちはもう一人前の大人になって、家族を養う年なのに、なんということですか。この家に入るというのなら、あの葡萄畑をきちんと耕し、来年も収穫があるように働かなければなりません。私が立て替えた人夫のお給料も、必ず返してください」

と言って、二人の息子に働くことを条件として、家に戻ってくることを許しました。

一方、お嬢様の方は、広大な土地を手に入れまして、そこを耕して新しい葡萄畑にすることとしました。そこで、一人で畑を耕しに行きました。まあ、あんな心優しいお嬢様ですから、お手伝いをする召使いも沢山おりましたので、畑はすぐ耕されました。ところが、なんとその畑の一つから、箱に詰まった金銀が出てきたではありませんか。

大先祖様はなんと見事なご遺言を作られたことでしょう。あの放蕩息子どもを戒めるため、すべてをお見通しで、お嬢様に財宝が渡るよう、あんな不思議なご遺言をなされたのです。お陰さまで、この葡萄畑は今も毎年立派な、美味しい葡萄を沢山実らせてくれます。そして、お嬢様が新しく開拓された畑も、それはそれは豊かに葡萄が実り、この葡萄園は、ギリシャでも一番の葡萄園になりました。

は？「二人の息子はどうなったか」って？

はいはい、大先祖様のご遺言の素晴らしいところは、あの二人に葡萄園を耕させたことです。あの葡萄園は、三十年も続いた畑でしたから、ちょうど大先祖様がお亡くなりになる頃は、次第に畑の栄養が少なくなっておりました時期で、ああやって、畑を掘り返して新しい空気を土地に吸わせ、そうして新しい肥料をやって、土地の地味をもう一度豊かにするために、まったくい、ことだったのです。お二人のご子息もようやくお父上の深謀遠慮を悟られまして、すっかり心を入れ替えられました。この村一番の働き者になったんでございますよ。

お客様にも息子さんがおられる？　そうですか。きっとい、息子さんなんでございましょうな。だって、このツアーに参加させてくださったんでしょう？　良い子どもさんたちに違いありませんよ。

さあ、ではこれで私めの話はおしまいとさせていただきます。

そうそう、お客様も人生の最後には、素晴らしいご遺言を残されることです。はい、お二人でしっかりとお考えになって。特に、奥様のご意見をよーく聞くことですよ。

は、、、あの素晴らしい大先祖様のご遺言、どうやら、シナリオを考えられたのは、大奥様のようだったって言いますから。はい、こういうことは、女親の方がしっかりしているものなんですよ。男親は息子に甘いから。それに、子どもの気質を一番知っているのも、旦那様より、奥様ですから。

はい、それじゃあ、ごめんなさい。

木と斧

こんにちは。お客さん、お入りになりませんか？　はいはい。ちょっと休んでいってくださいな。お客さんたちは昨日から来ておられるんでしょ？　もう、今日のお昼にはお帰りになる方ばっかりだ。さあ、それじゃあレストランで昼食をお召し上がりになる前に、最後のお話を聞いていってくださいな。

はいはい、うちはね、この村ん中でも珍しい、木がおしゃべりする休憩所なんですからね。はい、もう、それはイソップ村だからこそなんですよ。お帰りになって、お国のみなさんにお話ししてくだされば、それはそれは、みなさん、びっくりしますよ。木と話したなんてのは、そうそう経験できることじゃありませんからね。

はい、どうぞ。何か召し上がりますか？　いらない？　あ、そうですか。えっ、「もう、色々飲んだから、十分だ」って？　はい、わかりました。こ、じゃあね、あんまり無理強いはしないってのが、お約束ですからね。

「歳はいくつか」って？　まあ、お客さん、女に歳なんか訊くもんじゃありませんよ。私らの歳なんてのは、木を切ってしまわなきゃあ、わかるもんじゃないですからね。私らの歳は、年輪でわかるんですよ。でもね、最近は切らなくったってわかる時代になったんですってね。なんでも、電波か音波か知りませんけど、そんなものを当ててね、年輪の数を数えるんだそうですね。でも、いやですよ、私ゃ女なんだから。千年だとか、二千年だなんて言われた日にゃあ、恥ずかしいじゃありませんか。

へっ？　「お前は、なんで女なんだ？　木にオスもメスもないだろう」ですって？　何言っているんですか。木にだって、男の木と女の木があるんですよ。何しろ、私は銀杏《いちょう》なんですからね。私の主人に当たる木はね、ほら、向こうでテーブルを拭いているの。あれがそうですよ。私たちは二人並んで立っていたんですからね。でも、今じゃあ、みーんなあの森の木は伐採されちまいましてね。私らはなんとか、こちらのお店でやっていっていますけど、ほとんどの木は、加工されちまいましたよ。家とか、家具とか、それに橋になったお人もいましたよ。ま、木のことを人なんて言うと変に思うでしょうけど、ま、こうやっておしゃべりできるんですから、人だと思ってくださいな。

えっ、「何があったんだ?」って? はいはい、じゃあ、そのお話をさせていただきましょうかね。

そうですね、イソップさんも私たち木が主人公の話ってのは、そんなに沢山作っているわけじゃないですよ。いくつか、茨を登場させたお話はありますがね。で、もって、あんまり有名なお話でもないですから、お聞きになったことはないと思いますよ。でもね、私らにとっちゃあ本当に災難な話でしてね。人間様の環境破壊ってのは、あの時から始まったとしたら、私ら自身がよほどの馬鹿だったってことですよ。

ある日、森にね、木こりがやって来たんですがね。まあ、木こりなんて、他にもいっぱいいましたから、別に私たちゃあ驚くことではありません。彼らがやって来ると、何本かの木が切られちまいますけど、それは仕方のないことでしてね。人間様のお役に立つのだから、まあ、それはそれで致し方ないことと、私らだって思っていますさ。

でもね、あの木こりはちょっと違っていたんですよ。ちょっとじゃないですね、だいぶ変わっていましたね。これはある意味では、人間様ではなくて、悪魔の使いと言った方がい、かもしれません。

この木こりは、他のお人よりはだいぶん大きな人でしてね、腕っぷしも強そうでしたし、足だって、私らの木と変わらないくらいにしっかりと大地を踏みしめていましたよ。私らも、その体格やら体型を見た時にもっと警戒しておくべきだったんでしょうけどね。なんとなく、目が優しそうでして、私ら木に話しかけるのも、とってもい丶声で歌うようにものを言うお人でしたから、まさか、あんなことになるとは、思ってもみなかったんです。

その木こりさんは、柄《え》の付いていない斧をぶら下げていましてね。森の中を鼻歌まじりに歩いているんですよ。「ふーふーふーふふん。素敵な森の木のみなさん」なんて言いながらね。

私らも思わず返事をしてしまいましたよ。

「これは明るい木こりさん。なんでそんなに上機嫌なの?」ってね。

すると、木こりさんは、

「いやぁ。この森の木は、どれもみんなすっくと立って、曲がったりねじれたりしていない。これはこの森にはお日様の光が十分に当たっている証拠だ。それに、小鳥のさえずりも沢山聞こえる。それは、この森の木々が美味しい実をならせている証しだ。こんな素敵な森に来られたのが、幸せだからさ」

と、ずいぶん私たちの森のことを褒めてくれたんですよ。みんな嬉しくなっちゃいましてね。

「まあ、あなたは、とても私たちのことがわかっていらっしゃるんですね」

って話し始めたのです。彼は、本当に森のことや木々のことをよく知っていました。

そして、私たちはすっかり仲良くなったんです。すると、木こりさんは、

「ところで、私は今、この斧につけるい、柄を探しているんだが、みなさん、なんの木がこの斧の柄には一番相応しいと思うかい？」

って訊くんです。そこで私たちはその相談に乗ってあげました。

樫の木が言いました。

「そりゃあ、僕なんかは強い木だから、柄には適しているかもしれないが、少し硬すぎて、斧を振る時のしなりが出ないなぁ」

モミの木も言いました。

「そうだね、私の枝はちょっと折れやすいしね」

杉の木も言いました。

「うーん、僕もちょっと堅さが足りないし」

松の木は、

「僕は、ヤニが多くて、握る手を汚すよ」

そして、とねりこの木が、胸を張って言いました。

「斧の柄には、俺が一番相応しいさ。だって、俺は弾力があるし、反発力も強い。加工もしやすいけれど、決して折れやすくはないんだ。長年使い込むと、ますます粘りの出てくる木だよ」

そう言われると、他の木も、

「そうだね、とねりこの木が一番だ」

と賛成しました。

でも、誰も気づいてはいませんでした。その時木こりの目が異様に光ったことに。木こりは、急に声の調子を変えて言いました。

「ありがとうよ、間抜けなお方たち。それなら、お前さんたちのご提案どおり、さっそく、とねりこの枝を切らせてもらおうかね」

そう言うと、彼はお尻の方に隠していた、大きな枝打ちナイフを取り出し、とねりこの木に登っていきました。

私たちは、彼が何をしようとしているのか、すぐに気づきました。とねりこは風の助けを借りて、大きく体を揺すり、

「おい、お前さん、何をするんだ。俺の枝を切ろうなんて、そんな馬鹿なことはしないでおくれ」

と叫びました。

他の木々も、

「木こり！　お前はなんてことをするんだ。今の今まで、俺たちと仲良く森を守る話をしていたじゃないか。それなのに、自分の斧の柄を手に入れるために、とねりこの枝を切るのか？」

と木こりを非難しました。しかし、木こりは私たちの言葉になんか、まったく耳を貸してくれませんでした。それどころか、本当にするすると上手にとねりこの木に上がっていき、とても立派な枝の一

つを、一刀のもとに切り落としてしまいました。

「ぎゃーっ！」と、とねりこの木は叫びました。すると森中の木が、自分の腕を切り取られたような痛みを感じました。

我々は、いつだって人間に切られることは覚悟しているんです。それが木の宿命ですから。だから、普通は、木こりの斧が、腰や足のくるぶしに打ち込まれても、そんなに「痛い！」なんて思わないものです。でも、あの時だけは違いました。そうなんです、あの男の木を切る刹那だけは、どの木も、自分が切られるのではなくても、激痛を感じずにはいられませんでした。

とねりこは腕を一本切り落とされ、木こりは図々しくも、痛みに顔をゆがめているその木の根元で、その枝を奇麗に削いで、斧の柄を作り上げました。その姿はさっきまでの優しそうな顔とは、まるで別人でした。あたかも、その枝に憎しみでも持っているかの如く、ナイフの刃を木に打ちつけていくのです。なんと、もうその枝は元の木から切り離されているというのに、木こりが木を削るたびに、とねりこの木は身を歪めて、痛みに耐えているではありませんか。

「とねりこさん、どうした？　痛いのか？」

他の木は、切り取られた傷口が痛むのかと思って訊きました。でも、とねりこは黙って頷くだけで、何も口には出して言いませんが、明らかに木こりのナイフの一打ち一削ぎに痛みが走っている様子でした。

やがて、木こりは、斧に削ったとねりこの柄を取り付けました。それはものの見事にピタリと斧の穴に合いました。木こりは、にっこりと笑いました。白い歯が残忍な光を発しました。

「ウハハハハハハ!」

彼は、差し込む太陽の光に斧をかざすと、大声で笑いました。私たち、森のすべての木がゾッと身震いしました。その笑い声は、「お前たち、覚悟しろ! この森は俺が征服するぞ!」という、あの木こりの宣言でした。森中の木々が震えただけではありません、森中の動物たちも、彼の笑い声に身をすくめたのでした。

木こりは、手当たり次第に森の木を切り倒し始めました。いったい何が目的なのでしょう、とにかく、自分の目についた木に近づくと、その木肌を、残忍な目と冷たい手で処女の肌を撫で回す悪魔の王メフィストフェレスのように、彼は木肌をそっと撫で、それから「フフフフフ」という、深く沈んだ笑いを森の中に響かせ、と、そこで豹変《ひょうへん》して、爛々《らんらん》と目を光らせると、狂気に満ちた、「うひゃひゃひゃひゃー!」と甲高い笑い声になって、あの斧を天にも届け! とばかりに振り上げるのです。

それは、一瞬頂点の位置で止まり、スローモーションの映像のように、ゆっくりと振り下ろされます。でも、満身の力を込めて振り下ろすのですから、『ドォーッ!』という風を切る音が森を襲い、それから犠牲となる木の胴体に、斧が「ドス!」と重い音を立て、食い込みます。その瞬間、横っ腹を穿《うが》たれた木は、「ギャーッ!」と叫びます。そんなことは、他のどの木こりに切られる時にもないことです。彼の刃には、他のどの木こりにもない、木に対するというか、森に対するというか、植物すべてに対する憎しみが込められているかのようなのです。

それだけではありません。斧を打ちつけられた瞬間、その当の木だけでなく、森のすべての木が「グッ!」とうめくのです。そう、切られる木の痛みがすべての木々に伝播《でんぱ》し、全員が「グッ!」とうめくのです。それは心の痛みと言った方がいゝのではないかと思える痛みでした。

私たちの森は、わずか一ヶ月で荒れ野になってしまいました。切る木がなくなると、彼はどこかに行ってしまいました。去ったあとの地面には累々《るいるい》と切られた木が横たわっていました。

「お前もか?」

はい、もちろんでございます。ほら、テーブルを拭いているあの人と一緒に。

彼はいったい何故そんなことをしたのでしょう? イソップさんは、あの木こりに、わざわざ自分から切られる道具の柄を推薦した私たちが悪いと思っておいでのようなんですが、本当にそうなんでしょうか?

どんな木こりさんも、私たちの一本を伐採した時には、必ずそこに新しい苗木を植えて下さっていました。それは、木を切ることを仕事としている人たちの、仁義とい、ますか、いや、ずっと森で仕事をさせてもらうことへの感謝ですし、そして未来永劫《えいごう》仕事を続けていくために必要な、そのことも仕事の一部だったと思います。切って、植えて、これはワンセットの仕事だった筈ではないでしょうか。

でも、彼は違いました。切るだけ切ったら、次の森に行ってしまったんです。きっとまたそこでも同じことをするんでしょうよ。あの人は『人間は偉いんだ。だから、何をやってもい、んだ』って思っていたのではないでしょうか。偉い者は何をしてもいゝんだ、弱い者は、強い者に従うのが道理なんだ、という人だったと思います。可哀相なお人なんですよ、きっと。子どもの頃によっぽど他人様を信用できなくなったんでしょうかねぇ。

でも、私たちは、自分の不幸のことはそれほど辛く思いません。それどころか、何かを学ばせていただいたようにさえ思います。幸いなことにゼウス様が憐れんで下さったのか、切り倒された木には、すべてそれぞれ役立つ場を与えてくれました。私たちは本当に幸せにも、あの逸話をこうしてお話させていたゞく、語り部にしていたゞいたんですから。

はい、この店は全部木造でしょ。建物も、建具も、ほら、スプーンやコーヒーカップまで。みんな昔の仲間なんですよ。

「木こりは、どうなった?」ですか? さあねぇ、どうなったんでしょう。あ、あの木こりの名前なんですがね。何でも、『ブッシュ』って言うんだそうですよ。でも、変ですねぇ。だって、草むら《ブッシュ》が森林《フォレスト》を倒してしまうなんて。草たちは木々と共存しなければやっていけない筈なのに。

そう言えば、京都議定書とかいう、環境を守る取り決めから脱退したのも、ブッシュって人が大統領の国でしたっけ……因果なんでしょうか……。

あ、お出かけですか? はい、レストランで昼食をお摂りになったら、出発だそうですよ。えゝええゝ、よく来てくださいました。気をつけてお帰りください。はい、さようなら。

えっ? おじいさん、なんです?

「あの人たち、無事に帰れるかな?」って? ……きっと帰れると、思いますけどねぇ……。まあねぇ、なんたって、時空のはざまにありますからね、こゝは。うまく波動に乗れないと、帰れないかも、しれませんね。

でも、まあ、いゝんじゃないですか。帰れなかったら、またこゝに戻ってきて、私たちの話を聞いてもらえば。だって、イソップのお話なんて、四百以上もあるんですから、まだまだ楽しんでもらえますよ。

じゃ、その準備、しておきましょうかね、おじいさん。

著者プロフィール

寺谷 純一郎（てらたに じゅんいちろう）

1947年（昭和22）高知県生まれ。
1966年　愛媛県松山東高等学校卒業。
1970年　法政大学法学部政治学科卒業。
1982年　人形劇団・寺谷しょう劇場を旗揚げ。
　　　　仕事のかたわら、趣味の人形劇活動を本格的に始める。
1986年　長野県飯田市の“人形劇カーニバル飯田”実行委員会専従事務局職員となる。
1988年　飯田市の正規職員となり、人形劇カーニバル担当として国際的な人形劇事業を展開する。以後、国内外の人形劇フェスティバルに参加、上演。講演、指導等を行う。
　　　　現在は飯田市教育委員会文化会館文化担当専門主査。

ようこそ、イソップ村へ

2004年9月15日　初版第1刷発行

著　者　寺谷 純一郎
発行者　瓜谷 綱延
発行所　株式会社文芸社
　　　　〒160-0022 東京都新宿区新宿1-10-1
　　　　電話 03-5369-3060（編集）
　　　　　　 03-5369-2299（販売）

印刷所　株式会社平河工業社

ISBN4-8355-7864-3 C0093